Markus Vieten

Alternative Heilmethoden
Der Wegweiser

1996
Antilla
Medizin Verlag
Berlin

Die Deutsche Bibliothek - CIP-Einheitsaufnahme

Vieten, Markus:
/ Markus Vieten.
- 1. Dr. - Berlin : Antilla, Med.-Verl., 1996
ISBN 3-929891-06-9

Alternative Heilmethoden, Fortbildungswegweiser
Der Wegweiser
1. Druck - 1996

Autor:
Markus Vieten, Arzt und freier Autor, Aachen
Titelentwurf und graphische Gestaltung:
Rob Hulsbosch, Amsterdam
Layout:
Nicky Derksen, Utrecht
Druck:
Libertas, Bunnik

ISBN 3-929891-06-9

Vorwort

Dieses Buch erläutert knapp 50 verschiedene alternative Heilmethoden und gibt Informationen über mehr als 400 Kurse zu diesen Methoden. Es bietet die Möglichkeit, eine Auswahl unter den Kursanbietern insbesondere in den Bereichen Naturheilverfahren, Homöopathie und Chirotherapie, aber auch verschiedener anderer alternativer Heilmethoden zu treffen. Die hier gemachten Angaben reichen von den Kurspreisen und den Tagungsorten über die Voraussetzungen und die Anerkennung durch die Krankenkassen bis hin zu den eigentlichen Ausbildungsinhalten. Auf diese Weise kann der Leser unter Berücksichtigung der finanziellen Möglichkeiten, der zeitlichen und räumlichen Flexibilität und der persönlichen Anforderungen an die jeweilige Ausbildung genau den Kurs finden, der am besten zu seinem/ihrem Profil paßt.
Einige der beschriebenen Methoden zu Diagnostik und Therapie sind umstritten (was nicht nur für alternative Heilmethoden gilt) und in ihrer Wirksamkeit nicht immer belegt. Andere Methoden sind auf dem Weg, Einzug in die Schulmedizin zu halten. Vielfach gehen die Effekte der beschriebenen Methoden nicht über die (teilweise beachtlichen) Ergebnisse von Suggestion und Plazebowirkung hinaus, was natürlich auch für viele schulmedizinische Methoden gilt. Trotzdem erreichen die Patienten Ärzte, die mit „alternativen" Methoden vertraut sind, oft erst, wenn bereits eine längere „schulmedizinische" Karriere erfolglos durchlaufen wurde. Auf diese Weise bekommen die Vertreter alternativer Heilmethoden gehäuft chronische Krankheitsbilder zu Gesicht, die mitunter sehr gut auf eine andere Therapieform ansprechen. Dies mag zu einem großen Teil daran liegen, daß der Therapeut sich aufgrund eines anderen Medizinverständnisses wesentlich länger und intensiver mit dem Patient befaßt als Schulmediziner das üblicherweise tun. Da die Kosten für viele der aufgeführten Methoden nicht oder nur teilweise von den Krankenkassen übernommen werden, muß der Patient die Behandlung aus eigener Tasche bezahlen, was nicht nur einen größeren Leidensdruck voraussetzt, sondern auch die „Genesungsbereitschaft" des Patienten steigert.
Obwohl man mit der vorschnellen Ablehnung alternativer Heilmethoden vorsichtig sein muß, ist der Medizin als Ganzes nur dann geholfen, wenn diese Methoden auf den Prüfstein gestellt werden und sich einer kritischen Beleuchtung unterziehen lassen. Da die tägliche Praxis immer noch der beste Prüfstein ist, gilt nach wie vor: Wer heilt, hat recht.
Dieses Buch möchte ein neutraler Ratgeber sein für alle, die auf der Suche nach einer „alternativen" Weiterbildungsmöglichkeit sind, sei es, um Ihre Praxis für Patienten mit einer Vorliebe für solche Methoden interessanter zu machen, sei es, um den Horizont zu erweitern oder einfach nur, weil der Leser vom Nutzen einer ganz bestimmten Methode fest überzeugt ist.
Bei Dr. Stefan Westphalen bedanke ich mich herzlich für seine Mitarbeit.

Aachen im Januar 96 - Markus Vieten

Inhalt

A Weiterbildungsordnung und Abrechnung

Auszüge aus den Richtlinien und der Ordnung zur Weiterbildung im Bereich Homöopathie, Naturheilverfahren und Chirotherapie 3

Abrechnungsmöglichkeiten in den alternativen Heilmethoden 6

B Alternative Heilmethoden

Akupunktur 11

B1 Akupunktur bei der DÄGFA 12
B2 Akupunktur bei der Deutschen Akademie für Akupunktur und Aurikulomedizin 15
B3 Akupunktur bei der Deutschen Gesellschaft für Akupunktur und Neuraltherapie 16
B4 Akupunktur bei der Heilpraktikerschule Lotz 18
B5 Akupunktur in der Alkohol- und Drogenentzugsbehandlung 19
B6 Akupunktur in der Schmerztherapie 20
B7 Akupunktur nach dem Freiburger Modell 21
B8 Akupunktur Ohrkurs 1 23
B9 Akupunktur und chinesische Phytotherapie bei HIV und anderen chronischen Viruserkrankungen bzw. gynäkologischen Erkrankungen 24
B10 Akupunktur und manuelle Medizin 25
B11 Akupunktur und TCM in China 26
B12 Aurikulomedizin 27
B13 Aurikulotherapie-Aurikulomedizin nach Paul Nogier 29
B14 Forschungsgruppe Akupunktur 30
B15 Ganzheitliche (psychosomatische) Behandlung in der Akupunkturpraxis 32
B16 Hara-Diagnostik gestützte Akupunktur 33
B17 Hospitationskurs am Yamamoto-Hospital, Miyazaki-Nichinan, Japan 34
B18 Jin-Shin-Akupressur 1 35
B19 Klinikpraktikum am Institut für TCM in Nanjing 36
B20 Körperakupunktur nach Bischko 37
B21 Laser in der Akupunktur 39
B22 Modellprojekt Akupunktur als Reflextherapie mit Manueller Medizin 40
B23 Modellprojekt Ausbildung in traditioneller chinesischer Akupunktur 41
B24 Mund- und Handakupunktur, Very-Point-Detection und Therapie 42

B25 Neue punktuelle Schmerz- und Organtherapie (NPSO) 43
B26 Neue Schädelakupunktur (YNSA) 44
B27 Periost-Akupunktur 45
B28 Psychosomatik auf Grundlagen der Akupunktur 46
B29 Schädelakupunktur nach Yamamoto 47
B30 Soft-Laser, TENS, PUTENS in der Akupunktur 48
B31 Vollausbildung Ärztliche Akupunktur 49

Anthroposophie 51
B32 Anthroposophisches Ärzteseminar 52
B33 Anthroposophisch orientierte Ernährung in Praxis und Theorie 54
B34 Krankheit und Heilung aus der Sicht anthroposophischer Menschenkenntnis 55

Antlitzdiagnostik 56
B35 Antlitzdiagnose bei der Heilpraktikerschule Lotz 56

Augendiagnostik 57
B36 Augendiagnose bei der Heilpraktikerschule Lotz 57

Ausleitende Verfahren 58

Bach-Blütentherapie 59
B37 Bach-Blütentherapie 59
B38 Ganzheitsmedizinische Anamnese und Analyse des seelischen Zustandsbildes mit EDV 61
B39 Therapie mit Bachblüten und kalifornischen Blütenessenzen 62

Bewegungstherapie 63
B40 Bewegungstherapie im Wasser 63

Bindegewebsmassage 64
B41 Bindegewebsmassage 65

Bioelektrische Funktionsdiagnostik 66
B42 Bioelektrische Funktionsdiagnostik 67

Bioresonanztherapie 69
B43 Bicom Bioresonanztherapie - Intensiv-Einführungs-Seminar 70
B44 Bioresonanz- und EAV-Meßkurs (EDV-unterstützt) 71
B45 BRT-Allergie-Testung und -Therapie 72
B46 BRT-Therapie-Systematik (Wochenseminar) 73
B47 BRT-Therapie-Systematik nach S. Karz 75
B48 Erlernen und Anwenden der Elektroakupunktur-Testtechnik (EAP) im Hinblick auf die BRT 76
B49 Fallbezogenes Praxisseminar Bioresonanztherapie mit Bicom und Multicom 77
B50 Fokaltoxikosen 78
B51 Ganzheitliche Behandlung über den Kiefer nach S. Karz 79

B52 Herdtherapie unter Einbeziehung der Mesenchym-Regenerationstest-Therapie (MRT) und der Schröpfelektroden-Therapie 80
B53 Integrative Bioresonanz-Therapie für Fortgeschrittene 81
B54 Intensiv-Wochenseminar - Konzept einer praxisgerechten Bioresonanz-Therapie 82
B55 Kinesiologie in der BRT 83
B56 Marketingstrategie BRT: Vom Kassenpatienten zum Selbstzahler 84
B57 Nahrungsmittelunverträglichkeiten testen und beseitigen mit BRT 85
B58 Schröpfelektrodentechnologie 86
B59 Steuerung der BRT mittels Pulstastung nach Nogier (RAC), Medikamententestung und kombinierte Anwendung der BRT 87
B60 Steuerung und Kontrolle der BRT über die Pulstastung nach Nogier (RAC) Teil I und II 89
B61 Test-Basisseminar für die erfolgreiche Bioresonanz-Therapie in der Praxis 90
B62 Vernetzte Testtechnik für Biotensor und Kinesiologie 91
B63 Vernetzte Testtechnik für EAP - Wochenseminar/Intensivschulung 92
B64 Vertiefung und Erweiterung der BRT-Therapie-Systematik 94

Biologische Tumortherapie 95
B65 Biologische Tumortherapie 95

Chelat-Therapie 96
B66 Chelat-Therapie 96

Chirotherapie 97
B67 Chirotherapie (Ackermann Institut) 98
B68 Chirotherapie (Kurpark-Klinik Bad Schussenried) 99
B69 Chirotherapie (Schnupperkurs) 100
B70 Gezielte Muskeldehnung an der oberen und unteren Extremität 101
B71 Informationskurs Osteopathische Behandlungstechniken 102
B72 Manuelle Medizin 103
B73 Manuelle Medizin (Deutsche Gesellschaft für Manuelle Medizin) 104
B74 Manuelle Therapie AG 106
B75 Manuell Therapie und Muskelenergie-technik (MET) 107
B76 Nichtoperative Orthopädische Medizin nach Cyriax und Wirbelsäulenkurse 108
B77 Psychoorthopädie - Manuelle Medizin und Psychosomatik 109
B78 Röntgendiagnostik für Chirotherapeuten 110
B79 Weiterbildung zur Erlangung der 111 Zusatzbezeichnung „Chirotherapie" 111

Eigenbluttherapie 112
B80 Eigenbluttherapie 112

Eigenurintherapie ... 113

Elektroakupunktur nach Voll (EAV) ... 114
B81 Elektroakupunktur nach Voll (EAV) ... 115
B82 Elektroakupunktur nach Voll - Intensiv-Training ... 117

Elektroneuraldiagnostik nach Croon ... 119

Elektrotherapie ... 119
B83 Elektrotherapie ... 120

Ernährungstherapie ... 121
B84 Ernährungstherapie bei C. Mirr ... 122

Feinstoffliche Energetik ... 123
B85 Feinstoffliche Energetik ... 123

Funktionelle Neuraltherapie ... 124
B86 Funktionelle Neuraltherapie ... 125

Fußreflexzonenmassage ... 126
B87 Fußreflexzonenmassage ... 126
B88 Fußreflexzonenmassage bei C. Mirr ... 127
B89 Reflexzonentherapie am Fuß ... 128
B90 Reflexzonentherapie am Fuß bei der Sebastian-Kneipp-Akademie ... 130

Ganzkörper-Screening-Funktions-Diagnostik (DFM) ... 131
B91 Ganzkörper-Screening-Funktions-Diagnostik (DFM) ... 132

Hämatogene Oxydationstherapie (HOT) ... 133

Health-Kinesiologie (Gesundheitskinesiologie) ... 134
B92 Health-Kinesiologie ... 135

Homöopathie ... 137
B93 Aude sapere - Homöopathie in Saarbrücken ... 139
B94 Homöopathie bei der Heilpraktikerschule Lotz ... 140
B95 Homöopathie bei der Niedersächsischen Akademie für Homöopathie und Naturheilverfahren ... 141
B96 Homöopathie bei NIDM ... 142
B97 Homöopathie beim DZVhÄ ... 143
B98 Homöopathie beim Verein selbstdispensierender homöopathischer Ärzte e.V. ... 146
B99 Homöopathie in der ärztlichen Praxis ... 147
B100 Homöopathie nach A. Masi-Elizalde ... 148
B101 Homöopathiekurse beim Freiburger Dozententeam ... 149
B102 Kurse bei der Akademie homöopathischer Ärzte, Bad Imnau ... 150
B103 Kurse beim August-Weihe-Institut für homöopathische Medizin, Detmold ... 151
B104 Wochenendseminar zur klassischen Homöopathie ... 152

Homotoxikologie **153**
B105 Homotoxikologie 154

Hydrotherapie **156**

Isopathie **156**
B106 Isopathie (Milieutherapie, Dunkelfeldmikroskopie) 157

Kinesiologie **158**
B107 Lösung emotionaler Therapieblockaden 158
B108 Touch for Health (TFH) 159

Kranio-Sakrale Therapie **161**
B109 Kranio-Sakrale Therapie (und Somato-Emotionale Entspannung 162
B110 Osteopathische Techniken am Gehirn- und Gesichtsschädel (Kranio-Sakrale Therapie I und II) 163

Lichttherapie **165**

Manipulativmassage nach Terrier
B111 Manipulativmassage nach Terrier 165

Manuelle Lymphdrainage nach Vodder **166**
B112 Manuelle Lymphdrainage nach Vodder 167

Marnitz-Therapie **169**
B113 Marnitz-Therapie 169
B114 Marnitz/Lymph-Spezial 170

Mayr-Kur **171**
B115 Diagnostik und Therapie nach F.X. Mayr 172

Mora-Therapie **173**
B116 Mora-Therapie 174

Neuraltherapie **176**
B117 Neuraltherapie bei der Deutschen Gesellschaft für Akupunktur und Neuraltherapie 177
B118 Neuraltherapie bei NIDM 179
B119 Neuraltherapie nach Huneke 180

Ordnungstherapie **182**

Orthobionomie **182**
B120 Orthobionomie 182

Ozontherapie **185**
B121 Ozontherapie 185

Physikalische Regulationstherapien ... 187
B122 Physikalische Regulationstherapien ... 187

Phytotherapie ... 189
B123 Chinesische Kräuterrezepturen für häufige Erkrankungen ... 190
B124 Chinesische Phytotherapie ... 191
B125 Phytotherapie bei der Heilpraktiker-Schule Lotz ... 192
B126 Phytotherapie nach chinesischer und japanischer Art (Kampo) ... 193

Praxis der ganzheitlichen Therapie von Hauterkrankungen ... 194
B127 Praxis der ganzheitlichen Therapie von Hauterkrankungen ... 194

Propriozeptive Neuromuskuläre Facilitation ... 195
B128 PNF-Lehrgang (Propriozeptive Neuromuskuläre Facilitation) ... 195

Qi Gong/Taiji ... 196
B129 Qi Gong/Taiji (bei SMS) ... 196

Qigong Yangsheng ... 198
B130 Medizinische Gesellschaft für Qigong Yangsheng ... 198

Regulationsthermographie ... 200
B131 Regulationsthermographie ... 201

Rückenschulen ... 202
B132 Rückenschule an der Sebastian-Kneipp-Akademie ... 202
B133 Rückenschule bei Dr. Vodder ... 203
B134 Weiterbildung zum Rückenschulleiter ... 204

Schlingentischtherapie ... 205
B135 Schlingentischtherapie ... 205

Segmentelektrographie ... 206
B136 Segmentelektrographie (SEG) - Grund- und Aufbaukurs ... 207

Störfelddiagnostik ... 208
B137 Störfelddiagnostik ... 208

Stoffwechseltest und -therapie (STT) ... 210
B138 Stoffwechseltest und -therapie (STT) ... 210

Symbioselenkung ... 211
B139 Mikrobiologische Therapie ... 212

System-Informations-Therapie (SIT) ... 213
B140 System-Informations-Therapie (SIT) ... 214

Thalassotherapie ... 215

Tibetische Medizin **216**
B141 Tibetische Medizin 216

Traditionelle Chinesische Medizin **217**
B142 Chinesische Medizin bei SMS/SAGA (TCM) 218
B143 Supervision von Fällen nach den Prinzipien der TCM 220
B144 Traditionelle Chinesische Massage - Tuinatherapie 221
B145 Traditionelle Chinesische Medizin in Diagnostik und Therapie 222
B146 Tuina - Chinesische Massage und Manualtherapie 223

Umstimmungstherapien **224**

Vegatest-Methode **224**
B147 Vegatest-Methode 225

Vertieftes Atmen **227**
B148 Vertieftes Atmen 227

Die wissenschaftliche Basis ganzheitlicher Therapieverfahren **228**
B149 Die wissenschaftliche Basis ganzheitlicher Therapieverfahren 228

Zilgrei **230**

C Übergreifende Veranstaltungen

C1 Bad Griesbacher Lehrkollegium für Naturheilverfahren 233
C2 Bad Rappenau, Kurse der GFÄ 234
C3 Fortbildungskongreß der Ärztlichen Gesellschaft zur Förderung von Naturheilverfahren 236
C4 Klassische Naturheilkunde bei der Heilpraktikerschule Lotz 237
C5 Kurse bei der Medizinischen Woche Baden-Baden 238
C6 Kurse beim Fortbildungskonreß des ZÄN 242
C7 Kurse im Rahmen der Bad Mergentheimer Naturheiltage 246
C8 Naturheilverfahren an der Sebastian Kneipp Akademie 247
C9 Naturheilverfahren bei den Naturheiltagen Berlin 248
C10 Naturheilverfahren beim Kneipp-Ärztebund 249
C11 Naturheilverfahren und Homöopathie beim Ärztetag für Medizin ohne Nebenwirkungen e.V. 250
C12 NIDM-Weiterbildungskurse Naturheilverfahren 251
C13 Workshop Komplementäre Therapieverfahren in der Medizin 253

D Abkürzungen, Literatur & Sachregister

Abkürzungsverzeichnis **257**
Literatur **259**
Sach- und Namenregister **261**

A Weiterbildungsordnung und Abrechnung

Auszüge aus den Richtlinien und der Ordnung zur Weiterbildung im Bereich Homöopathie, Naturheilverfahren und Chirotherapie

(**Wichtig**: Die Anrechnung der Kursteilnahme auf die angestrebte Zusatzbezeichnung erfolgt seitens der Ärztekammern frühestens **nach der Teil-Approbation**, d.h. Kurse, die vor dem 3. Staatsexamen absolviert wurden, können nicht angerechnet werden.)

A Homöopathie

- **Brandenburg, Bremen, Hamburg, Mecklenburg-Vorpommern, Niedersachsen, Rheinland-Pfalz, Schleswig-Holstein:**
  - 2 Jahre klinische Tätigkeit.
  - 1 1/2 Jahre theoretische und praktische Beschäftigung mit homöopathischen Heilverfahren oder eine halbjährige Weiterbildung an einem Krankenhaus mit anerkannter homöopathischer Leitung.
  - Teilnahme an 3 anerkannten Kursen über homöopathische Therapie von 1 Woche zu 40 Stunden oder an einem Kurs von 3 Monaten Dauer.

- **Berlin, Baden-Württemberg, Bayern, Hessen, Nordrhein, Sachsen, Sachsen-Anhalt, Saarland, Thüringen, Westfalen-Lippe:**
  - 2 Jahre klinische Tätigkeit.
  - 3 Jahre theoretische und praktische Beschäftigung mit homöopathischen Heilverfahren oder eine einjährige Weiterbildung an einem Krankenhaus in Klinik mit anerkannter homöopathischer Leitung.
  - Teilnahme an 6 Kursen über homöopathische Therapie von 1 Woche zu 40 Stunden oder an einem Kurs von 6 Monaten Dauer.

- **Inhalte:**

  1 Vermittlung, Erwerb und Nachweis besonderer Kenntnisse und Erfahrungen
  - im unterschiedlichen Therapieansatz der Homöopathie,
  - des Ähnlichkeitsprinzips,
  - des homöopathischen Arzneibildes,
  - der homöopathisch-pharmazeutischen und pharmakologischen Grundbegriffe,
  - der Geschichte der Homöopathie,
  - von Hahnemanns Organon als Grundlage für homöotherapeutisches Vorgehen,
  - der homöopathischen Lehre der akuten und chronischen Krankheiten,
  - über den gegenwärtigen Stand wissenschaftlicher Beweisführung homöopathischer Arzneimittelwirkungen und die Prinzipien der wissenschaftlichen Therapieführung,
  - der Dokumentation einer Mindestzahl eigener Behandlungsfälle und der Arzneidiagnose an vorgegebenen Krankheitsfällen.

  2 Vermittlung und Erwerb von Kenntnissen

- in Erhebung einer biographischen Anamnese nach homöopathischen Gesichtspunkten,
- in Methodik der Repertorisation.

3 Teilnahme an einer homöopathischen Arzneimittelprüfung unter wissenschaftlichen Kriterien.
4 Dokumentation von mindestens 5 eigenen Behandlungsfällen.
5 Arzneidiagnose an mindestens 5 vorgegebenen Krankheitsfällen.
6 Analyse von 50 Krankheitsfällen (Papierfälle, Patientenvorstellungen, Video, eigene Fälle, live-Fälle).

B Naturheilverfahren

- Alle Bundesländer:
  - 2 Jahre klinische Tätigkeit.
  - Teilnahme an 4 Kursen über naturgemäße Heilweisen von je 1 Woche Dauer.
  - 3 Monate an Weiterbildungsstätte oder in Abschnitten von je mindestens 2 Wochen Dauer.
  - Statt der 4 Kurse und der dreimonatigen Tätigkeit an einer Weiterbildungsstätte erfüllt auch eine sechsmonatige Tätigkeit an einer Krankenhauseinrichtung für Naturheilverfahren die Anforderungen.

- Inhalte:

1 Vermittlung, Erwerb und Nachweis eingehender Kenntnisse in Wirkprinzipien, Indikation und Anwendung der klassischen Verfahren. Dazu gehören:

1.1 Hydro-Thermotherapie:
- Waschungen
- Güsse
- Wickel und Packungen
- Teilbäder
- Kräuterbäder
- Luftbäder
- Überwärmungsbäder
- Sauna
- Dampfbäder

1.2 Bewegungstherapie (einschließlich Atemtherapie)

1.3 Massageverfahren des Bereichs, hierzu zählen:
- klassische Massage
- manuelle Lymphdrainage
- Reflexzonenmassage (Bindegewebsmassage, Segmentmassage, Periostbehandlung, Kolonbehandlung)
- Unterwasser-Druckstrahlmassage

1.4 Ernährungstherapie, hierzu zählen:
- ernährungsphysiologische Grundlagen
- Vollwertkost und ihre krankheitsbezogenen Varianten
- spezielle Ernährungsregimina
- Rohkost einschließlich Teilfasten
- totales Fasten
- F.X. Mayr-Diät

- Schrothkur
- Sonderdiäten

1.5 Phytotherapie, einschließlich der Wirkweisen und Heilanzeigen der wichtigsten Heilpflanzen und die Behandlung mit Wirkstoffkomplexen

1.6 Ordnungstherapie, einschließlich Entspannungsverfahren, Atem- und Lösungsverfahren

2 Vermittlung und Erwerb von Kenntnissen in den Grundlagen

2.1 ausleitender Verfahren, dazu gehören:

- Aderlaß
- Schröpfen
- Blutegeltherapie
- diaphoretische, diuretische, laxierende und emmenagoge Verfahren

2.2 Symbioselenkung

2.3 Neuraltherapie

2.4 Thalassotherapie

2.5 Lichttherapie

2.6 Elektrotherapie

3 Vermittlung und Erwerb von Kenntnissen in der Anwendung anderer Therapieprinzipien

- *Die Reihenfolge dieser Kurse ist beliebig.*

C Chirotherapie

- Alle Bundesländer:
  - 2 Jahre klinische Tätigkeit.
  - Teilnahme an einführendem Kurs über theoretische Grundlagen und Untersuchungsmethoden manueller Befunderhebung an Wirbelsäule und Extremitätengelenken von 12 Stunden Dauer.
  - Teilnahme an einwöchigem klinischen Kurs in Orthopädie oder Nachweis einer halbjährigen Weiterbildung in Orthopädie.
  - Teilnahme an einem Kurs zu 60 oder an zwei Kursen zu je 36 Stunden über Untersuchungstechniken, Mobilisationen und Manipulationen an den Extremitätengelenken. Die Kurse sollten in Abständen von mindestens 3 Monaten absolviert werden.
  - Teilnahme an drei Kursen zu je 60 oder an 5 Kursen zu je 36 Stunden über Untersuchungstechniken, Weichteiltechniken, Mobilisationen, gezielte Manipulationen und Übungsbehandlungen an allen Wirbelgelenken sowie über die Radiologie unter chirotherapeutischen Gesichtspunkten. Die Kurse sollten in Abständen von mindestens 3 Monaten absolviert werden. Für Chirurgen, Orthopäden und Allgemeinärzte.

Abrechnungsmöglichkeiten in den alternativen Heilmethoden

A zur Liquidation in Homöopathie

- **für Kassenpatienten:**
  Die ausführliche Erstanamnese mit der in die Tiefe gehenden Exploration wird auch bei Kassenpatienten üblicherweise privat abgerechnet. Eingeschlossen der Auswertungsarbeit der speziellen homöopathischen Anamnese bewegt sich der Honorarrahmen je nach Fallgröße zwischen DM 100,- und 300,-. Weitere Beratungen werden dann als normale Beratungsziffern angegeben.
- **für Privatpatienten:**
  Alle ärztlichen Leistungen werden nach der GOÄ mit besonderem Hinweis auf die homöopathischen Besonderheiten abgerechnet. So z.B. die Analog-Ziffer 900 A für die Erstanamnese und evtl. Ziffer 806 analog für weitere Behandlungen. Der Einfachsatz der Ziffer 900 A beträgt derzeit DM 101,20, der übliche 2,3-fache Satz DM 232,76.

B zur Liquidation in Naturheilverfahren

- **für Kassenpatienten:**
  Die ausführliche Beratung mit der besonderen Aufklärung in Bezug auf Naturheilverfahren wird meist mit der Ziffer 10 oder 11 abgerechnet. Leistungen wie Kneipp-Anwendungen oder Bewegungstherapie werden über das normale Kassenrezept verordnet. Die sogenannten erweiterten Naturheilverfahren wie Akupunktur oder Sauerstofftherapie werden privat vergütet.
- **für Privatpatienten:**
  Alle ärztlichen Leistungen werden nach der GOÄ abgerechnet.

C zur Liquidation in Akupunktur

Da die Akupunktur im Leistungskatalog der Krankenkassen und der meisten privaten Versicherungsträger nicht aufgeführt ist, erfolgt auch bei Kassenpatienten die Abrechnung als privatärztliche Rechnung nach der GOÄ von 1988 § 6 (2): „Selbständige ärztliche Leistungen, die nicht in das Gebührenverzeichnis aufgenommen wurden, können entsprechend einer nach Art, Kosten- und Zeitaufwand gleichwertigen Lösung des Gebührenverzeichnisses berechnet werden."

Der Berufsverband Deutscher Akupunkturärzte e.V. bietet außerdem mehrmals jährlich Abrechnungskurse zur Akupunktur an. Kursorte sind z.B. Bad Nauheim, Hamburg und Oberhausen. Weitere Informationen sind zu erhalten über:

Berufsverband Deutscher Akupunkturärzte
Maria-Viktoria-Straße 19
76530 Baden-Baden
Tel: 07221-24103
Fax: 07221-38260

D ZUR LIQUIDATION IN BIORESONANZTHERAPIE (BRT)

Regional sind BRT-Maßnahmen mit privaten Versicherungsträgern abrechenbar (auch gelegentlich nach GOÄ). Seltener kommt es bei gesetzlichen Versicherungsträgern ebenfalls ganz regional zu einer Kostenübernahme bei Therapieerfolgen.

B Alternative Heilmethoden

Akupunktur

Bei dieser Therapieform der Traditionellen Chinesischen Medizin (TCM, etwa 20 verschiedene Techniken) werden dünne Akupunkturnadeln in festgelegte Punkte von Körperoberfläche, Knochen, Gelenken oder Muskeln unterschiedlich tief eingebracht. Hierdurch soll es zu einer Regulierung von Yin und Yang und zu einer Lösung von Blockaden innerhalb des Organismus kommen. Die TCM kennt 14 Hauptmeridiane mit 361 Körperakupunkturpunkten, die histologisch als Anhäufung rezeptiver Neuroelemente imponieren.

B1

Akupunktur bei der DÄGFA

Allgemeines

- Nur für Ärzte bzw. Studenten nach dem PJ.
- Mitgliedschaft bei der DÄGfA bedeutet auch Mitgliedschaft im ZÄN.
- Seminar-Orte: Berlin, Celle, Düsseldorf, Frankfurt, Freudenstadt, Hamburg, Hannover, Hattingen, Kassel, München, Münster, Nürnberg, Oberhausen und Ulm.
- Die Kursdauer beträgt in aller Regel jeweils 2 Tage.
- Als Mitglied spart man bei Ableistung der Grundausbildung DM 1200,- im Laufe der Ausbildung. Ferner erhält man 4 mal jährlich die Zeitschrift „Akupunktur - Theorie und Praxis" und 12 mal jährlich die „Ärztezeitschrift für Naturheilverfahren".
- Die Grundausbildung erstreckt sich über mindestens 2 Jahre und umfaßt 12 Kurse zu je 12 Unterrichtsstunden (insgesamt 140 Stunden).
- Die Grundkurse 1, 2 und 3 müssen in dieser Reihenfolge absolviert werden.
- Der Ohrkurs 1 kann jederzeit belegt werden, empfiehlt sich jedoch frühestens nach dem Grundkurs 1. Der Ohrkurs 2 kann erst nach den 3 Grundkursen belegt werden.
- Ergänzend kommen 1 Praxiskurs und ein Sonderkurs nach eigener Wahl hinzu.

Schema zum Ablauf der Grundausbildung

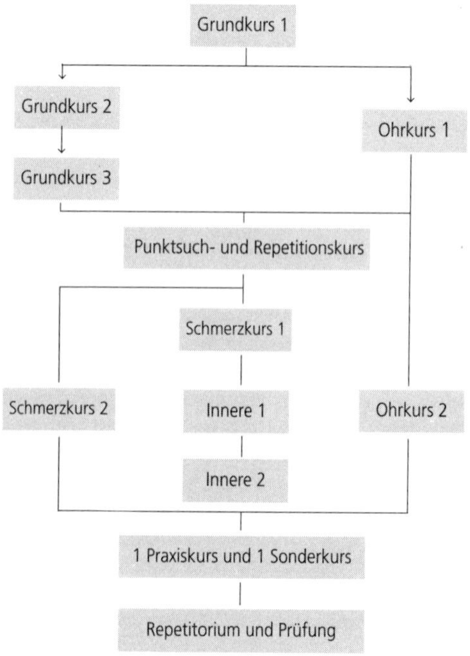

Ausbildungsinhalte

- *Grundkurs 1:*
  Akupunktur-Grundlagen, Theorie, Philosophie und Geschichte, Wissenschaftsbezug, Einführung in das Meridiansystem, in Punktsuch- und Stichtechnik und Moxibustion, praktische Übungen, Demonstrationen.
- *Grundkurs 2:*
  Wiederholung, Qi, Chronobiologie, Steuerungspunkte, Grundzüge der traditionellen Diagnostik, Funktionskreise, Vertiefung des therapeutischen Vorgehens, einfache Behandlungsschemata, praktische Übungen, Demonstrationen.
- *Grundkurs 3:*
  Wiederholung, Tonisierungs- und Sedierungspunkte, Behandlungsbeispiele, praktische Übungen, Demonstrationen.
- *Ohrkurs 1:*
  Grundlagen der Ohrakupunktur, somatotopische Mikrosysteme, Ohrkartographie nach Nogier, neurophysiologische Erkenntnisse, praktische Übungen in kleinen Gruppen mit Supervision, Demonstrationen.
- Repetitions- und Punktsuchkurs:
  Schwerpunkt Punktsuche und Nadeltechnik.
- *Schmerztherapie 1:*
  Schmerzpathophysiologie, speziell am Bewegungsapparat, Schmerzmessung, Schmerzerfahrung, spezielle Therapie bei Kopfschmerzen, Schulter-Arm-Syndrom, HWS-Syndrom, 50% praktische Demonstration und Übung.
- *Schmerztherapie 2:*
  Wiederholung wichtiger therapeutischer und diagnostischer Regeln, Vertiefung der Kopfschmerzbehandlung, akupunkturähnliche Verfahren (TENS, PUTENS, ESA), Herde und Störfelder mit Diagnostik und Sanierung, Mikrosysteme Hand und Schädel, Lumbago, Lumboischialgie, praktische Demonstration, Übungen.
- *Therapie innerer Erkrankungen 1:*
  Wiederholung und Vertiefung der Hauptfunktionen des Zang Fu, Pathologie des Qi und Blut, Krankheitsursachen nach TCM-Theorie, Diagnostik in der TCM, Zungen- und Pulsdiagnostik, Behandlung abdomineller Erkrankungen und Hauterkrankungen nach den Regeln der TCM-Diagnostik, praktische Demonstration und Übungen.
- *Therapie innerer Erkrankungen 2:*
  Wiederholung, therapeutische Anwendungen von Sheng- und Ko-Zyklus, Behandlung von Atemwegs-, Herz/Kreislauf- und Urogenitalerkrankungen, Lähmungen, Zephalgien, praktische Demonstration und Übungen.
- *Ohrkurs 2:*
  Wiederholung und praktische Vertiefung der Ohrkartographie, Lateralität und Therapiehindernisse, Reflexzonen der Ohrmuschel (z.B. Omega-Punkte), erweiterte Ohrgeometrie nach Nogier, Erarbeitung therapeutischer und diagnostischer Konzepte auch schwieriger Krankheitsbilder wie Asthma bronchiale, Z.n. Apoplex, Kombination Ohrakupunktur mit Körperakupunktur, Möglichkeiten und Grenzen erweiterter Behandlungsmöglichkeiten schwerer Suchterkrankungen, praktische Übungen in kleinen Gruppen mit Supervision

und Demonstrationen.

- *Praxiskurse:*
  Voraussetzung sind die 10 Pflichtkurse. Die Hospitationen erfolgen in den Praxen der angegebenen Dozenten. Eigene Patienten können nach vorheriger Anmeldung (mindestens 10 Tage vor Kursbeginn) in Absprache mit dem Dozenten angemeldet werden.
- *Prüfung zum Grundleistungsnachweis:*
  Voraussetzung sind die abgeleisteten 12 Kurse, Mitgliedschaft in der DÄGfA, zweijährige Vorbereitungszeit von Beginn des ersten Grundkurses an.

Preise

- Die meisten Kurse kosten DM 380,- (für Mitglieder der DÄGfA, Wehrpflichtige, Studenten, ÄiP und arbeitslose Ärzte: DM 280,-).
- Bei der Buchung von 3 Kursen mit gleichzeitiger Erstanmeldung: DM 700,- (für Mitglieder der DÄGfA, Wehrpflichtige, Studenten, ÄiP und arbeitslose Ärzte: DM 550,-).
- Ermäßigungen sind nur bei Vorlage einer entsprechenden Bescheinigung möglich.
- Die Prüfung kostet DM 300,- einschließlich des Repetitionskurses.

Kontakt

- *Deutsche Ärztegesellschaft für Akupunktur e. V.*
  Raglovichstraße 14
  80637 München
  Tel: 089-1596266
  Fax: 089-1596255

B2
Akupunktur bei der Deutschen Akademie für Akupunktur und Aurikulomedizin

Allgemeines

- Das Akupunkturarzt-Diplom kann hier bereits in 8 Wochenendkursen erreicht werden.
- Einführungskurse werden mit identischem Inhalt in Dresden, Düsseldorf, München und Hannover abgehalten.
- An den gleichen Orten werden im Abstand von einigen Wochen die weiteren Kurse durchgeführt.

Ausbildungsinhalte

- Einführung in die wissenschaftliche Akupunktur für Ohr-, Körper- und Schädelakupunktur.
- Intensiv-Seminar der Stufe 1 für Ohr-, Körper- und Schädelakupunktur.
- Seminar und Praktikum der Ohrakupunktur Stufe 2 mit Patientenbehandlung.
- Seminar und Praktikum der Körperakupunktur Stufe 2 mit Patientenbehandlung.
- Seminar und Praktikum der Ohrakupunktur Stufe 3 mit Patientenbehandlung.
- Hospitationskurse (Stufe 1, 2 und 3).

Preise

- Jeder Wochenendkurs für Ärzte: DM 180,- (Mitglieder: DM 130,-; ÄiP, Arbeitslose, Studenten, Ärzte in den neuen Bundesländern: DM 30,- weniger; niedergelassene Ärzte, Chef- und Fachärzte: DM 30,- mehr).

Kontakt

- *Deutsche Akademie für Akupunktur e.V.*
  Feinhalsstraße 8
  81247 München
  Tel: 089-8145252

B3

Akupunktur bei der Deutschen Gesellschaft für Akupunktur und Neuraltherapie

Allgemeines

- 10 Wochenendkurse zu je 14 Lehrstunden mit Abschlußprüfung und Zertifikat.
- Jeder der zehn Kurse wird über das Jahr und das Land verteilt im Durchschnitt 8 mal angeboten.
- In allen Kursen erfolgen praktische Übungen und Patientenbehandlungen.
- Die Fortbildung entspricht den Vorgaben der kassenärztlichen Vereinigung Sachsen.

Ausbildungsinhalte

- *Kurs 1:*
  Grundlagen, Wandlungsphasen, Meridianlehre, Steuerungspunkte, Therapie-Grundregeln, Funktionskreis Lu/Di.
- *Kurs 2:*
  Akupunktur als Ordnungstherapie, Moxibustion, Terminologie der TCM, Behandlungsregeln bei Kopf- und Gesichtsschmerz, Funktionskreise Mi/M und H/Dü.
- *Kurs 3:*
  Funktionskreis N/B, Mo-Punkte und außerordentliche Meridiane, Reflexzonendiagnostik, Behandlungsregeln bei Funktionsstörungen und Schmerzen im Bewegungssystem, Übersicht der 4 Gegensatzpaare, TENS, PUTENS, EAP.
- *Kurs 4:*
  Funktionskreis Le/G, komplexe Schmerztherapie, Behandlungsregeln bei sinubronchialen, allergischen und Magen-Darmerkrankungen, Laserpunktur, Einführung in die Ohrakupunktur, TCM-Zungendiagnostik.
- *Kurs 5:*
  5 Wandlungsphasen, Steuerungs- und antike Punkte, Ohrakupunktur II, Therapieregeln, Kombinationstherapien, Schröpfen.
- *Kurs 6:*
  Grundsystem, Behandlungsregeln bei gastrointestinalen, urologischen und gynäkologischen Erkrankungen, komplexe TCM-Diagnostik (Zunge, Bauchdecke, Puls), Fuß- und Handsomatotopien, Aurikulotherapie.
- *Kurs 7:*
  Methoden der Funktionsdiagnostik, Muskelfunktionsketten, tendinomuskuläre Meridiane, Regeln der Akupunktur, Kombination von Körper- und Ohrakupunktur, Suchtprogramme, Therapie bei Herz-/Kreislauferkrankungen, Therapie bei sinubronchialen und allergischen Erkrankungen
- *Kurs 8:*
  Kombination von Ohrakupunktur und Chirotherapie bei Störungen am Bewegungssystem, Schädelakupunktur nach Yamamoto, chinesisch und nach Bahr, Nasensomatotopien, TCM-Diagnostik und TCM-Therapie (Tui Na, Qi Gong, Phytotherapie), Techniken und Anwendungsvarianten der Körper- und Ohrakupunktur.

- *Kurs 9:*
  Schmerz und Psyche, Mundakupunktur nach Gleditsch, Steuerungspunkte, Alarmpunkte nach TCM und Manaka, Akupunktur in der Allgemeinmedizin, Orthopädie, Sportmedizin, Inneren Medizin, Neurologie, Pädiatrie, HNO, Gynäkologie.
- *Kurs 10:*
  Gesamtübersicht der Akupunktur im Rahmen der TCM, Ableitung von Behandlungsregeln und -programmen; schriftliche, mündliche und praktische Prüfung.

Preise

- DM 350,- pro Kurs (DM 250,- für Mitglieder der DGfAN).
- Studenten, ÄiP und arbeitslose Ärzte erhalten, gegen Vorlage einer entsprechenden Bescheinigung, eine Ermäßigung von DM 50,-.

Kontakt

- *Deutsche Gesellschaft für Akupunktur und Neuraltherapie e.V.*
  Mühlweg 11
  07368 Ebersdorf
  Tel/Fax: 036651-87206

B4

Akupunktur bei der Heilpraktikerschule Lotz

Allgemeines

- Die Ausbildung wendet sich an Anfänger, so daß Vorkenntnisse nicht erforderlich sind.
- Die Ausbildung erstreckt sich über 1 Jahr.
- Kurszeiten sind Mi, 18.00-21.00 Uhr.
- Kursort ist München.

Ausbildungsinhalte

- Geschichte, Philosophie, Taoismus.
- Yin und Yang, 6 Yin- und 6 Yang-Organe.
- Physiologische Energien des Körpers.
- Krankmachende Faktoren.
- Außerordentliche Hohlorgane.
- Gekoppelte Paarorgane.
- Haupt-, Muskel- und Sondermeridiane.
- Außergewöhnliche Meridiane.
- Energie-Verteilernetz-System.
- 6 Energieschichten.
- 5 Wandlungsphasen (5-Elemente-Lehre).
- Spezifische Akupunkturpunkte und Extra-Punkte.
- Die 8 Leitkriterien.
- Traditionelle chinesische Diagnostik.
- Allgemeine Therapieregeln.
- Moxibustion.
- Stichtechnik.
- Nadel-Manipulation.
- Akupunktur-Zwischenfälle und Notfallpunkte.
- Praktische Übungen in Akupunktur nach chinesischen Organsystemen.

Preise

- Die Gebühr beträgt DM 220,-/Monat.
- Kombinationen mit anderen Angeboten der Heilpraktikerschule Lotz führen zu einem Preisnachlaß (2 Fächer: DM 260,-/Monat, 3 Fächer: DM 320,-/Monat, 4 Fächer: DM 380,-/Monat).

Kontakt

- *HP-Schule Lotz*
  Prielmayerstraße 3
  80335 München
  Tel: 089-593962
  Fax: 089-558529

B5

Akupunktur in der Alkohol- und Drogenentzugsbehandlung

Allgemeines

- Die Teilnehmerzahl ist auf 20 begrenzt.
- Kursleiter ist Edwin Oudemans, der 7 Jahre leitender Arzt der Amsterdamer Alkohol- und Drogenentzugsklinik „Jellinek" war und in Peking Akupunktur und Moxibustion erlernt hat.
- Kurszeiten sind meist Fr. 18.00-21.30 und Sa. 9.00-17.30 Uhr.
- Ziel des Kurses ist die Befähigung der in der Suchtentwöhnung tätigen Ärzte zur sinnvollen Integration der Akupunktur in ein Gesamtkonzept der Entwöhnung.
- Kursorte abwechselnd im nord- und süddeutschen Raum.

Ausbildungsinhalte

- Theoretische Inhalte:
  Einführung in die TCM (Yin/Yang, Wandlungsphasen, Krankheitsursachen), Wirkung der Akupunktur (Endorphin-Hypothese, Suchtpathologie), Zwei-Phasen-Modell (Indikationen/Kontraindikationen), praktische Organisation der poliklinischen Suchtbehandlung (Inventarisierung, Behandlungsvertrag, Entgiftung), Möglichkeiten und Grenzen der Entzugsakupunktur (Tips und Kniffe der Anwendung).
- Praktische Inhalte:
  Ohrinspektion, Lokalisation von Akupunkturpunkten, Nadelungstechnik, Lokalisation von Shen Men, Vegetativum, Niere, Leber und Lunge, Nadelung der 5 Ohrpunkte am Modell und am lebenden Menschen, Lokalisation von Di4, Le3, Ma36, M-P6, Yintang, LG20, Nadelung der 6 Körperpunkte.

Preise

- Kursgebühr DM 350,-, inkl. Arbeitsmaterial und Handbuch.

Kontakt

- *Antilla-Fortbildung*
  Meinekestraße 5
  10719 Berlin
  Tel: 030-88683076 (9.30-12.30 Uhr)
  Fax: 030-88683077

B6
AKUPUNKTUR IN DER SCHMERZTHERAPIE

Allgemeines

- Kursus setzt Basiskenntnisse aus mindestens zwei der Akupunkturverfahren nach Bischko, Man, Nogier und Yamamoto voraus.
- Kursort ist die Gottfried-Gutmann-Akademie in Hamm.
- Kursus zeichnet sich durch besondere Betonung der praktischen Durchführungen aus.
- Ziel ist die Diagnostik und Therapie nach den Prinzipien der verschiedenen Akupunkturverfahren.
- Kursdauer: Samstag, 9.00 bis 18.00 Uhr und Sonntag, 9.00 bis 12.30 Uhr.
- Vorstellung eigener Schmerzpatienten bei vorheriger Anmeldung.

Ausbildungsinhalte

- Geboten wird eine Synthese aus der Körperakupunktur nach Bischko, der periostalen Akupunktur nach Mann, der Aurikulotherapie nach Nogier und der Schädelakupunktur nach Yamamoto und deren Anwendung in der Schmerztherapie.

Preise

- Kursgebühr: DM 280,-.

Kontakt

- *Gottfried Gutmann Akademie*
  Ostenallee 83
  59071 Hamm
  Tel: 02381-986562
  Fax: 02381-986499

B7
Akupunktur nach dem Freiburger Modell

Allgemeines

- Kursort ist Freiburg/Breisgau.
- Die Kurse I bis V und IX sind Wochenendkurse; die Kurse VI bis VIII können auf dem Freiburger Kongreß an einem Wochenende zusammen belegt werden. Das Repetitionsseminar dauert 4 Tage.
- Die gesamte Ausbildungsdauer beläuft sich auf 750 bis 1000 Stunden in 3 bis 5 Jahren.
- Die Unterrichtssprachen sind Deutsch und/oder Englisch.

Ausbildungsinhalte

- *Kurs 1: Einführung in die moderne Akupunktur I*
  Fernöstliche Denkweise und chinesische Medizin, traditionelle und moderne Grundlagen der Akupunktur, Meridiane und Punkte, Theorie, Diagnostik und Techniken.
- *Kurs 2: Einführung in die moderne Akupunktur II*
  Integrierende medizinische Systemanalyse und Therapie (IMSAT), Meridiane und Punkte (Fortsetzung), Diagnostik, Stich- und Brenntechniken.
- *Kurs 3: Akupunktur für Fortgeschrittene I*
  Zusatzmeridiane und -gefäße, Syndromdiagnose, Ohrakupunktur, Rezeptur und Akupunktur als medizinische Systemanalyse (IMSAT).
- *Kurs 4: Akupunktur für Fortgeschrittene II*
  Syndromlehre und Akupunkturdiagnostik (speziell Zungendiagnostik), spezielle Techniken (Gesicht, Nase, Hand, Fuß), Einführung in die chinesische Massage (Tui-Na) und in das Qi Gong.
- *Kurs 5: Akupunktur für Fortgeschrittene III*
  Syndromlehre und westliche Diagnosen, Syndrome und Punktauswahl, klinische Praxis am Patient.
- *Kurs 6, 7, 8 (im Rahmen der Freiburger Akupunkturtage, IFAT):*
  Akupunktur und Anatomie, Naturheilverfahren, chinesische Medizin, 3 Meisterkurse (zu je 6 Stunden).
- *Repetitionsseminar:*
  (entweder mit anschließender Abschlußprüfung oder mit Zwischenprüfung für Seminarteilnehmer im 1. Jahr)
- *Kurs 9: Klinik der modernen Akupunktur*
  Moderne westliche Diagnosen und traditionelle chinesische Syndrome, Klinik, Theorie und Techniken; eigene Patienten können nach vorheriger Anmeldung mitgebracht werden.

Preise

- Gebühr für die Kurse I bis IX: jeweils DM 500,-.
- Gebühr für den IFAT-Kurs: (inklusive 3 Meisterkurse): DM 520,-.
- Repetitionsseminar: DM 450,-; Prüfungsgebühr: DM 250,-.
- Meisterkurs ohne Kongreßteilnahme: DM 250,-.

Kontakt

- *Deutsches Forschungsinstitut für Chinesische Medizin e.V.*
  Silberbachstr. 10
  79100 Freiburg

B8
Akupunktur Ohrkurs 1

Allgemeines

- Der Kurs geht über 2 Abende.
- Kursort ist Bad Wörishofen.
- Der Kurs findet begleitend als Abendveranstaltung zur Ausbildung in Naturheilverfahren an der Sebastian Kneipp Akademie, Kurs 3, statt.
- Der Kurs wird als Pflichtkurs für die Grundausbildung in Akupunktur bei der DÄGfA anerkannt.

Ausbildungsinhalte

- Grundlagen.
- Chinesische Ohr-Akupunktur.
- Somatotopische Mikrosysteme.
- Ohrkartographie nach Nogier.
- Indikationen und Kontraindikationen.
- Unterschiede zur Körperakupunktur.
- Punktsuche.
- Elektrische Detektion.
- Repräsentation innerer Organe.
- Hormonell und psychische wirksame Punkte.
- Stichtechnik.
- Patientendemonstration.
- Praktische Übungen in Kleingruppen mit Supervision.

Preise

- DM 380,-; ÄiP und arbeitslose Ärzte: DM 280,- bei Vorlage einer entsprechenden Bescheinigung.

Kontakt

- *Ärztliches Fortbildungszentrum an der Sebastian-Kneipp-Akademie*
  Adolf Scholz Allee 6-8
  86825 Bad Wörishofen
  Tel: 08247-3002-156 (-155)

B9

Akupunktur und chinesische Phytotherapie bei HIV und anderen chronischen Viruserkrankungen bzw. gynäkologischen Erkrankungen

Allgemeines

- Nur für Ärzte bzw. Studenten im PJ.
- Kursort ist Freudenstadt.
- Die Kursdauer beträgt für den „Viruskurs" 2 Tage, für gynäkologische Erkrankungen 1 Tag.

Ausbildungsinhalte

- Inhalt des Kurses ist die Akupunktur und Phytotherapie bei HIV-Infektionen und anderen chronischen Viruserkrankungen, bzw. bei gynäkologischen Erkrankungen.

Preise

- Die „Viruskurse" kosten DM 600,- (Mitglieder der DÄGfA: DM 500,-; Wehrpflichtige, Studenten, ÄiP und arbeitslose Ärzte: DM 400,-).
- Die Kurse zu gynäkologischen Erkrankungen kosten 350,- (für Mitglieder der DÄGfA 250,-, Wehrpflichtige, Studenten, ÄiP und arbeitslose Ärzte 200,-).
- Ermäßigungen sind nur bei Vorlage einer entsprechenden Bescheinigung möglich.

Kontakt

- *ZÄN*
  Bismarckstraße 3
  72250 Freudenstadt
  Tel: 07441-2151

B10
Akupunktur und manuelle Medizin

Allgemeines

- Voraussetzung sind die Grundkurse 1, 2 und 3 sowie Schmerz 1 und Schmerz 2 der DÄGfA-Grundausbildung.
- Für Ärzte bzw. Studenten nach dem PJ.
- Kursorte sind Freudenstadt und Bad Nauheim.
- Die Kursdauer beträgt 1 oder 2 Tage.

Ausbildungsinhalte

- Akupunktur zur Verbesserung der Effizienz manualtherapeutischer Verfahren.
- Praktische Darstellung anhand häufiger Krankheitsbilder des muskuloskelettalen Systems.
- *Teil 1:* HWS, BWS, obere Extremität.
- *Teil 2:* LWS, Becken, untere Extremität.

Preise

- Der Kurs kostet DM 380,- (Mitglieder der DÄGfA, Wehrpflichtige, Studenten, ÄiP und arbeitslose Ärzte: DM 280,-).
- Ermäßigungen sind nur bei Vorlage einer entsprechenden Bescheinigung möglich.

Kontakt

- *Deutsche Ärztegesellschaft für Akupunktur e.V.*
  Raglovichstraße 14
  80637 München
  Tel: 089-1596266
  Fax: 089-1596255

B11
Akupunktur und TCM in China

Allgemeines

- Gerichtet an Ärzte und Heilpraktiker.
- Ziel ist der Erwerb von Grundlagen in Theorie und Technik der Akupunktur und der TCM, wobei die Schwerpunkte auf korrekter Technik und krankheitsspezifischer Anwendung liegen.
- Die Reise bietet auch Besichtigungen, Exkursionen und kulturelle Veranstaltungen, die etwa 1/3 der Reisedauer ausmachen, um Akupunktur und TCM in ihrem gesellschaftlichen und kulturellen Kontext zu verstehen.
- Stundenweise ist ein Austausch mit chinesischen Fachkollegen über westliche und chinesische Medizin vorgesehen.
- Begleitend gibt es ein Programm für begleitende Mitreisende mit Kursen in chinesischer Sprache und traditioneller chinesischer Malerei (Tuschmalerei, Seidenmalerei, Kalligraphie).
- 2 bis 4 Wochen vor Reiseantritt wird ein obligatorisches Vorbereitungswochenende in Berlin oder Frankfurt angeboten, das eine Einführung in das belegte Fach und in die chinesische Sprache und Kultur bietet. Vorbereitetes Arbeitsmaterial ermöglicht die persönliche Vertiefung während der Vorbereitungszeit.
- Buchbar sind 3 oder 4 Wochen mit Abflug aus Berlin oder Frankfurt.
- Für jede Gruppe von 2 bis 3 Teilnehmern steht ein deutsch- bzw. englischsprachiger Dolmetscher zur Verfügung. Außerdem beherrschen viele chinesische Ärzte Deutsch oder Englisch in ausreichendem Maße.
- Nachmittags finden theoretische Kurse und fallorientierte Vorträge statt, die auch in einem Fragebogen von den Teilnehmern mit der Anmeldung eingereicht werden können.
- Abschließend wird nach erfolgreicher Teilnahme ein Zertifikat durch das Krankenhaus und Newstand (siehe unten) ausgestellt.

Ausbildungsinhalte

- Einführung in die chinesische Medizinphilosophie.
- Diagnostik (inkl. Puls- und Zungendiagnostik).
- Vermittlung von Nadeltechnik und Moxabehandlung.
- Anwendung der Körper-, Ohr-, Kopf- und Elektroakupunktur.
- Schröpfköpfe.
- Einführung in die Therapie mit chinesischen Heilkräutern.
- Tuina und Qigong.
- Krankheitsspezifische Anwendung der TCM bei zahllosen Krankheitsbildern.
- Das intensiv von Fachärzten betreute Praktikum findet vormittags in der Ambulanz des städtischen Krankenhauses für TCM in Hangzhou statt.

Preise

- 3 Wochen: DM 4.750,- (Mitreisende: DM 4.350,-).
- 4 Wochen: DM 5.250,- (Mitreisende: DM 4.850,-).
- Aufpreis für Wochenendreise nach Schanghai und Suzhou: DM 300,-.
- Kursgebühr für das Vorbereitungswochenende: DM 150,-.

Kontakt

- *Newstand, China Projekt*
  Bredowstraße 36
  10551 Berlin
  Tel: 030-3825430
  Fax: 030-3816964

B12
Aurikulomedizin

Allgemeines

- Voraussetzung ist der Ohrkurs 1 bei der DÄGfA.
- Für Ärzte bzw. Studenten nach dem PJ.
- Die Kursdauer beträgt jeweils 1 Tag.
- Kursorte sind Freudenstadt und Bad Nauheim.
- Ziel beider Kurse ist die Darstellung der Möglichkeiten ganzheitlicher Therapie mit Nadel, Laser, Medikament und Störfeldtherapie über den RAC und das Ohr.
- Die Kurse können nur in der numerischen Reihenfolge (siehe unten) belegt werden.

Ausbildungsinhalte

- *Aurikulomedizin 1:*
  Unterschiede zwischen Ohrakupunktur (Aurikulotherapie) und Aurikulomedizin, Nogier-Pulsreflex (RAC, VAS) als Diagnostikum der Stufe 2 (mit praktischen Übungen) und Anwendungen, Untersuchungsmethoden, Diagnostik- und Therapiehindernisse, pathologische und antipathologische Ohrreflexe, Demonstration an Patienten.
- *Aurikulomedizin 2:*
  Frequentielle Diagnostik und Therapie (mit Laserfrequenzen), medikamentenanaloge Punkte, zonendominante Punkte, Laser-Akupunktur, Herd-Störfeld-Testmethoden, Patientendemonstrationen.

Preise

- Die Kurse kosten DM 380,- (Mitglieder der DÄGfA, Wehrpflichtige, Studenten, ÄiP und arbeitslose Ärzte: DM 280,-).
- Ermäßigungen sind nur bei Vorlage einer entsprechenden Bescheinigung möglich.

Kontakt

- *Deutsche Ärztegesellschaft für Akupunktur e.V.*
  Raglovichstraße 14
  80637 München
  Tel: 089-1596266
  Fax: 089-1596255

B13
AURIKULOTHERAPIE-AURIKULOMEDIZIN NACH PAUL NOGIER

Allgemeines

- Der Kurs richtet sich an Ärzte und Schmerztherapeuten.
- Kursort ist die Gottfried Gutmann Akademie in Hamm.
- Der Kurs wird vom Begründer persönlich abgehalten, wobei ein Übersetzer anwesend ist.
- Der Kurs besteht aus drei Teilen von jeweils 3 Tagen Dauer.
- Kurszeiten: 15.00 bis 19-00 Uhr, Samstag, 9.00 bis 19.00 Uhr und Sonntag, 9.00 bis 12.30 Uhr.
- Ziel ist das Erlernen der Diagnostik und Therapie mittels Ohrakupunktur nach Nogier.
- Am Kursende werden von Nogier Zertifikate ausgestellt, für deren Erlangen die Teilnahme an den Kursteilen II und III obligat ist.
- Zu den Teilen II und III sind Refresher-Kurse belegbar.

Ausbildungsinhalte

- Der Schritt von der Aurikulotherapie zur Aurikulomedizin.
- Diagnostik und Therapie mit Weißlicht.
- Lateralitätsbestimmung durch Hoch- und Tieffrequenzen.
- Therapie von Lateralitätsstörungen.
- Photogramm.
- Therapie sogenannter Problemfälle.
- Patientendemonstration.

Preise

- DM 800,- je Kursteil.
- Refresher-Kurse: jeweils DM 400,-.

Kontakt

- *Gottfried Gutmann Akademie*
  Ostenallee 83
  59071 Hamm
  Tel: 02381-986562
  Fax: 02381-986499

B14
FORSCHUNGSGRUPPE AKUPUNKTUR

Allgemeines

- Die Intensivseminare richten sich an Orthopäden und Allgemeinmediziner.
- Dozenten sind u.a. Dr. Böwing, Dr. Thambirajah, Dr. Molsberger, S. Kirchhoff, F. Molsberger und J. Winkler.
- Im italienischen Bozen werden alternativ zu den Kursen 1 bis 3 bzw. 4 und 5 zum Preis von DM 1.900,- 50 Stunden Akupunktur angeboten.
- Im Elsaß, in Marbella oder auf Mallorca wird für DM 760,- ein Refresher-Kurs organisiert.
- Die Kurse 1 bis 3 werden als 15 Stunden dauernde Wochenendkurse jeweils ab Samstag 10.00 Uhr in Berlin, München und Frankfurt angeboten.
- Die Kurse 4 bis 7 werden als verlängerte Wochenendkurse von jeweils 25 Stunden Dauer ab Freitag, 17.00 Uhr in Düsseldorf und München angeboten.
- Die Reihenfolge der Belegung ist nach den ersten beiden Kursen freigestellt.
- Kursinhalte und Ausbildungsdauer (140 Stunden) entsprechen den von der Kassenärztlichen Vereinigung aufgestellten Richtlinien.

Ausbildungsinhalte

- *Kurs 1:*
  Grundlagen Akupunktur (Qi, Yin/Yang, Zang und Fu, chinesische Diagnostik, vier Meridiane, Punktekategorie).
- *Kurs 2:*
  Meridiane und Punkte (acht Meridiane, Punkte, Sondermeridiane, Organuhr, traditionell chinesische Regeln der Punktauswahl, pragmatische Punktkombinationen, Krankheitsbilder).
- *Kurs 3:*
  Praxistraining Punktlokalisation, Krankheitsbilder (Schulter, Tennisarm, Golferarm, HWS- und LWS-Syndrom, Ischialgie, Gonarthrose, Chondropathia patellae).
- *Kurs 4:*
  Die sofortanalgetische Akupunktur (one point, Ohrakupunktur, Elektro- und Laserakupunktur, wissenschaftliche Grundlagen der Akupunktur, Praxistraining); zusätzlich Qi Gong.
- *Kurs 5:*
  Die 5 Elemente, Puls- und Zungendiagnostik (Theorie und Praxis der 5 Elemente bei wichtigen Krankheitsbildern, Praxistraining zu Wirbelsäulensyndromen, Nervenerkrankungen, Erkrankungen der Atem- und Verdauungsorgane; zusätzlich Qi Gong.
- *Kurs 6:*
  Chinesische Syndrome, Neuroakupunktur (Chinesische Syndrome, chinesische Ernährungslehre, Neuroakupunktur und allgemeinmedizinische Erkrankungen; zusätzlich Qi Gong).
- *Examen:*
  Repetition, Praxistraining, schriftliche und mündliche Prüfung.

Preise

- Kurse 1 bis 3: jeweils DM 570,-.
- Kurse 4 bis 7: jeweils DM 950,-.

Kontakt

- *Forschungsgruppe Akupunktur*
  Sekretariat Gisela Kraus
  Postfach 1333
  85563 Grafing/München
  Tel: 08092-31908
  Fax: 08092-31907

B15

GANZHEITLICHE (PSYCHOSOMATISCHE) BEHANDLUNG IN DER AKUPUNKTURPRAXIS

Allgemeines

- Für Ärzte bzw. Studenten nach dem PJ.
- Die Grundkurse 1 bis 3 und Innere 1 der DÄGfA-Grundausbildung werden empfohlen.
- Kursort ist die Praxis der Dozentin Dr. Maric-Oehler, Bad Homburg.
- Der Kurs besteht aus 2 Teilen mit je 3 Nachmittagen (mittwochs), die nur zusammen belegt werden können.
- Nach vorheriger Absprache können auch eigene Patienten mitgebracht werden.
- Im Rahmen der DÄGfA-Ausbildung werden die Kurse als Sonder- oder Hospitationskurs angerechnet

Ausbildungsinhalte

Grundlage dieses Doppelkurses ist das Entsprechungssystem der 5 Wandlungsphasen der TCM. Nach einer Einführung werden zu jedem Funktionskreis 1 oder 2 Patienten vorgestellt.

- *Teil 1:*
  Einführung, Funktionskreis Niere, Funktionskreis Leber.
- *Teil 2:*
  Funktionskreis Herz, Funktionskreis Milz, Funktionskreis Lunge.

Preise

- Die Kursgebühr beträgt DM 650,- (für Mitglieder der DÄGfA, Wehrpflichtige, Studenten, ÄiP und arbeitslose Ärzte: DM 500,-).
- Ermäßigungen sind nur bei Vorlage einer entsprechenden Bescheinigung möglich.

Kontakt

- *Deutsche Ärztegesellschaft für Akupunktur e.V.*
  Raglovichstraße 14
  80637 München
  Tel: 089-1596266
  Fax: 089-1596255

B16
Hara-Diagnostik gestützte Akupunktur

Allgemeines

- Nur für Ärzte bzw. Studenten im PJ.
- Akupunkturgrundkenntnisse werden empfohlen.
- Kursort ist Bad Nauheim.
- Die Dozentin Matsumoto ist die Begründerin dieser speziellen diagnostischen Methode, die auf alte chinesische Texte und japanische Meister zurückgeht.
- Die Kursdauer beträgt 2,5 Tage.

Ausbildungsinhalte

- Neue diagnostische Methode, die sich auf Palpationstechniken stützt.
- Die Behandlung besteht aus besonderen Akupunkturtechniken, Magnetbehandlung, direkter Moxibustion mit Shiumko-Salbe und indirekter Moxibustion mit dem Tigerwärmer.

Preise

- Die Kursgebühr beträgt DM 800,- (für Mitglieder der DÄGfA, Wehrpflichtige, Studenten, ÄiP und arbeitslose Ärzte: DM 600,-).
- Ermäßigung ist nur gegen Vorlage einer entsprechenden Bescheinigung zu erhalten.

Kontakt

- *Deutsche Ärztegesellschaft für Akupunktur e.V.*
  Raglovichstraße 14
  80637 München
  Tel: 089-1596266
  Fax: 089-1596255

B17

Hospitationskurs am Yamamoto-Hospital, Miyazaki-Nichinan, Japan

Allgemeines

- Für Ärzte bzw. Studenten nach dem PJ.

Ausbildungsinhalte

- Es wird eine 4-tägige Hospitation am Yamamoto-Hospital angeboten.

Preise

- Kursgebühr: US$ 500,-.
- Flug Frankfurt-Peking: etwa DM 2.800,-.
- Kost und Logis je nach gewünschtem Komfort: ca. DM 60,- bis 120,- pro Tag.

Kontakt

- *Deutsche Ärztegesellschaft für Akupunktur e.V.*
  Raglovichstraße 14
  80637 München
  Tel: 089-1596266
  Fax: 089-1596255

B18
Jin-Shin-Akupressur 1

Voraussetzungen

- Für Ärzte bzw. Studenten nach dem PJ.
- Beherrschung der Grundkursinhalte der DÄGfA, speziell der Leitbahntopographie und der wichtigsten Punkte.

Allgemeines

- Kursort ist Hamburg.
- Die Kursdauer beträgt 2 Tage.

Ausbildungsinhalte

- Die Akupressur ermöglicht eine sanfte Beeinflussung des Qi-Flusses im Organismus und eine allmähliche aber nachhaltige Lösung energetischer Blockaden. Es werden im Kurs die nötigen Grundlagen der Akupressur nach segmentalen Gesichtspunkten vermittelt.

Preise

- Die Kursgebühr beträgt DM 380,- (für Mitglieder der DÄGfA, Wehrpflichtige, Studenten, ÄiP und arbeitslose Ärzte: DM 280,-).
- Ermäßigungen sind nur bei Vorlage einer entsprechenden Bescheinigung möglich.

Kontakt

- *Deutsche Ärztegesellschaft für Akupunktur e.V.*
  Raglovichstraße 14
  80637 München
  Tel: 089-1596266
  Fax: 089-1596255

B19

KLINIKPRAKTIKUM AM INSTITUT FÜR TCM IN NANJING

Allgemeines

- Für Ärzte bzw. Studenten nach dem PJ.
- Geeignet für Absolventen der DÄGfA-Grundausbildung, auch bei ausstehendem Hospitationskurs.
- 18 der 30 Tage werden voll auf die Akupunkturausbildung verwandt.
- Ferner existiert ein fakultatives touristisches Programm.
- Für das Klinikpraktikum werden 3 Hospitationskurse angerechnet.

Ausbildungsinhalte

- Arbeit in Akupunktur-Ambulanzen mit maximal 4 Schülern, einem Lehrer und einem Dolmetscher.
- Diagnose, Diskussion und Behandlung der Krankheitsbilder unter Aufsicht.

Preise

- Kursgebühr: US$ 850,-.
- Flug Frankfurt-Peking: etwa DM 1.700,-.
- Kost und Logis je nach gewünschtem Komfort: ca. US$ 30,- pro Tag.

Kontakt

- *Mistral Tours*
  Kurhessenstraße 14
  60431 Frankfurt
  Tel: 069-523051
  Fax: 069-517812

B20
Körperakupunktur nach Bischko

Allgemeines

- Voraussetzung ist ein abgeschlossenes Medizin-Studium.
- Ziel ist das Erlernen der Akupunktur verschiedener Schmerzsyndrome.
- Kursort ist die Gottfried-Gutmann-Akademie in Hamm.
- Der Kurs wird vom Begründer persönlich abgehalten.
- Die Kurse I bis IV finden in etwa vierteljährlichen Abständen statt.
- Die Kurse erstrecken sich über drei Tage (freitags bis sonntags) und dauern jeweils etwa 17 Stunden.
- Die Kurse beinhalten Demonstrationen und die praktische Arbeit am Patient.
- Zur Abschlußprüfung gehört ein fünftägiges klinisches Praktikum, das im Institut für Schmerztherapie in der Klinik für Manuelle Medizin abgeleistet werden kann.
- Die Kurse werden von der DÄGfA und ÖWÄA anerkannt.

Ausbildungsinhalte

- *Kurs I:*
  Grundlagen; Wirkungsnachweise, Akupunkturanalgesie, Indikation, Lokalisation und praktische Demonstration von 60 Punkten; Palpation und oberflächliche Stichtechnik, Erarbeitung von Punktprogrammen gemäß der Akupunkturregeln.
- *Kurs II:*
  Wiederholung der 60 Punkte aus Kurs I; Indikation, Lokalisation und praktische Demonstration weiterer 60 Punkte; Palpation, topographische Beschreibung wichtiger Punkte und differenzierte Reizsetzung (z. B. Nadelung, Laser, Moxa); Meridiantopographie; weitere Akupunkturregeln, Erarbeitung von Punktprogrammen.
- *Kurs III:*
  Einführung in die Funktionskreise, acht Prinzipien; Meridiansyndrome, Einteilung und Wertung verschiedener Punkte; Akupunktur und psychosomatische Krankheiten; Akupunktur bei chronischen Erkrankungen; Erarbeitung entsprechender Therapiemöglichkeiten unter Berücksichtigung des Herdgeschehens.
- *Kurs IV:*
  Grundbegriffe der Fünf-Elementelehre; Funktionskreisbeschreibung für ganzheitliche Patientenerfassung; Untersuchungstechniken (acht Prinzipien, Meridianzuordnung), Kondition; Konstitution und Art der Erkrankung (Yin/Yang) für individuelle Behandlung und entsprechende Reiztechnik (Sedierungs- und Tonisierungstechniken, neutraler Reiz).

Preise

- DM 650,- pro Kurs.

Kontakt

- *Gottfried Gutmann Akademie*
  Ostenallee 83
  59071 Hamm
  Tel: 02381-986562
  Fax: 02381-986499

B21
Laser in der Akupunktur

Allgemeines

- Kursort ist die Gottfried Gutmann Akademie in Hamm.
- Kurszeiten: Samstag, 9.00 bis 18.00 Uhr und Sonntag, 9.00 bis 13.00 Uhr.
- Der Kurs wird etwa einmal jährlich abgehalten.
- Eine Anrechnung auf die Weiterbildung zur Erlangung einer Zusatzbezeichnung ist nicht möglich.

Ausbildungsinhalte

- Biophysikalische Grundlagen der Lasertherapie: Licht oder Laser, Bio-Effekte im Gewebe.
- Technische Grundlagen.
- Lasergeräte.
- Technik der Laserbehandlung: Punkt-, Flächen-, Wund- und Geschwürbehandlung, Lokalisation der Behandlungspunkte, Messung der Druckschmerzwelle.
- Physiologie der Anwendung: Indikationen und Grenzen, Anwendungsbeispiele, Laser/TENS, Laser/Nadelakupunktur.

Preise

- Kursgebühr: DM 520,-.

Kontakt

- *Gottfried Gutmann Akademie*
  Ostenallee 83
  59071 Hamm
  Tel: 02381-986562
  Fax: 02381-986499

B22
Modellprojekt Akupunktur als Reflextherapie mit Manueller Medizin

Allgemeines

- Nur für Ärzte bzw. Studenten nach dem PJ.
- Mitgliedschaft bei der DÄGfA bedeutet auch Mitgliedschaft im ZÄN.
- Kursorte sind Stuttgart und Ulm.
- Die Kursdauer beträgt in aller Regel jeweils 2 Tage.

Ausbildungsinhalte

- *Die Kurse 1, 2 und 3* entsprechen den Grundkursen der DÄGfA.
- *Kurs 4* entspricht dem Ohrkurs 1 der DÄGfA-Grundausbildung.
- *Kurs 5:* Punktsuch- und Repetitionskurs.
- *Kurs 6:* Schädelakupunktur nach Yamamoto, neue punktuelle Schmerztherapie.
- *Kurs 7:* Untersuchungstechniken in der manuellen Medizin.
- *Kurs 8, 9 und 10:* Akupunktur des Bewegungsapparates in Verbindung mit manueller Medizin.
- *Kurs 11:* entspricht „Therapie Innerer Erkrankungen, Teil 1" der DÄGfA.
- *Kurs 12:* entspricht „Therapie Innerer Erkrankungen, Teil 2" der DÄGfA.

Preise

- Die Kursgebühr beträgt jeweils DM 380,- (für Mitglieder der DÄGfA, Wehrpflichtige, Studenten, ÄiP und arbeitslose Ärzte: DM 280,-).
- Bei Erstanmeldung mit gleichzeitiger Buchung von 3 Kursen: DM 700,- (Mitglieder der DÄGfA, Wehrpflichtige, Studenten, ÄiP und arbeitslose Ärzte: DM 550,-).
- Ermäßigungen sind nur bei Vorlage einer entsprechenden Bescheinigung möglich.

Kontakt

- *Deutsche Ärztegesellschaft für Akupunktur e.V.*
  Raglovichstraße 14
  80637 München
  Tel: 089-1596266
  Fax: 089-1596255

B23

Modellprojekt Ausbildung in traditioneller chinesischer Akupunktur

Allgemeines

- Nur für Ärzte bzw. Studenten nach dem PJ.
- Mitgliedschaft bei der DÄGfA bedeutet auch Mitgliedschaft im ZÄN.
- In diesem Pilotprojekt wird die Akupunkturausbildung konsequent in die TCM eingebunden.
- Es handelt sich um eine eigenständige Kursreihe, die von Anfang bis Ende durchlaufen werden sollte.
- Die Kursdauer beträgt in aller Regel jeweils 2 Tage.

Ausbildungsinhalte

- *Die Kurse 1, 2 und 3* entsprechen den Grundkursen der DÄGfA.
- *Kurs 4* entspricht dem Ohrkurs 1 der DÄGfA-Grundausbildung.
- *Kurs 5:* Punktsuch- und Repetitionskurs.
- *Kurs 6:* TCM in Diagnostik und Therapie 1.
- *Kurs 7:* TCM in Diagnostik und Therapie 2.
- *Kurs 8:* Differentialdiagnose und Therapie der Syndrome der TCM 1: Behandlung von abdominellen und Hauterkrankungen nach den Regeln der TCM, Atemwegserkrankungen, Demonstrationen, Fallbeispiele, praktische Übungen in kleinen Gruppen.
- *Kurs 9:* Syndrome der TCM 2: Behandlung von Urogenital-, Herz/Kreislauf- und rheumatischen Erkrankungen, Lähmungen, Zephalgien, Demonstrationen, Fallbeispiele, praktische Übungen in kleinen Gruppen.
- *Kurs 10:* entspricht dem Ohrkurs 2 der DÄGfA-Grundausbildung.
- *Kurs 11:* Akupunktur des Bewegungsapparates: Behandlung von u.a. HWS-, Schulter-Arm-, Radikulär- und Pseudoradikulärsyndromen.
- *Kurs 12:* Psychosomatik mit Bezug zur Zang/Fu-Theorie.

Preise

- Die Kursgebühr beträgt DM 380,- (für Mitglieder der DÄGfA, Wehrpflichtige, Studenten, ÄiP und arbeitslose Ärzte: DM 280,-).
- Bei Erstanmeldung mit gleichzeitiger Buchung von 3 Kursen: DM 700,- (Mitglieder der DÄGfA, Wehrpflichtige, Studenten, ÄiP und arbeitslose Ärzte: DM 550,-)
- Ermäßigungen sind nur bei Vorlage einer entsprechenden Bescheinigung möglich.

Kontakt

- *Deutsche Ärztegesellschaft für Akupunktur e.V.*
  Raglovichstraße 14
  80637 München
  Tel: 089-1596266
  Fax: 089-1596255

B24
Mund- und Handakupunktur, Very-Point-Detection und Therapie

Allgemeines

- Für Ärzte und für Studenten im PJ.
- Grundkurse und Ohrkurs 1.
- Kursort ist Freudenstadt.
- Die Kursdauer beträgt 1 Tag.

Ausbildungsinhalte

- Westliche Akupunktur mit Mikrosystemen und Triggerpunkten.
- Kybernetisch-holistische Systeme.
- Das 5-Elemente-Modell und seine Spiegelung in den Zahn-Kiefer-Wechselbeziehungen und den Mundakupunkturpunkten.
- Punktsysteme der Hand.
- Übungen der Very-Point-Detektion und -Stimulation
- Psychosomatische Entsprechungen der 5 Elemente.

Preise

- Die Kursgebühr beträgt DM 380,- (für Mitglieder der DÄGfA, Wehrpflichtige, Studenten, ÄiP und arbeitslose Ärzte: DM 280,-).
- Ermäßigungen sind nur gegen Vorlage einer entsprechenden Bescheinigung möglich.

Kontakt

- *Deutsche Ärztegesellschaft für Akupunktur e.V.*
  Raglovichstraße 14
  80637 München
  Tel: 089-1596266
  Fax: 089-1596255

B25

Neue punktuelle Schmerz- und Organtherapie (NPSO)

Allgemeines

- Nur für Ärzte und für Studenten im PJ.
- Keine Vorkenntnisse erforderlich.
- Kursort ist Freudenstadt.
- Der Dozent Dr. Buthke war in den letzten Jahren maßgeblich an der Entwicklung der Methode beteiligt.
- Der Kursus bietet die Vermittlung eines neuen schmerztherapeutischen Verfahrens.
- Das Verfahren ist einfach und schnell erlernbar.
- Die Kursdauer beträgt 1 Tag.

Ausbildungsinhalte

- Angewandt wird ein neues somatotopisches System, dessen Reaktionspunkte mit einem Widerstandsmeßgerät gefunden werden. Die Punkte befinden sich vor allem an den Fuß- und Handgelenken. Indikationen sind chronische Schmerzzustände und Allergien.

Preise

- Die Kursgebühr beträgt DM 380,- (für Mitglieder der DÄGfA, Wehrpflichtige, Studenten, ÄiP und arbeitslose Ärzte: DM 280,-).
- Ermäßigungen sind nur gegen Vorlage einer entsprechenden Bescheinigung möglich.

Kontakt

- *Deutsche Ärztegesellschaft für Akupunktur e.V.*
  Raglovichstraße 14
  80637 München
  Tel: 089-1596266
  Fax: 089-1596255

B26
Neue Schädelakupunktur (YNSA)

Allgemeines

- Nur für Ärzte bzw. Studenten im PJ.
- Akupunkturgrundkenntnisse werden empfohlen.
- Kursorte sind Berlin, Düsseldorf, Baden-Baden und Bad Nauheim.
- Das Verfahren ist einfach und schnell erlernbar.
- Der Dozent Dr. Yamamoto ist der Begründer der Methode.
- Die Kursdauer beträgt ein oder zwei Tage.

Ausbildungsinhalte

- Angewandt wird ein neues somatotopisches System am Schädel. Indikationen sind Störungen am Bewegungsapparat einschließlich Lähmungen sowie alle funktionellen, grundsätzlich reversiblen Störungen. Außerdem eignet sich die neue Schädelakupunktur als Begleittherapie bei organischen Erkrankungen, nach Verletzungen und Operationen.

Preise

- Die Kursgebühr beträgt DM 380,- (für Mitglieder der DÄGfA, Wehrpflichtige, Studenten, ÄiP und arbeitslose Ärzte: DM 280,-).
- Ermäßigungen sind nur gegen Vorlage einer entsprechenden Bescheinigung möglich.

Kontakt

- *Deutsche Ärztegesellschaft für Akupunktur e.V.*
  Raglovichstraße 14
  80637 München
  Tel: 089-1596266
  Fax: 089-1596255

B27
Periost-Akupunktur

Allgemeines

- Nur für Ärzte bzw. Studenten im PJ.
- Keine Vorkenntnisse erforderlich.
- Kursort ist Freudenstadt.
- Der Dozent Dr. Mann verfügt über eine 30-jährige Akupunktur-Erfahrung und hat als Lehrer weltweiten Ruf.
- Die Kursdauer beträgt 2 Tage.

Ausbildungsinhalte

- Es handelt sich hierbei um eine Sonderform der Akupunktur mit stärkerer Wirkung. Sie ist nicht schmerzhafter, dauert Sekunden statt 10 bis 20 Minuten und ein Soforteffekt ist häufig nachweisbar.

Preise

- Die Kursgebühr beträgt DM 380,- (für Mitglieder der DÄGfA, Wehrpflichtige, Studenten, ÄiP und arbeitslose Ärzte: DM 280,-).
- Ermäßigungen sind nur bei Vorlage einer entsprechenden Bescheinigung möglich.

Kontakt

- *Deutsche Ärztegesellschaft für Akupunktur e.V.*
  Raglovichstraße 14
  80637 München
  Tel: 089-1596266
  Fax: 089-1596255

B28

Psychosomatik auf Grundlagen der Akupunktur

Voraussetzungen

- Für Ärzte bzw. Studenten ab dem PJ.
- Die Grundkurse 1, 2 und 3 der DÄGfA-Grundausbildung werden empfohlen.

Allgemeines

- Kursort ist Freudenstadt.
- Die Kursdauer beträgt 2 Tage.

Ausbildungsinhalte

- Der Kurs versucht, die spezifischen Wechselbeziehungen zwischen seelischen und körperlichen Funktionen aufzuzeigen. Es wird dabei u.a. von den „7 Emotionen" der TCM ausgegangen, die als innere Faktoren Krankheiten auslösen können.

Preise

- Die Kursgebühr beträgt DM 380,- (für Mitglieder der DÄGfA, Wehrpflichtige, Studenten, ÄiP und arbeitslose Ärzte: DM 280,-).
- Ermäßigungen sind gegen bei Vorlage einer entsprechenden Bescheinigung möglich.

Kontakt

- *Deutsche Ärztegesellschaft für Akupunktur e.V.*
  Raglovichstraße 14
  80637 München
  Tel: 089-1596266
  Fax: 089-1596255

B29
Schädelakupunktur nach Yamamoto

Allgemeines

- Grundkenntnisse in Akupunktur sind sehr erwünscht.
- Die Zielgruppe besteht aus Praktischen Ärzten und Schmerztherapeuten.
- Kursort ist die Gottfried-Gutmann-Akademie in Hamm.
- Der Kurs wird vom Begründer persönlich abgehalten.
- Nach den ersten Versuchen mit der neuen Schädelakupunktur Ende der 60er Jahre verfeinerte Yamamoto seine Methode und ergänzte sie um Basis- und Ypsilon-Punkte am Schädel, eine modifizierte Bauchdeckendiagnostik und eine eigene Halsdiagnostik. Es sind vier Mikrosysteme miteinander verbunden. Hauptindikatoren sind Schmerzen und Funktionseinschränkungen am Bewegungsapparat einschließlich Lähmungen.
- Die Kursdauer beträgt 2 Tage (1. Tag: 9.00 bis 18.00 Uhr, 2. Tag: 9.00 bis 15.00 Uhr).
- Kursziel ist die Diagnostik und Therapie nach der Yamamoto New Scalp Acupunture (YNSA).
- Für die Körperakupunktur-Gesamtausbildung werden 12 Fortbildungsstunden anerkannt.

Ausbildungsinhalte

- Grundlagen der japanischen Bauchdeckenakupunktur und der Yamamoto-Methode.
- Patientendemonstrationen.
- Praktische Übungen.
- Erarbeitung von Therapiekonzepten.
- YNSA-Schmerztherapie.

Preise

- DM 470,- für den gesamten Kurs.

Kontakt

- *Gottfried Gutmann Akademie*
  Ostenallee 83
  59071 Hamm
  Tel: 02381-986562
  Fax: 02381-986499

B30
Soft-Laser, TENS, PUTENS in der Akupunktur

Allgemeines

- Nur für Ärzte bzw. Studenten im PJ.
- Akupunkturgrundkenntnisse werden empfohlen.
- Kursorte sind Freudenstadt und Bad Nauheim.
- Die Kursdauer beträgt 1 Tag.

Ausbildungsinhalte

- Inhalte sind technische Grundlagen des Soft-Lasers, von TENS-Geräten (transkutane elektrische Nervenstimulation) und von PUTENS-Geräten (punktförmige TENS), Physiologie der Anwendung, Indikationen und Grenzen, Anwendungsbeispiele.

Preise

- Die Kursgebühr beträgt DM 380,- (für Mitglieder der DÄGfA, Wehrpflichtige, Studenten, ÄiP und arbeitslose Ärzte: DM 280,-).
- Ermäßigungen sind nur gegen Vorlage einer entsprechenden Bescheinigung möglich.

Kontakt

- *Deutsche Ärztegesellschaft für Akupunktur e.V.*
  Raglovichstraße 14
  80637 München
  Tel: 089-1596266
  Fax: 089-1596255

B31

Vollausbildung Ärztliche Akupunktur

Allgemeines

- Voraussetzung ist Besuch der Grundkurse bis Innere 2 oder eine vergleichbare Akupunkturausbildung.
- Die DÄGfA bietet erstmalig eine Vollausbildung in Akupunktur an, die sich über 28 Studientage (2 Abschnitte zu 12 bzw. 16 Tagen) in 1 1/2 Jahren erstreckt.
- Die beiden Abschnitte gliedern sich in 3 bzw. 4 Blöcke. Die ersten 4 Blöcke und der sechste Block haben eine Dauer von jeweils 4 Tagen, der fünfte Block dauert zwei Tage. Der siebte Block ist die Abschlußwoche (6 Tage) in einer klinischen Akupunktureinrichtung in der Schweiz.
- Kursorte sind Freudenstadt, Bad Nauheim und zum Abschluß Leukerbad/Schweiz.
- Dieser Kurs wird außerdem nach Auffassung der Veranstalter einer möglicherweise bevorstehenden Einführung der Zusatzbezeichnung „Akupunktur" gerecht.

Ausbildungsinhalte

1 Abschnitt

Block 1:
- Chinesische Erkenntnis und westliche Wissenschaft.
- Qi Gong (Grundlagen, Theorie, Praxis).
- Shen- und Ko-Zyklus, 5 Shu-Punkte, Luo, tendinomuskuläre und Sondermeridiane.
- Punkte und Triggerpunkte (Kopf)

Block 2:
- Punkte und Triggerpunkte (Arm).
- Punkte und Triggerpunkte (Rumpf).
- Punkte und Triggerpunkte (Bein).
- Außerordentliche Meridiane.

Block 3:
- Grundlagen der TCM (Substanzen, pathogene Einflüsse, Ba Gang, Zungendiagnostik).
- Somatotopien für Fortgeschrittene.
- Phytotherapie (praxisorientierte Einführung).
- Ernährungstherapie im System der TCM

2 Abschnitt

Block 4:
- Nadeltechniken.
- Funktionelle Diagnostik des Bewegungsapparates.
- Wahlmöglichkeit (bis Block 7), entweder a oder b:

a Tuina	b Traditionelle Diagnostik 1
Akupunktur bei neurol. Erkrankungen	Traditionelle Diagnostik 2

Block 5:	
a Schmerzforschung, TNS/Laser Neuraltherapie	b Krankheiten der Milz - Pi Krankheiten der Leber - Gan
Block 6:	
a Akupunktur bei chron. Schmerzen	b Krankheiten des Herzens - Xin
Akupunktur des Bewegungssystems	1 Krankheiten der Lunge - Fei
Akupunktur des Bewegungssystems	2 Krankheiten der Niere - Shen
Akupunktur des Bewegungssystems	3 Schwierige Krankheitsbilder

Block 7:

- Fallkonferenz Bewegungsapparat.
- Fallkonferenz Innere Krankheiten.
- Fallkonferenz Kopfschmerzen.
- Fallkonferenz chronische Schmerzsyndrome.
- Akupunktur-Psyche-Soma.

Preise

- Kosten für den ersten Abschnitt: DM: 3.800,- (Mitglieder : DM 3.200,-; Arbeitslose, ÄiP: DM 2.800,-).
- Der zweite Abschnitt kostet DM 4.250,- (Mitglieder: DM 3.600,-; Arbeitslose, ÄiP: DM 3.200,-).

Kontakt

- *Deutsche Ärztegesellschaft für Akupunktur e.V.*
  Raglovichstraße 14
  80637 München
  Tel: 089-1596266
  Fax: 089-1596255

Anthroposophie

Die anthroposophische Medizin versteht sich nicht als Alternative, sondern als Erweiterung der Schulmedizin. Der Leib wird als Instrument des individuellen Geistkerns (Ich) angesehen und ist in den Stoffleib (Stoffwechsel/Bewegungssystem), Seelenleib (Nerven-Sinnessystem), Lebensleib (rhythmisches System) und den Ich-Leib (leiblicher Anteil, durch den sich die geistige Individualität bis in den stofflichen Leib mitteilt) gegliedert.
Im ersten Trimester wird an Rudolf Steiners Vortragsreihe „Geisteswissenschaft und Medizin" gearbeitet. Es werden hier Gesetzmäßigkeiten und Kräfte der menschlichen Wesenheit und Methoden der anthroposophischen Medizin entwickelt. Außerdem wird gemeinsam die Goethesche Erkenntnisweise durch tägliche Seminarübungen zur vergleichenden Anatomie und Physiologie eingeübt. Im zweiten Trimester wird ein innerer Zugang zum kranken Menschen und zu heilenden Substanzen gesucht. Der innere Weg zum Arztberuf und die Ausbildung eines Sinnes für die geistigen Kräfte in Natur und Mensch sind weitere wesentliche Punkte. In beiden Trimestern werden Übungen in Plastizieren, Musik und Sprachgestaltung im Sinne der methodischen Hinweise Steiners zur Ärzteausbildung durchgeführt. Eurythmie begleitet den ganzen Kurs und mündet in die therapeutische Anwendung als Heileurythmie. Nachmittags werden Fachkurse von ein bis drei Wochen Dauer abgehalten, in denen unterschiedliche Dozenten zu speziellen Themen referieren.

B32
ANTHROPOSOPHISCHES ÄRZTESEMINAR

Allgemeines

- Auseinandersetzung und Bekanntschaft mit der Anthroposophie wird erwartet. Der Kurs ist kein echter Einführungskurs.
- Der halbjährige Kurs bietet Ärzten und Medizinstudenten die Möglichkeit, sich in die anthroposophische Medizin einzuarbeiten.
- Kursort ist die Filderklinik in Filderstadt.
- Kontinuierliche Mitarbeit wird vorausgesetzt.
- Grundkurse und künstlerische Übungen können nur mit Trimester-Beginn besucht werden.
- Eurythmieschuhe und Musikinstrumente sind mitzubringen.
- Eine Abrechnungsmöglichkeit mit den gesetzlichen Versicherungsträgern ist nicht gegeben.

Ausbildungsinhalte

1. Trimester
- Wissenschaftliche Grundlagen der anthroposophischen Medizin.
- Die Sinne des Menschen.
- Einführung in die Astronomie.
- Einführung in die Geologie.
- Metamorphose der Pflanzen.
- Krebs aus anthroposophischer Sicht.
- Formen des ersten Goetheanum als Bilder der Lebensgesetze.

2. Trimester
- Anthroposophische Krankenpflege.
- Selbständige Projektarbeiten.
- Die Medizinische Sektion am Goetheanum.
- Typische Heilmittel nach Steiner.
- Substanzbetrachtungen (u.a. Blei, Eisen, Nickel, Magnesium).
- Grundlagen anthroposophischer Pharmakologie.
- Pastoral-Medizin.
- Therapie psychiatrischer Krankheiten im Sinne der anthroposophischen Medizin.
- Anthroposophische Kinderheilkunde an ausgesuchten Beispielen.
- Die Mistel-Therapie der Krebskrankheit.
- Wie beginnt man als anthroposophischer Arzt?
- Abschlußfeier und Abschlußfahrt.

Preise

- Monatliche Gebühr: DM 800,- (Studenten: DM 440,-).
- Ermäßigungen bzw. Finanzierungshilfen sind nach persönlicher Absprache möglich.
- Die Teilnahme an einem Fachkurs als Gast kostet DM 120,- pro Woche (Studenten: DM 90,-).

Kontakt

- *Anthroposophisches Ärzteseminar*
  Haiberschlaiheide 1
  70794 Filderstadt
  Tel/Fax: 0711-774463

B33

Anthroposophisch orientierte Ernährung in Praxis und Theorie

Allgemeines

- Kursort ist Bad Liebenzell.
- Eine Abrechnungsmöglichkeit mit den gesetzlichen Versicherungsträgern ist nicht gegeben.

Ausbildungsinhalte

- *1. Tag:*
  Küchenpraxis, Einführung.
- *2. Tag:*
  Das Wesen der Getreide (Hirse, Hafer, Weizen, Roggen, Gerste, Mais, Reis, Amaranth, Quinoa, Buchweizen), Menübesprechung, Küchenpraxis.
- *3. Tag:*
  Bedeutung des Würzens in der Vollwertküche, Menübesprechung, Küchenpraxis.

Preise

- Kursgebühr: DM 150,-.
- Volle Verpflegung: DM 70,-.

Kontakt

- *Arbeitskreis für Ernährungsforschung*
  Zwerweg 19
  75378 Bad Liebenzell-Unterlengenhardt
  Tel: 07052-3061
  Fax: 07052-3062

B34

Krankheit und Heilung aus der Sicht anthroposophischer Menschenkenntnis

Allgemeines

- Diese Einführungswoche ist als Möglichkeit der ersten Kontaktaufnahme mit der anthroposophischen Medizin gedacht.
- Der einwöchige Kurs findet etwa einmal im Jahr statt.
- Kursort ist das Rudolf Steiner Haus in Stuttgart.
- Eine Abrechnungsmöglichkeit mit den gesetzlichen Versicherungsträgern ist nicht gegeben.

Ausbildungsinhalte

- Vormittags werden menschenkundliche und wissenschaftliche Grundlagen entwickelt, auf die eine geisteswissenschaftlich erweiterte Medizin aufbaut.
- Nachmittags werden Heileurythmie, exemplarische Fälle aus Pädiatrie, Psychiatrie und der Arbeit mit AIDS-Kranken und die Filderklinik selbst vorgestellt.
- Einige Wochenstunden sind für Gespräche und Fragen reserviert.

Preise

- Tagungsbeitrag: DM 380,- (Studenten der Medizin: DM 130,-).

Kontakt

- *Gesellschaft anthroposophischer Ärzte in Deutschland e.V.*
  Trossinger Straße 53
  70619 Stuttgart
  Tel: 0711-471501
  Fax: 0711-4780186

Antlitzdiagnostik

Die Antlitzdiagnostik verlegt sich darauf, diagnostische Hinweise auf innere Erkrankungen aus jeder sichtbaren Veränderung oder Abweichung vom Normalbild des Gesichtes zu gewinnen (wie z.B. Blässe bei Anämie).

B35
Antlitzdiagnose bei der Heilpraktikerschule Lotz

Allgemeines

- Die Ausbildung wendet sich an Anfänger, so daß Vorkenntnisse nicht erforderlich sind.
- Die Ausbildung erstreckt sich über 2 Monate.
- Kursort ist München.
- Kurszeiten: freitags, von 14.00 bis 17.00 Uhr.
- Gesichtsreinigung nur mit Wasser; kein Make-up.
- Eine Anerkennung oder Abrechnungsmöglichkeit mit den gesetzlichen Versicherungsträgern ist nicht gegeben.

Ausbildungsinhalte

- Erkennung von Mangelzuständen an Veränderungen der Haut.
- Einsatz von Schüssler-Salzen.

Preise

- Die Gebühr beträgt DM 220,-/Monat.
- Kombinationen mit anderen Angeboten der Heilpraktikerschule Lotz führen zu einem Preisnachlaß.

Kontakt

- *HP-Schule Lotz*
  Prielmayerstraße 3
  80335 München
  Tel: 089-593962
  Fax: 089-558529

Augendiagnostik

Ausgangspunkt dieser Methode ist die Iris des menschlichen Auges und ihre Farbe, Dichtigkeit und eine Reihe weiterer Merkmale (Vaskularisation, Reizfasern, Kristallisation, Pigmentformen usw.), die vom Therapeuten als Hinweis auf bestimmte Funktionsstörungen, Erbkrankheiten und Erbschwächen bestimmter Organgruppen gewertet wird. Aus der derart durchgeführten Diagnostik leitet sich eine meist homöopathisch oder phytotherapeutisch ausgerichtete Therapie ab.

B36
Augendiagnose bei der Heilpraktikerschule Lotz

Allgemeines

- Die Ausbildung wendet sich an Anfänger, so daß Vorkenntnisse nicht erforderlich sind.
- Kursort ist München.
- Die Ausbildung erstreckt sich über 1 Jahr.
- Unterricht jeden Mittwoch, ab 18.00 Uhr.
- Eine Anerkennung oder Abrechnungsmöglichkeit mit den gesetzlichen Versicherungsträgern ist nicht gegeben.

Ausbildungsinhalte

- Erlernen der Augendiagnostik als Methode, Krankheit bereits im Vorfeld an der Iris zu erkennen.

Preise

- Die Gebühr beträgt DM 220,-/Monat.
- Kombinationen mit anderen Angeboten der Heilpraktikerschule Lotz führen zu einem Preisnachlaß.

Kontakt

- *HP-Schule Lotz*
  Prielmayerstraße 3
  80335 München
  Tel: 089-593962
  Fax: 089-558529

Ausleitende Verfahren

Dieser Sammelbegriff bezeichnet Methoden, durch die Körpersäfte und Körpergifte vermehrt zur Ausscheidung („Ausleitung") gebracht werden sollen. Hierzu gehören u.a. Blutegel, Baunscheidtieren, Cantharidinpflaster, Schröpfen, Aderlaß, Darmbäder, forcierte Diurese, forcierte Transpiration.

Bach-Blütentherapie

Der Waliser E. Bach (1886-1936) fand während seiner Forschungszeit 38 Blüten, die er gegen seelisch-reaktive und überwiegend negative Gemütszustände einsetzte. Die Blüten werden in den Morgenstunden gepflückt und bis zum Welken durch frisches Quellwasser gezogen. Als Hauptterkrankungen werden hier Habgier, Haß, Grausamkeit, Stolz, Egoismus, Unwissenheit und Unsicherheit angesehen. Krankheit definiert sich hiernach als Ergebnis von Konflikten zwischen dem höheren Selbst und der eigentlichen Persönlichkeit.

B37
BACH-BLÜTENTHERAPIE

Allgemeines

- Die Kurse richten sich insbesondere an Mediziner, Psychologen und Heilpraktiker.
- Die Ausbildung teilt sich in zwei aufeinander aufbauende Ausbildungsseminare von jeweils 3 Tagen Dauer und Wochenenden für Zusatzqualifikation.
- Nach jedem Ausbildungsteil wird ein Zertifikat ausgestellt.
- Die Auswahl der Teilnehmer an den Bach-Behandler-Zusatzqualifikationen erfolgt durch die Institutsleitung.
- Kurszeiten sind Freitag nachmittag bis Sonntag nachmittag.
- Die Ausbildung wird in einem Zeitraum von 12 bis 18 Monaten absolviert.
- Die Kurse können außer in Deutschland in der Schweiz und in Österreich besucht werden. In Deutschland ist der Kursort Hamburg.
- Die Wochenenden werden jeweils nur einmal jährlich angeboten.
- Die erfolgreiche Seminarteilnahme ist für eine wachsende Zahl von Krankenkassen Voraussetzung für die Erstattung von Therapiekosten.

Ausbildungsinhalte

- *Einführung:* Hintergründe und Theorie, therapeutisches Konzept, Wirkungsmodelle, archetypische Seelenzustände, Bach-Blütensystem, ausgewählte Mittelbilder.
- *Vertiefung:* Vertiefte Diagnostik mit praktischen Übungen und Differentialdiagnosen, ausgewählte Fallstudien, Einnahmeerfahrungen, zweite Studienmischung, Reaktionsprotokoll, Methodik des Beratungsgespräches (Motivation und Transformation, Selbst- und Fremdwahrnehmung, Intuitionsschulung).
- *Zusatz-Qualifikation mit variablen Themen, z.B:* Supervision in Kleingruppen, Wahrnehmungstraining zur Unterstützung diagnostischer Fähigkeiten, Kommunikationstraining, das Bach-Blüten-Gespräch, Übungstage mit Patienten, Arbeit mit Patienten-Gruppen.

Preise

- Einführung und Vertiefung: je DM 480,- .
- Die Gebühr für Zusatz-Qualifikationen wird auf Anfrage mitgeteilt.
- Obligate vegetarische Vollverpflegung: DM 140,-.

Kontakt

- *Dr. Edward Bach Centre - German Office*
  Lippmannstraße 57
  22769 Hamburg
  Tel: 040-4325770
  Fax: 040-435253

B38
Ganzheitsmedizinische Anamnese und Analyse des seelischen Zustandsbildes mit EDV

Allgemeines

- Kursort ist Arif bei Salzburg/Österreich.
- Kurszeiten: meist Samstag 10.00 Uhr bis Sonntag 13.00 Uhr.
- Ziel ist es, die praktische Durchführung einer ganzheitsmedizinischen Anamneseerhebung zu erlernen, was informativ sein soll und dennoch sehr viel wertvolle Arbeitszeit sparen soll.

Ausbildungsinhalte

- Mit einer beliebigen oder eigenen Anamnese wird die praktische Durchführung der Anamnesen- und Bachblütenanalyse erlernt. Symptome und Beschwerden werden mit Hilfe eines Fragebogens erhoben. Derart sollen die Dauerstreßfaktoren bereits vor dem eigentlichen Gespräch ermittelt und nach Wichtigkeit geordnet werden. Ferner soll es mittels Bachblütenanalyse zu einer Analyse des seelischen Zustandsbildes kommen.

Preise

- Kursgebühr für Nichtmitglieder: DM 350,-; Mitglieder: DM 300,-; Studenten und Praxishilfspersonal: DM 260,-.

Kontakt

- *Bioresonanz-Ärzte-Gesellschaft e. V.*
  Schänzlestraße 14
  79104 Freiburg
  Tel: 0761-53380
  Fax: 0761-57522

B39
Therapie mit Bachblüten und kalifornischen Blütenessenzen

Allgemeines

- Für Ärzte und Heilpraktiker.
- Theoretische Vorkenntnisse (Literatur oder Einführungsseminar).
- Mindestalter: 21 Jahre.
- Kursort ist München.
- Die Dauer beträgt entweder eine Intensivwoche (5 1/2 Tage) oder 2 Wochenendkurse.
- Kurszeiten des Intensivkurses: Freitag 14.00 bis18.00 Uhr und Samstag bis Mittwoch jeweils 10.00 bis 17.00 Uhr; Kurszeiten des Wochenendkurses: Freitag 14.00 bis 18.00 Uhr, Samstag 10.00 bis 18.00 Uhr und Sonntag 10.00 bis 17.00 Uhr.
- Der Kurs wird etwa 4 mal im Jahr abgehalten.

Ausbildungsinhalte

- Anwendungsmöglichkeiten.
- Die 38 englischen Bachblüten.
- Kalifornische Blütenessenzen.
- Blütentherapie bei primär körperlichen Leiden.
- Krankheits- und Symptomdeutung.
- Blütentherapie bei Kindern.
- Blütentherapie in der Paartherapie.
- Gesprächsführung in der Therapie.
- Hilfsmittel bei der Blütenauswahl (kinesiologische Tests, Pendeln usw.).
- Verhältnis Therapeut/Klient.
- Umgang mit Tabu-Themen und kritischen Situationen.
- Indikationen.
- Grenzen und Gefahren der Bachblütentherapie.
- Essenzerstellung.

Preise

- Kursgebühr: DM 680,-.

Kontakt

- *Britta Nübel c/o Kärmßen*
  Zieblandstraße 14
  80798 München
  Tel: 089-5236461 (Mo-Fr 13.30-15.00 Uhr)

Bewegungstherapie

Die Bewegungstherapie, oft auch gleichgesetzt mit Krankengymnastik, geht von einer günstigen Beeinflussung des Kreislaufsystems, der Atmung, des Nervensystems, des Stoffwechsels und psychosomatischer Erkrankungen in präventiver und rehabilitativer Hinsicht aus.

B40
Bewegungstherapie im Wasser

Allgemeines

- Für Ärzte, Heilmasseure, Dipl. Physiotherapeuten, Krankengymnasten, Heilpraktiker, Masseure und med. Bademeister.
- Gearbeitet wird mit Wasser, Auftrieb, Temperatur, hydrostatischem Druck und Turbulenzen.
- Unterbringung über das Fremdenverkehrsbüro Walchsee, Tel: 0043-5374-5775.
- 1 Wochenende bzw. 14 Unterrichtsstunden.
- Kurszeiten: Samstag 9.00 bis Sonntag 13.00 Uhr.
- Für Masseure zur Abrechnung mit den Berufsgenossenschaften als eigener Abrechnungsposten anerkannt.
- Für Krankengymnasten generell zur Abrechnung mit den Sozialversicherungsträgern anerkannt. Für Ärzte muß dies im Einzelfall mit den Kassen geklärt werden.
- Eine Anrechnung des Kurses auf die Weiterbildung zur Erlangung der Zusatzbezeichnung Chirotherapie ist nicht möglich.

Ausbildungsinhalte

- Aufbau des Vertrauens in das Bewegungsmilieu.
- Herabsetzung schmerzbedingter Bewegungseinschränkungen.
- Erkennung und Abbau von Dysbalancen, Bewegungseinschränkungen und Ausweichbewegungen.
- Förderung schwacher Muskelgruppen.

Preise

- DM 300,-.

Kontakt

- *Dr. Vodder Schule - Walchsee*
  Alleestraße 30
  6344 Walchsee
  Österreich
  Tel: 0043-5374-5245-0
  Fax: 0043-5374-5245-4

Bindegewebsmassage

Bei dieser Massagetechnik werden durch langsames und ausgedehntes Streichen ohne wesentlichen Druck tangentiale Zugkräfte auf das subkutane Bindegewebe ausgeübt. Hierdurch soll es gleichzeitig zu einer segmental-reflektorischen Beeinflussung innerer Organe kommen, zumal sie in Zonen durchgeführt wird, die in etwa den Head-Zonen der Haut entsprechen. Indikationen sind Schmerzsyndrome, Migräne, Menstruationsstörungen, funktionelle Störungen innerer Organe. Kontraindikationen sind akute, besonders entzündliche Krankheiten, frischer Herzinfarkt, Mens, maligne Erkrankungen.

B41
BINDEGEWEBSMASSAGE

Allgemeines

- Für Ärzte, Heilmasseure, Dipl. Physiotherapeuten, Masseure, med. Bademeister, Krankengymnasten, Heilpraktiker.
- 1 Woche bzw. 40 Unterrichtsstunden.
- Kurszeiten von Montag 9.00 bis Freitag 17.00 Uhr; Prüfung Samstag 9.00 bis Sonntag 13.00 Uhr (Wiederholung und Prüfung).
- Abschließende Prüfung über 1 Wochenende.
- Nach erfolgreicher Prüfung wird ein Zeugnis ausgestellt.
- Keine Abrechnung mit den Sozialversicherungsträgern in Deutschland.
- Eine Anrechnung des Kurses auf die Weiterbildung zur Erlangung einer Zusatzbezeichnung ist nicht möglich.

Ausbildungsinhalte

- Befunderhebung.
- Grifftechniken.
- Gezieltes diffuses Reizen.
- Narbenentstörung, Reflexe, Standardgriffe.
- Spiegelbildliche Reizung.
- Indikationen, Behandlungsaufbau, Dosierungen, Kontraindikationen.
- Beseitigung subkutaner Verklebungen.
- Rhythmische Lebensphasen.
- Allgemeiner Spannungsausgleich.
- Ausgewählte Krankheitsbilder.

Preise

- Kurs: DM 770,-.
- Prüfungswochenende: DM 270,-.

Kontakt

- *Dr. Vodder Schule - Walchsee*
  Alleestraße 30
  6344 Walchsee
  Österreich
  Tel: 0043-5374-5245-0
  Fax: 0043-5374-5245-4

Bioelektrische Funktionsdiagnostik

Die BFD ist aus der Elektroakupunktur nach Voll entstanden, kommt jedoch im Gegensatz zu dieser mit 58 Meßpunkten aus (EAV: 300). Über die Punktmessung sollen topische Diagnostik chronischer Irritationen und Einblicke in Regulationsfähigkeit und Belastbarkeit des Organismus gewonnen werden. Ferner soll die Verlaufsbeobachtung von Therapieerfolgen hinsichtlich der Autoregulation möglich sein.

B42
Bioelektrische Funktionsdiagnostik

Allgemeines

- Kursorte sind Augsburg, Baden-Baden (Medizinische Woche), Berlin, Bonn, Dresden, Düsseldorf, Freiburg, Hamburg, Köln.
- Die Kurse sind nicht auf die Weiterbildung zur Erlangung der Zusatzbezeichnung Naturheilverfahren anrechenbar.

Ausbildungsinhalte

- *Kompaktkurs 1: BFD-Systemregulationstest*
  TCM und das Pischinger-Grundregulationssystem, System- und Subsystemdiagnostik, Mehrfachmessungen nach Pflaum, diagnostische und therapeutische Meßkriterien, Grundmessung mit Reizsetzung und Ergebnisinterpretation, Medikamententest, Zahn-Kiefer-Herd-Belastungen, praktische Übungen.
- *Kompaktkurs 2: BFD-Subsystem-Test*
  BFD-Kurztest nach Vill, Ja-Nein-Logik, Resonanzphänomen, die Subsystemmessung, Neutralisationstest, Allergentestung, Schadstoffbelastungen, Lebensmittelintoleranzen, physikalische Grundlagen, praktische Übungen.
- *Kompaktkurs 3: BFD-Decoder*
  Grundlagen der Decoder-Dermographie, Diagnostik und Therapiekontrolle, Decoder als delegierbares Verfahren, praktische Übungen.
- *Kompaktkurs 4: Systemregulations-Test*
  Homöopathische und isopathische Grundkenntnisse, Akupunkturphysiologie, Organ-Punkt-Beziehung, Fallbeispiele, Meßtechniken, Meßwertkriterien zum BFD-Regulationstest, Erstellen von Meßpunktschemata, Meßwertinterpretation, Zahntestung und Zahnorganbeziehung, dominante Herdgeschehen, Systemtestung, praktische Übungen.
- *Kompaktkurs 5: BFD-Subsystem-Test*
  Differentialdiagnostische Möglichkeiten beim Kurztest nach Vill und dem Neutralisationstest nach Busse, Falldemonstrationen und praktische Übungen.
- *Kompaktkurs 6: BFD-Decoder II*
  Differentialdiagnostische Möglichkeiten der Decoder-Dermographie, Falldemonstrationen und praktische Übungen.
- *Kompaktkurs 7: Systemregulations-Test II*
  Psychosomatik und somato psychische Merkmale der Organsysteme, hinweisdiagnostische Meßkriterien, organsystemische, psychosomatische Anamnese, homöopathische Mittelwahl zur Psychosomatik der Organsysteme und deren Testung, Falldemonstrationen und praktische Übungen.
- *Pflichtvortragsveranstaltungen:*
  BFD-Vortragsveranstaltungen (2 x Baden-Baden, 2 x Frühjahrstagung), Supervision von eigenen Fällen nach BFD-Kriterien, Diplomprüfung.

Preise

- Die Kompakt-Kurse kosten jeweils DM 750,-.

Kontakt

- *Internationale Forschungsgemeinschaft für bioelektrische Funktionsdiagnostik und Therapie e.V. Nürnberg*
  Dr. Peter Vill
  Memelstraße 22
  91052 Erlangen
  Tel: 09131-35859

Bioresonanztherapie

Patienteneigene elektromagnetische Schwingungen werden dem Patient über ein spezielles Gerät (Mora, Bicom) zurückgegeben. Treffen derartige Schwingungen gleicher Frequenz und Intensität aufeinander, soll es zu dem sogenannten Auslöschphänomen kommen. Derart sollen pathologische Schwingungen erkannt und schwache physiologische Schwingungen verstärkt werden können. Der Schwerpunkt der Methode liegt in der Behandlung, obwohl die BRT auch ein diagnostisches Instrumentarium darstellt, das sich besonders bei der Allergiediagnostik bewährt haben soll. Außerdem wird die BRT bei chronischen Schmerzzuständen, chronisch-degenerativen Erkrankungen und chronischer Infektneigung angewand.

B43

BICOM BIORESONANZTHERAPIE - INTENSIV-EINFÜHRUNGS-SEMINAR

Allgemeines

- Kursorte sind München, Berlin, Bonn und Göttingen.
- Der Kurs wird etwa in monatlichen Abständen abgehalten.
- Dauer des Kurses: 2 Tage.
- Derzeit keine Anerkennung auf die Ausbildung zur Zusatzbezeichnung „Naturheilverfahren". Allerdings sind dahingehende Bemühungen im Gange.

Ausbildungsinhalte

- Einleitung.
- Paradigmenwechsel in der Medizin.
- Elektromagnetische Informationsübertragung und Informationsausbreitung durch das System der Grundregulation nach Pischinger.
- Extrazelluläre Flüssigkeit als Brücke zum Verstehen der Therapie mit patienteneigenen Schwingungen.
- Anwendung des kybernetischen Regelkreises durch die Bicom BRT.
- Fünf mögliche Therapiearten.
- Die elektrischen Funktionen des Gerätes (Video).
- Die Anwendung eines Testverfahrens.
- In-vitro- und In-vivo-Bicom-Grundlagenforschung.
- Allergien, Toxikosen und Unverträglichkeiten.
- Bicom BRT in der Praxis.
- Möglichkeiten der Elektroakupunktur-Testung in Verbindung mit dem Bicom-Gerät.
- Praktische Übungen.
- Therapietips für den Beginn mit Bicom BRT.

Preise

- Die Kursgebühr beträgt etwa DM 530,-.

Kontakt

- *Brügemann-Institut*
  Lochhamer Schlag 5
  82166 Gräfeling
  Tel: 089-8546102
  Fax: 089-8546103

B44
BIORESONANZ- UND EAV-MEßKURS (EDV-UNTERSTÜTZT)

Allgemeines

- Kursort ist Neuenburg (zwischen Oldenburg und Wilhelmshafen).
- Kurszeiten meistens: Samstag, 9.00 bis 18.00 Uhr.
- Ziel ist das Erlernen der EAV-Messung mit dem Bicom-Gerät.

Ausbildungsinhalte

- Einführung in die Meßtechnik und das Messen mit dem Bicom-Gerät.
- Aufstellen eigener Meßreihen.
- Darstellung der Vorgehensweise bei der Messung.
- 5-Elementenlehre nach Köhler.
- Stoffwechseltest und Therapie nach Köhler.
- Demonstration und praktische Übungen der Kursteilnehmer.
- Organisation einer EAV-Praxis.

Preise

- Kursgebühr für Nichtmitglieder: DM 260,-; für Mitglieder: DM 230,-.

Kontakt

- *Bioresonanz-Ärzte-Gesellschaft e. V.*
  Schänzlestraße 14
  79104 Freiburg
  Tel: 0761-53380
  Fax: 0761-57522

B45
BRT-Allergie-Testung und -Therapie

Allgemeines

- Absolviertes Intensiv-Einführungsseminar.
- Kursorte sind Berlin und München.
- Der Kurs wird etwa 5 mal jährlich abgehalten.
- Kurszeiten: meist von Samstag 10.00 bis Sonntag 18.00 Uhr.
- Falls vorhanden, sollte der eigene Biotensor mitgebracht werden.
- Kursdauer: 2 Tage.
- Derzeit keine Anerkennung auf die Ausbildung zur Zusatzbezeichnung „Naturheilverfahren". Allerdings sind dahingehende Bemühungen im Gange.

Ausbildungsinhalte

- Physikalische und theoretische Grundlagen der Allergie.
- Praxis der Allergen-Resonanz-Tests.
- Technik der biphysikalischen Löschtherapie von Allergien.
- Kinesiologischer Allergietest.
- Therapiehindernisse und -erschwernisse.
- Andere Methoden der Allergietherapie.

Preise

- Kursgebühr: DM 550,- inklusive Mittagsbüfett an 2 Tagen.
- Mitglieder im Internationalen Arbeitskreis Bioresonanz-Therapie oder der Bioresonanz-Therapie-Gesellschaft erhalten einen Nachlaß von DM 50,-.
- Praxishilfen und Studenten erhalten DM 150,- Rabatt.

Kontakt

- *Brügemann-Institut*
  Lochhamer Schlag 5
  82166 Gräfeling
  Tel: 089-8546102
  Fax: 089-8546103

B46

BRT-Therapie-Systematik (Wochenseminar)

Allgemeines

- Absolviertes Intensiv-Einführungsseminar; nach Möglichkeit Anfangskenntnisse in Elektroakupunktur.
- Kursorte sind Salzburg und Kreta (!).
- Der Kurs wird etwa 3 mal jährlich abgehalten.
- Kursdauer: 6,5 Tage.
- Derzeit keine Anerkennung auf die Ausbildung zur Zusatzbezeichnung „Naturheilverfahren".

Ausbildungsinhalte

- *1. Tag:*
  Grundsätzliches zur Therapie, gezielter Einsatz körpereigener Substanzen, Ausleitung von Umwelttoxinen, Individualisieren von Medikamenten, Interpretation der Quadranten-Meßwerte und deren Hinweise auf die Herdtherapie, besondere Zusammenhänge der aus dem Rahmen fallenden Meßwerte an Händen und Füßen, Einfluß von Schmuck, Uhren, Brillen usw. auf den Therapieerfolg, Zusatzdiagnose mit Hilfe von Fußbildern, die sich nach der Therapie auf den Plattenelektroden zeigen.
- *2. Tag:*
  Einsatz des Drehungstesters zur Differenzierung patienteneigener Säfte nach elektromagnetischen Kriterien und Auswertung für den Therapieeinsatz, Geopathie-Testung und Möglichkeit der Neutralisation, Medikamententest, Spezial-Bluttest und dessen Einsatz als Sonderinformation bei CA, Vergleich dieser Sonderinformation und der Speichelinformation zum CA-Nosoden-Test bei Fällen von Präkanzerose und Krebs, zusätzlicher Einsatz von Bach-Blüten.
- *3. Tag:*
  Zungenbein/Kiefergelenks-Störungen und deren Einfluß auf den gesamten Organismus, Migräne-Behandlung, Kinesiologische Zahn-Spannungs-Testung und Feststellung, inwieweit eine Neutralisierung möglich ist.
- *4. Tag:*
  Ganzheitsbehandlung über den Kiefer.
- *5. Tag:*
  Testen des Vitamin- und Nährstoff-Haushalts, Test und Therapie zur Verbesserung des Nährstoff-Transports im chronisch-degenerativen bzw. akut-entzündlichen Gewebe; Differenzierung zwischen scheinbaren und effektiven Nährstoffmängeln und deren Therapie; auf welche Lebensmittel- und Nahrungsmittel-Gruppen reagiert der Patient allergisch? Unterstützung der Stoffwechsel-Steuerung durch Multicom und Medikamente.
- *6. Tag:*
  Gelenktherapie, Herdtherapie, Testen der individuellen, optimalen Elektrodenplazierung durch Kinesiologie, Frequenz-Bestimmung durch Pulstastung; Programm-Nummer-Bestimmung durch Kinesiologie-Test, Anpassung der Verstärkung durch Pulstastung.

- *7. Tag:*
  Aktivieren der Lebensfreude, Hormonelle Steuerung, Suchttherapie, Behandlung von Depressionen, Thymus-Behandlung und deren Hintergründe, Kinderbehandlung, neue Forschungsergebnisse.

Preise

- Kursgebühr für Salzburg: DM 1.250,- (inklusive Mittagsbüfett an 6 Tagen).
- Kursgebühr für Kreta: DM 1.850,-.
- Mitglieder im Internationalen Arbeitskreis Bioresonanz-Therapie oder der Bioresonanz-Therapie-Gesellschaft erhalten einen Nachlaß von DM 50,-.
- Praxishilfen und Studenten erhalten DM 150,- Rabatt.

Kontakt

- *Brügemann-Institut*
  Lochhamer Schlag 5
  82166 Gräfeling
  Tel: 089-8546102
  Fax: 089-8546103

B47
BRT-THERAPIE-SYSTEMATIK NACH S. KARZ

Allgemeines

- Absolviertes Intensiv-Einführungsseminar; nach Möglichkeit Anfangskenntnisse in Elektroakupunktur.
- Kursorte sind Fulda und München.
- Der Kurs wird etwa 3 mal jährlich abgehalten.
- Kursdauer: 2,5 Tage.
- Derzeit keine Anerkennung auf die Ausbildung zur Zusatzbezeichnung „Naturheilverfahren".

Ausbildungsinhalte

- Grundsätzliches zur Therapie.
- Gezielter Einsatz körpereigener Substanzen.
- Ausleitung von Umwelttoxinen.
- Individualisieren von Medikamenten.
- Interpretation der Quadranten-Meßwerte.
- Einfluß von Schmuck, Uhren, Brillen usw. auf den Therapieerfolg.
- Zungenbein/Kiefergelenks-Störungen und deren Einfluß auf den gesamten Organismus.
- Testen des Vitamin- und Nährstoff-Haushalts.
- Test und Therapie zur Verbesserung des Nährstoff-Transports im chronisch-degenerativen bzw. akut-entzündlichen Gewebe.
- Herdtherapie.
- Testen der individuellen, optimalen Elektrodenplazierung durch Kinesiologie.
- Frequenz-Bestimmung durch Pulstastung.

Preise

- Kursgebühr: DM 650,- (inklusive Mittagsbüfett an 2 Tagen).
- Mitglieder im Internationalen Arbeitskreis Bioresonanz-Therapie oder der Bioresonanz-Therapie-Gesellschaft erhalten einen Nachlaß von DM 50,-.
- Praxishilfen und Studenten erhalten DM 150,- Rabatt.

Kontakt

- *Brügemann-Institut*
  Lochhamer Schlag 5
  82166 Gräfeling
  Tel: 089-8546102
  Fax: 089-8546103

B48

ERLERNEN UND ANWENDEN DER ELEKTROAKUPUNKTUR-TESTTECHNIK (EAP) IM HINBLICK AUF DIE BRT

Allgemeines

- Absolviertes Intensiv-Einführungsseminar.
- Zielgruppe sind Bicom-Besitzer, die in der Testtechnik noch nicht sicher sind.
- Kursorte sind Fulda und München.
- Der Kurs wird etwa 6 mal jährlich abgehalten.
- Kursdauer: 2,5 Tage.
- Beginn: Freitag, 10.00 Uhr, Ende: Sonntag, 13.00 Uhr.
- Ziel des Kurses ist die sichere Akupunkturpunktmessung mit dem EAP-Testteil des Bicom-Gerätes.
- Derzeit keine Anerkennung auf die Ausbildung zur Zusatzbezeichnung „Naturheilverfahren".

Ausbildungsinhalte

- Reproduzierbares Testen von Akupunkturpunkten mittels Elektroakupunktur.
- Austestung der individuellen Therapieparameter.
- Erlernen der Allergie-Testung.
- Testung einer geopathischen Belastung mit Hilfe des Drehungstesters.
- Medikamententestung.
- Testen mit Hilfe des ISE-Senders/Empfängers.
- Testung von zahnärztlichen Werkstoffen.

Preise

- Kursgebühr: DM 650,- (inklusive 2 Mittagsbüfetts).
- Mitglieder im Internationalen Arbeitskreis Bioresonanz-Therapie oder der Bioresonanz-Therapie-Gesellschaft erhalten einen Nachlaß von DM 50,-.
- Praxishilfen und Studenten erhalten DM 150,- Rabatt.

Kontakt

- *Brügemann-Institut*
  Lochhamer Schlag 5
  82166 Gräfeling
  Tel: 089-8546102
  Fax: 089-8546103

B49

Fallbezogenes Praxisseminar Bioresonanztherapie mit Bicom und Multicom

Allgemeines

- Absolviertes Einführungsseminar in die Bioresonanz-Therapie.
- Kursort ist Freiburg.
- Kurszeiten sind meist: Samstag, 9.30 bis 19.00 Uhr.
- Vereinzelt und lokal (bei Therapie-Erfolg und nach Absprache) ist eine Kostenübernahme durch die Versicherungsträger möglich.

Ausbildungsinhalte

- Individuelle Basistherapie.
- Bedeutung des Störfeldes.
- Herdsanierung.
- Allergie-Therapie.
- Geopathietestung.
- Amalgambelastung.
- Meridian-Therapie (mit Bicom und Multicom).
- Chakra-Therapie.
- Therapie mit Nosoden.
- Entgiftungstherapie.
- Problemfallbesprechung.
- Praktische Übungen mit den Kursteilnehmern.

Preise

- Kursgebühr für Nichtmitglieder: DM 260,-, für Mitglieder: DM 230,-, für Studenten und Praxishilfspersonal: DM 200,-.

Kontakt

- *Bioresonanz-Ärzte-Gesellschaft e.V.*
  Schänzlestraße 14
  79104 Freiburg
  Tel: 0761-53380
  Fax: 0761-57522

B50
Fokaltoxikosen

Allgemeines

- Voraussetzungen sind ein absolviertes Intensiv-Einführungsseminar, die Beherrschung eines Testverfahrens sowie der Besuch des Seminars „Vernetzte Testtechnik".
- Das eingesetzte Testverfahren ist die EAP.
- Kursorte sind Fulda und München.
- Der Kurs wird etwa zweimal jährlich abgehalten.
- Kursdauer: 2,5 Tage.
- Beginn: Freitag, 10.00 Uhr, Ende: Sonntag, 13.00 Uhr.
- Ziel des Kurses ist die gesicherte und rationelle Diagnose- und Therapiesystematik einer ganzheitlichen Fokalsanierung unter besonderer Berücksichtigung energetischer und systemübergreifender Zusammenhänge. Vorgestellt wird eine Systematik, die die komplexen Zusammenhänge der 5-Elementen-Lehre, der Meridianlehre und der einzelnen Organsysteme zu den odontogenen Fokaltoxikosen erfaßt und diese rationell in den Praxisalltag eingliedert.
- Derzeit keine Anerkennung auf die Ausbildung zur Zusatzbezeichnung „Naturheilverfahren".

Ausbildungsinhalte

- Herstellung der differentialdiagnostisch entscheidenden Unterscheidung von Zahn-Organbezügen zu Organ-Zahnbezügen und deren therapeutische Rückschlüsse für den Ablauf einer Sanierung.
- Zügiges und rationelles Arbeiten im Praxisalltag für den Anwender und das Personal.

Preise

- Kursgebühr: DM 650,- (inklusive 2 Mittagsbüfetts).
- Mitglieder im Internationalen Arbeitskreis Bioresonanz-Therapie oder der Bioresonanz-Therapie-Gesellschaft erhalten einen Nachlaß von DM 50,-.
- Praxishilfen und Studenten erhalten DM 150,- Rabatt.

Kontakt

- *Brügemann-Institut*
  Lochhamer Schlag 5
  82166 Gräfeling
  Tel: 089-8546102
  Fax: 089-8546103

B51

Ganzheitliche Behandlung über den Kiefer nach S. Karz

Voraussetzungen

- Nur für Zahnärzte oder Kieferorthopäden.
- Absolviertes Intensiv-Einführungsseminar.
- Seminar „BRT-Therapie-Systematik nach Karz".

Allgemeines

- Kursort ist Fulda.
- Der Kurs wird etwa 2 mal jährlich abgehalten.
- Kursdauer: 1,5 Tage.
- Beginn: Samstag, 10.00 Uhr, Ende: Sonntag, 13.00 Uhr.
- Das Kursziel besteht im Erkennen und Therapieren der Wechselbeziehungen zwischen Organ und Kieferbereich.
- Derzeit keine Anerkennung auf die Ausbildung zur Zusatzbezeichnung „Naturheilverfahren".

Ausbildungsinhalte

- Kinesiologisches Testen von Zungenbein und Kiefergelenk und Korrektur einer Störung.
- Kinesiologisches Testen der Mundspannungsverhältnisse und eventuell mögliche Korrektur; Neutralisationskriterien.
- Kinesiologisches Testen der einzelnen Zahnregion im Kieferbereich und Behandlungsmöglichkeiten einzelner Störungsbereiche.
- Therapievorgehen zur Regulation.

Preise

- Kursgebühr: DM 450,- (inklusive Mittagsbüfett am ersten Tag).
- Mitglieder im Internationalen Arbeitskreis Bioresonanz-Therapie oder der Bioresonanz-Therapie-Gesellschaft erhalten einen Nachlaß von DM 50,-.
- Praxishilfen und Studenten erhalten DM 150,- Rabatt.

Kontakt

- *Brügemann-Institut.*
  Lochhamer Schlag 5
  82166 Gräfeling
  Tel: 089-8546102
  Fax: 089-8546103

B52

Herdtherapie unter Einbeziehung der Mesenchym-Regenerationstest-Therapie (MRT) und der Schröpfelektroden-Therapie

Allgemeines

- Voraussetzungen sind ein Absolviertes Intensiv-Einführungsseminar und das Seminar „BRT-Therapie-Systematik nach Karz".
- Kursort ist Salzburg.
- Der Kurs wird einmal jährlich abgehalten.
- Kursdauer 1,5 Tage.
- Beginn: Samstag, 10.00 Uhr; Ende: Sonntag, 13.00 Uhr.
- Das Kursziel besteht im exakten Austesten von Störfeldern und individuellen Therapien mittels Kinesiologie-Test und aus einer Verlaufskontrolle durch Pulspalpation.
- Derzeit keine Anerkennung auf die Ausbildung zur Zusatzbezeichnung „Naturheilverfahren".

Ausbildungsinhalte

- Kinesiologische Testung des schwächsten Herdes, des therapiebedürftigsten Herdes, der optimalen Elektrodenplazierung, des zuvor benötigten Grundprogramms und der vom Patient benötigten möglichen Frequenzeinstellungen.
- Verlaufskontrolle durch Pulspalpation.
- Bedeutung der MRT für den Gesamtorganismus.
- Besonders nachhaltige Entgiftungsmöglichkeiten.
- Bewährte Programmeinstellungen.
- Verkürzung der Therapiezeit.

Preise

- Kursgebühr: DM 450,- (inklusive Mittagsbüfett am ersten Tag).
- Mitglieder im Internationalen Arbeitskreis Bioresonanz-Therapie oder der Bioresonanz-Therapie-Gesellschaft erhalten einen Nachlaß von DM 50,-.
- Praxishilfen und Studenten erhalten DM 150,- Rabatt.

Kontakt

- *Brügemann-Institut*
  Lochhamer Schlag 5
  82166 Gräfeling
  Tel: 089-8546102
  Fax: 089-8546103

B53
INTEGRATIVE BIORESONANZ-THERAPIE FÜR FORTGESCHRITTENE

Allgemeines

- Grundkenntnisse der Bioresonanz-Therapie, Grundverständnis für die Prinzipien ganzheitsmedizinischer Diagnose- und Therapieverfahren.
- Kursort ist Arif bei Salzburg/Österreich.
- Kurszeiten sind meist: Samstag, 9.00 bis Sonntag 13.00 Uhr.
- Ziel ist es, ein Gesamtkonzept zur Behandlung chronischer Erkrankungen zu erlernen.

Ausbildungsinhalte

- Vorstellung und praktische Durchführung eines Anamnese- und Befundauswertungssystems.
- Darstellung und teilweise praktische Durchführung aller bekannten Allergietests.
- Erstellen einer ganzheitsmedizinischen Diagnose als Ausgangspunkt für eine individuelle Therapie durch Bestimmung des Regulationsverhaltens und der energetischen Gesamtlage.
- Therapieplanerstellung.
- Individuelle BRT-Geräteeinstellung.

Preise

- Kursgebühr für Nichtmitglieder: DM 350,-, für Mitglieder DM 300,-, für Studenten und Praxishilfspersonal: DM 260,-.

Kontakt

- *Bioresonanz-Ärzte-Gesellschaft e. V.*
  Schänzlestraße 14
  79104 Freiburg
  Tel: 0761-53380
  Fax: 0761-57522

B54

Intensiv-Wochenseminar - Konzept einer praxisgerechten Bioresonanz-Therapie

Allgemeines

- Kursort ist Aeschi (bei Spiez)/Schweiz.
- Kurszeiten sind meist: Sonntag, 17.00 bis Freitag, 18.00 Uhr.
- Seminar für Anwender von Bicom, Multicom, Mora und Vegaselect.
- Das Wochenseminar vermittelt das gesamte aktuelle Wissen über die tägliche Arbeit mit der BRT.

Ausbildungsinhalte

- *Wissenschaftliche Grundlagen:*
  Matrixforschung, Dauerstreß und Auslöser, Polaritätsdenken, Stoffwechselregulation (Dreikomponenten-Theorie).
- *Energetische Diagnostik:*
  Arbeiten mit verschiedenen Testmethoden, Herdtestung, Toxin- und Allergietestung.
- *Konstitutionstherapie:*
  5-Elementen-Lehre und KSP, individueller Grundton, Chakra-Therapie, konstitutionelle Streßentlastungstherapie (KSET), kombinierte Konstitutionstherapie (KKT), neue polare Farbtherapie.
- *Endogene Bioresonanz-Therapie:*
  Matrix-Regenerationstherapie (MRT), Störfeldbehandlung mit unterschiedlichen Methoden, Schmerzbehandlung, Meridiantherapie, verschiedene Arten der Allergiebehandlung.
- *Therapiehindernisse:*
  Psychische Blockaden, Fehlermöglichkeiten, Problemfälle aus der Praxis.

Preise

- Kursgebühr für Nichtmitglieder: DM 1.640,-, für Mitglieder: DM 1.400,-, für Studenten und Praxishilfspersonal: DM 1.200,-.

Kontakt

- *Bioresonanz-Ärzte-Gesellschaft e. V.*
  Schänzlestraße 14
  79104 Freiburg
  Tel: 0761-53380
  Fax: 0761-57522

B55
Kinesiologie in der BRT

Allgemeines

- Ein absolviertes Intensiv-Einführungsseminar BRT ist Voraussetzung.
- Kursort ist Bonn.
- Der Kurs wird etwa zweimal jährlich abgehalten.
- Kursdauer: 1,5 Tage.
- Beginn: Samstag, 10.00, Ende: Sonntag, 13.00 Uhr.
- Ziel ist das Erlernen der Kinesiologie und deren Einsatz in der BRT.
- Derzeit keine Anerkennung auf die Ausbildung zur Zusatzbezeichnung „Naturheilverfahren".

Ausbildungsinhalte

- Technik der kinesiologischen Testung.
- Probleme beim Testen und deren Behebung.
- Kinesiologische Übungen für den Patient.
- Meridian-Testung und Meridian-Therapie.
- Chakra-Therapie.
- Störfeld-Diagnostik und -Therapie.
- Kinesiologisches Austesten von Medikamenten, Nosoden und Bachblüten.
- Einbindung der Kinesiologie in die vernetzte Testtechnik.
- Kinesiologisches Austesten der Therapie mit Bicom, Multicom und MRT.

Preise

- Kursgebühr: DM 450,- (inklusive Mittagsbüfett am ersten Tag).
- Mitglieder im Internationalen Arbeitskreis Bioresonanz-Therapie oder der Bioresonanz-Therapie-Gesellschaft erhalten einen Nachlaß von DM 50,-.
- Praxishilfen und Studenten erhalten DM 150,- Rabatt.

Kontakt

- *Brügemann-Institut*
  Lochhamer Schlag 5
  82166 Gräfeling
  Tel: 089-8546102
  Fax: 089-8546103

B56

Marketingstrategie BRT: Vom Kassenpatienten zum Selbstzahler

Allgemeines

- Voraussetzung ist ein absolviertes Intensiv-Einführungsseminar.
- Kursort ist München.
- Der Kurs wird einmal jährlich abgehalten.
- Kursdauer: 1,5 Tage.
- Beginn: Samstag, 10.00, Ende: Sonntag, 13.00 Uhr.
- Die Teilnehmer erlernen das Gespräch mit dem Patienten über die Honorierung. Außerdem werden Kenntnisse über rechtliche und abrechnungstechnische Fragen vermittelt.

Ausbildungsinhalte

- Das informative Gespräch mit dem Patient.
- Übungen im Umgang mit Patienteneinwänden.
- Übungen zum Gesprächsabschluß bei Behandlung mit der BRT.
- Mögliche Probleme bei Einführung der BRT in die Praxis.
- Forensische Probleme bzw. juristische Fragen mit entsprechendem Formularwesen.

Preise

- Kursgebühr: DM 450,- (inklusive Mittagessen am ersten Tag).
- Mitglieder im Internationalen Arbeitskreis Bioresonanz-Therapie oder der Bioresonanz-Therapie-Gesellschaft erhalten einen Nachlaß von DM 50,-.
- Praxishilfen und Studenten erhalten DM 150,- Rabatt.

Kontakt

- *Brügemann-Institut*
  Lochhamer Schlag 5
  82166 Gräfeling
  Tel: 089-8546102
  Fax: 089-8546103

B57

Nahrungsmittelunverträglichkeiten testen und beseitigen mit BRT

Allgemeines

- Voraussetzungen sind ein absolviertes Intensiv-Einführungsseminar sowie das Seminar „BRT-Therapie-Systematik nach Karz".
- Kursort ist Salzburg.
- Der Kurs wird einmal jährlich abgehalten.
- Kursdauer: 2,5 Tage.
- Beginn: Freitag, 10.00, Ende: Sonntag, 13.00 Uhr.
- Ziel ist die sichere Anwendung des Unverträglichkeiten-Tests und das Ausgleichen der Nährstoffpunkte.
- Derzeit keine Anerkennung auf die Ausbildung zur Zusatzbezeichnung „Naturheilverfahren".

Ausbildungsinhalte

- Testen der allergischen Diathese.
- Neutralisieren der Allergie-Bereitschaft.
- Testen der bisher bekannten Nährstoffpunkte.
- Therapie des übergeordneten Steuerungspunktes.
- Kinesiologisches Austesten des fehlenden effektiven Nährstoffes (Vitamin, Mineral, Spurenelement) und Therapie.
- Unterstützende Maßnahmen durch zusätzliches Stimulieren des Nährstoffpunktes unter Zuhilfenahme des Orthomolekular-Testsatzes.
- Eingrenzung der aufgrund der Testergebnisse nicht verwertbaren Nahrungsmittel.
- Differenzierung der Nahrungsmittelqualität.
- Ernährungshinweise.

Preise

- Kursgebühr: DM 650,- (inklusive Mittagsbüfett am ersten Tag).
- Mitglieder im Internationalen Arbeitskreis Bioresonanz-Therapie oder der Bioresonanz-Therapie-Gesellschaft erhalten einen Nachlaß von 50,-.
- Praxishilfen und Studenten erhalten 150,- Rabatt.

Kontakt

- *Brügemann-Institut*
  Lochhamer Schlag 5
  82166 Gräfeling
  Tel: 089-8546102
  Fax: 089-8546103

B58
SCHRÖPFELEKTRODENTECHNOLOGIE

Allgemeines

- Voraussetzungen sind ein absolviertes Intensiv-Einführungsseminar sowie die Beherrschung eines Testverfahrens.
- Kursort ist Krefeld.
- Der Kurs wird etwa zweimal jährlich abgehalten.
- Kursdauer: 1,5 Tage.
- Beginn: Samstag, 10.00, Ende: Sonntag, 13.00 Uhr.
- Ziel ist die sichere Anwendung der Bicom-Schröpfelektrodentechnologie.
- Derzeit keine Anerkennung auf die Ausbildung zur Zusatzbezeichnung „Naturheilverfahren".

Ausbildungsinhalte

- Intensive praktische Übungen mit Schröpfelektroden.
- Basistherapie I und II.
- Folgetherapien.

Preise

- Kursgebühr: DM 450,- (inklusive Mittagessen am ersten Tag).
- Mitglieder im Internationalen Arbeitskreis Bioresonanz-Therapie oder der Bioresonanz-Therapie-Gesellschaft erhalten einen Nachlaß von DM 50,-.
- Praxishilfen und Studenten erhalten DM 150,- Rabatt.

Kontakt

- *Brügemann-Institut*
  Lochhamer Schlag 5
  82166 Gräfeling
  Tel: 089-8546102
  Fax: 089-8546103

B59

STEUERUNG DER BRT MITTELS PULSTASTUNG NACH NOGIER (RAC), MEDIKAMENTENTESTUNG UND KOMBINIERTE ANWENDUNG DER BRT

Allgemeines

- Voraussetzungen sind ein absolviertes Intensiv-Einführungsseminar sowie das Seminar „Steuerung und Kontrolle der BRT über die Pulstastung nach Nogier (RAC), Teil I".
- Kursort ist München.
- Der Kurs wird jeweils einmal jährlich abgehalten.
- Kursdauer: 2,5 Tage.
- Beginn: Freitag, 10.00, Ende: Sonntag, 13.00 Uhr.
- Das Kursziel ist das Erlernen der Pulstastung nach Nogier (RAC) sowie die Anwendung auf Kontrolle und Steuerung der BRT. Im zweiten Teil geht es um differenzierte Test- und Therapiemöglichkeiten mittels RAC.
- Dieses Seminar kann auch für 1 1/2 Tage gebucht werden (Preis: DM 450,-), was sicheres RAC-Tasten und topographische Kenntnisse voraussetzt. Beginn ist in diesem Fall Samstag, 10.00 Uhr.
- Derzeit keine Anerkennung auf die Ausbildung zur Zusatzbezeichnung „Naturheilverfahren".

Ausbildungsinhalte

- *1. Tag:*
  Wiederholung der RAC-Tastung, diagnostische und therapeutische Vorteile somatotopischer Punktelokalisation gegenüber Körperakupunkturpunkten, somatotopische Punktlokalisation am Ohr nach Nogier, Schichtkontrollpunkte der funktionellen Zonen.
  Therapie über Zonenpunkte und zonendominante Punkte, Medikamententestung mittels Nogier`scher Pulstastung.
- *2. Tag:*
  Medikamentöse Therapie der drei Nogier`schen funktionellen Schichten des Stoffwechselbereichs, Ermittlung der Störfrequenz.
- *3. Tag:*
  Beseitigung von Therapiehindernissen mit Hilfe des Bicom-Gerätes als Voraussetzung einer exakten MT, Ausschaltung von Grundsystem-Belastungen und Therapie mit den neuen Somatotopien nach Yamamoto, therapeutischer Effekt der Modulation ausgetesteter Bicom-Frequenzen mit getesteten Medikamenten, Testung und Behandlung von Allergien, praktische Demonstration der kombinierten Technik der MT und der Therapie mit dem Bicom-Gerät mit ausführlicher Erläuterung der durchgeführten Diagnostik und Therapie.

Preise

- Kursgebühr: jeweils DM 650,- (inklusive zweier Mittagessen).
- Mitglieder im Internationalen Arbeitskreis Bioresonanz-Therapie oder der Bioresonanz-Therapie-Gesellschaft erhalten einen Nachlaß von DM 50,-.
- Praxishilfen und Studenten erhalten DM 150,- Rabatt.

Kontakt

- *Brügemann-Institut*
  Lochhamer Schlag 5
  82166 Gräfeling
  Tel: 089-8546102
  Fax: 089-8546103

B60

Steuerung und Kontrolle der BRT über die Pulstastung nach Nogier (RAC) Teil I und II

Allgemeines

- Voraussetzung ist ein absolviertes Intensiv-Einführungsseminar.
- Kursort ist Fulda.
- Der Kurs wird einmal jährlich abgehalten.
- Kursdauer je Kurs: 1,5 Tage.
- Beginn: Samstag, 10.00, Ende: Sonntag, 13.00 Uhr.
- Kursziel ist das Erlernen der Pulstastung nach Nogier (RAC) sowie die Anwendung auf Kontrolle und Steuerung der BRT. Im zweiten Teil geht es um differenzierte Test- und Therapiemöglichkeiten mittels RAC.
- Derzeit keine Anerkennung auf die Ausbildung zur Zusatzbezeichnung „Naturheilverfahren".

Ausbildungsinhalte

- *Teil I:*
  Theoretische Grundlagen des RAC und Technikvermittlung mit Übungen unter Aufsicht, Pulstasten zur Optimierung der Therapie- und Diagnoseverfahren im ultrafeinen Energiebereich, Pulstastung zur Zeiteinsparung und Reduktion der Arbeitsbelastung, ubiquitär anwendbares Pulstasten, Demonstration der Anwendung an Kursteilnehmern, Einbeziehung der Transformationszentren bzw. Chakren in die BRT durch Pulstasten (RAC).
- *Teil II:*
  Diagnose und Therapie mittels RAC, Medikamenten- und Nosoden-Tests sowie Orthomolekular-Testung durch RAC, Allergentestung und erweiterte Möglichkeiten, Austestung von Behandlungshindernissen und Krankheitshintergrund mit RAC, Krankheitsentstehung und therapeutische Konsequenzen, Therapievereinfachung durch RAC, weitergehende und verfeinerte Einbeziehung der Chakren in den therapeutischen Ablauf.

Preise

- Kursgebühr: jeweils DM 450,- (inklusive Mittagsbüfett am ersten Tag).
- Mitglieder im Internationalen Arbeitskreis Bioresonanz-Therapie oder der Bioresonanz-Therapie-Gesellschaft erhalten einen Nachlaß von DM 50,-.
- Praxishilfen und Studenten erhalten DM 150,- Rabatt.

Kontakt

- *Brügemann-Institut*
  Lochhamer Schlag 5
  82166 Gräfeling
  Tel: 089-8546102
  Fax: 089-8546103

B61

Test-Basisseminar für die erfolgreiche Bioresonanz-Therapie in der Praxis

Allgemeines

- Kursort ist Bad Vilbel.
- Kurszeiten meist: Samstag, 10.00 bis 19.00 Uhr und Sonntag, 9.00 bis 13.00 Uhr.

Ausbildungsinhalte

- Kopplung von Gerät und Patient.
- Bestimmung des Therapiespektrums in Abhängigkeit vom Regulationsvermögen
- Ermittlung der Notwendigkeit der durchschnittlichen Folgetherapien.
- Erkennen von Prioritäten.
- Auswahl verschiedener Streßfaktoren.
- Testmäßige Erfassung der Krankheitsursache.
- Bestimmung der individuellen Stoffwechsellage und ihre Korrektur.

Preise

- Kursgebühr für Nichtmitglieder: DM 350,-, für Mitglieder: DM 300,-, für Studenten und Praxishilfspersonal: DM 260,-.

Kontakt

- *Bioresonanz-Ärzte-Gesellschaft e. V.*
  Schänzlestraße 14
  79104 Freiburg
  Tel: 0761-53380
  Fax: 0761-57522

B62
VERNETZTE TESTTECHNIK FÜR BIOTENSOR UND KINESIOLOGIE

Allgemeines

- Voraussetzung sind ein absolviertes Intensiv-Einführungsseminar sowie die Beherrschung der Biotensor- oder Kinesiologie-Testung.
- Kursort ist München.
- Der Kurs wird einmal jährlich abgehalten.
- Kursdauer pro Kurs: 2,5 Tage.
- Beginn: Freitag, 10.00, Ende: Sonntag, 13.00 Uhr.
- Ziel ist die praxisorientierte Umsetzung eines bioenergetischen diagnostischen Ansatzes in der BRT.
- Zwischen den ausgetesteten Therapiemaßnahmen und den Therapie-Ergebnissen besteht oft eine Differenz unterschiedlicher Größe. In diesem Kurs wird vermittelt, diese beiden Punkte mehr einander anzugleichen, wobei die BRT eine entscheidende Rolle spielt.
- Derzeit keine Anerkennung auf die Ausbildung zur Zusatzbezeichnung „Naturheilverfahren".

Ausbildungsinhalte

- Praktikables und praxiserprobtes Konzept.
- Effizienzerhöhung bei niedrigerer finanzieller Belastung des Patienten.
- Delegierbarkeit der Therapiemaßnahmen bei hoher Streßreduktion für den Anwender.
- Verstärkung der Bindung des Patienten an den Therapeuten.
- BRT als Schlüssel eines integrativen, allumfassenden Konzepts.

Preise

- Kursgebühr: jeweils DM 650,- (inklusive Mittagsbüfett an 2 Tagen).
- Mitglieder im Internationalen Arbeitskreis Bioresonanz-Therapie oder der Bioresonanz-Therapie-Gesellschaft erhalten einen Nachlaß von DM 50,-.
- Praxishilfen und Studenten erhalten DM 150,- Rabatt.

Kontakt

- *Brügemann-Institut*
  Lochhamer Schlag 5
  82166 Gräfeling
  Tel: 089-8546102
  Fax: 089-8546103

B63

Vernetzte Testtechnik für EAP - Wochenseminar/Intensivschulung

Allgemeines

- Voraussetzung sind ein absolviertes Intensiv-Einführungsseminar sowie das Seminar „Erlernen und Anwenden der EAP-Testtechnik".
- Kursorte sind München und Fulda.
- Der Kurs wird etwa zweimal jährlich abgehalten.
- Kursdauer pro Kurs: 4,5 Tage.
- Beginn: Mittwoch, 10.00, Ende: Sonntag, 13.00 Uhr.
- Ziel ist die praxisorientierte Umsetzung eines bioenergetischen diagnostischen Ansatzes in der BRT.
- Dieses Seminar kann auch für 1 1/2 Tage als Intensivschulung gebucht werden (Preis: DM 450,-), was den Besuch eines Seminars „Vernetzte Testtechnik" voraussetzt. Beginn ist in diesem Fall Samstag, 10.00 Uhr.
- Derzeit keine Anerkennung auf die Ausbildung zur Zusatzbezeichnung „Naturheilverfahren".

Ausbildungsinhalte

- *1. Tag:*
  Einführung in die theoretischen Hintergründe der „Vernetzten Testtechnik", Wegfindung und Eingliederung in das therapeutische Haus, Zielsetzung einer konsequenten Diagnose und Therapiesystematik.
- *2. Tag:*
  Eingliederung der Anamnese in die bekannten Mechanismen der holistischen biokybernetischen Denkweise, Eingliederung der Basisdiagnostik und der anamnestischen Erhebung in eine ganzheitliche Betrachtungsweise, Festlegung der therapeutischen Schwerpunkte, praktische Übungen des Auditoriums und Auffindung therapeutischer Schwerpunktbelastungen nach durchgeführter Testung.
- *3. Tag:*
  Testen der vermutlich pathogenen Energien, Testen der vermuteten Stabilisierungsmaßnahmen zur Verbesserung der Reaktions- und Regulationsfähigkeit des Systems, praktische Übungen.
- *4. Tag = 1. Tag der Intensivschulung:*
  Festlegen des Therapiekonzeptes und Eingliederung der durchgeführten Therapie in den übergeordneten Therapieplan, eventueller Einsatz körpereigener Substanzen, Überprüfung der bisherigen oralen Medikation, Bestimmung der Basistherapie, Therapie über Di und H, praktische Übungen.
- *5. Tag = 2. Tag der Intensivschulung:*
  Festlegung der nächsten Therapieschritte sowie des nächsten Termins im übergeordneten therapeutischen Plan, evtl. weitere notwendige therapeutische Maßnahmen, intensives Training.

Preise

- Kursgebühr: jeweils DM 950,- (inklusive Mittagsbüfett an 4 Tagen).
- Mitglieder im Internationalen Arbeitskreis Bioresonanz-Therapie oder der Bioresonanz-Therapie-Gesellschaft erhalten einen Nachlaß von DM 50,-.
- Praxishilfen und Studenten erhalten DM 150,- Rabatt.

Kontakt

- *Brügemann-Institut*
  Lochhamer Schlag 5
  82166 Gräfeling
  Tel: 089-8546102
  Fax: 089-8546103

B64
Vertiefung und Erweiterung der BRT-Therapie-Systematik

Allgemeines

- Voraussetzung ist das absolvierte Intensiv-Einführungsseminar und das Seminar „BRT-Therapie-Systematik".
- Kursort ist Kreta (!).
- Der Kurs wird 1 mal jährlich abgehalten.
- Kursdauer: 5,5 Tage.
- Beginn: Sonntag, 14.00, Ende: Freitag, 18.00 Uhr.
- Derzeit keine Anerkennung auf die Ausbildung zur Zusatzbezeichnung „Naturheilverfahren".

Ausbildungsinhalte

- *1. Tag:*
  Kurzfassung der Therapiesystematik. Wie kann man durch Unterstützung aller fünf Sinnesorgane die Therapiewirkung verbessern.
- *2. Tag:*
  Krankheitsbilder, bei denen es von Vorteil ist, intensivere Hautreize zu setzen. Einsatz des MRT-Gerätes zum Aufbau des Resonanzfeldes.
- *3. Tag:*
  Beschwerden, die sich optimal durch Farbapplikationen verbessern lassen. Einzelfarbeneinsatz über das Multicom-Gerät.
- *4. Tag:*
  Welchen Einfluß haben Töne auf unseren Organismus? Therapiemöglichkeiten mit dem Multicom-Gerät.
- *5. Tag:*
  Welche Krankheiten lassen sich durch Stimulation der Nasen-/Rachenschleimhäute erreichen? Diesbezüglicher Einsatz aller drei Geräte (Bicom, Multicom, MRT).
- *6. Tag:*
  Zusammenfassung aller Möglichkeiten der Therapieerweiterung. Workshop über das Erlernte.

Preise

- Kursgebühr: DM 1.750,-.
- Mitglieder im Internationalen Arbeitskreis Bioresonanz-Therapie oder der Bioresonanz-Therapie-Gesellschaft erhalten einen Nachlaß von DM 50,-.
- Praxishilfen und Studenten erhalten DM 150,- Rabatt.

Kontakt

- *Brügemann-Institut*
  Lochhamer Schlag 5
  82166 Gräfeling
  Tel: 089-8546102
  Fax: 089-8546103

Biologische Tumortherapie

Sie beruht auf der Vorstellung, daß die körpereigene Abwehr in der Lage ist, maligne Zellen und Tumoren zu vernichten bzw. am Wachstum zu hindern. Ebenso wird hier unterstellt, daß eine Störung des Immunsystems dem Krebswachstum vorausgeht. Der biologischen Tumortherapie fallen somit präventive und begleitende Aufgaben zu. Hierzu zählen Darm- und Herdsanierung, Immunrestaurierung, Ausschaltung von Toxikosen, Ernährungsumstellung, Reduktion psychischer Belastungen.

B65
BIOLOGISCHE TUMORTHERAPIE

Allgemeines

- Gerichtet an Ärzte, die in der Praxis mit Tumorbehandlungen befaßt sind und nach adjuvanten Möglichkeiten der Therapie suchen.
- Termine im März und November.
- Unterrichtszeiten: Samstag, 10.00 bis 13.00 und 15.00 bis 19.00 Uhr, Sonntag, 9.00 bis 14.00 Uhr.
- Kursort ist Bad Wörishofen.
- Vorstellung von Patienten-Anamnesen ist erwünscht.
- Derzeit keine Anerkennung auf die Ausbildung zu einer Zusatzbezeichnung.

Ausbildungsinhalte

- Konventionelle, immunologische und biologische Diagnostik in der Praxis.
- Einführung in die Immunologie.
- Biotherapeutika in der Onkologie.
- Sinnvolle Detoxifikationskonzepte.
- Störfeldsuche und Regulationstherapien.
- Primäre und sekundäre Tumorprävention.

Preise

- Kursgebühr: DM 350,-.
- ÄiP, arbeitslose Ärzte und Mitglieder im Kneipp-Bund zahlen gegen Vorlage einer entsprechenden Bescheinigung DM 300,-.

Kontakt

- *Ärztliches Fortbildungszentrum an der Sebastian-Kneipp-Akademie*
  Adolf Scholz Allee 6-8
  86825 Bad Wörishofen
  Tel: 08247-3002-156 (-155)

Chelat-Therapie

Chelate sind stabile Komplexe von Metallen mit organischen Verbindungen infolge einer ringförmigen Bindung. Sie findet Anwendung bei Schwermetallvergiftungen (durch die hohe Affinität von Metallen zum Chelatbildner. Bei Arteriosklerose sollen Chelate Kalzium aus den Kalkablagerungen in den Gefäßwänden abbauen können.

B66
CHELAT-THERAPIE

Allgemeines

- Es handelt sich hierbei um kein Naturheilverfahren, sondern um ein zum Bereich der Erfahrungsheilkunde gehörendes Therapieverfahren.
- Jährlich findet in Baden-Baden anläßlich der Medizinischen Woche ein Einführungs- und Fortbildungsseminar statt.
- Der etwa alle 2 Jahre stattfindende Deutsche Chelat-Therapie-Tag bietet neben dem Seminar auch weitere Vorträge und neueste Erkenntnisse zur Chelat-Therapie.
- Derzeit gibt es in Deutschland etwa 200 Chelat-Therapeuten.
- Der Kurs ist nicht auf die Weiterbildung zu einer Zusatzbezeichnung anrechenbar.

Ausbildungsinhalte

- Einführung in die Chelat-Therapie als neue Behandlung von Arteriosklerose und Alterskrankheiten ohne Operation.
- Pathologie der freien Radikale.
- Wirkungsweise und Physiologie der Chelat-Therapie.
- Handhabung und Durchführung der Infusionen.
- Nahrungsmittelergänzung als begleitende Diät.

Preise

- Das Fortbildungsseminar kostet für Mitglieder der Gesellschaft für Chelat-Therapie DM 80,- für andere Teilnehmer DM 180,-.
- Patienten von Chelat-Ärzten zahlen keine Gebühr.

Kontakt

- *Deutsche Gesellschaft für Chelat-Therapie e.V.*
  Grote String 22
  22397 Hamburg
  Tel: 040-43137814
  Fax: 040-437787

Chirotherapie

Die manuelle Therapie (Manualtherapie, Chirotherapie) als Teilgebiet der Physiotherapie dient der gezielten Behandlung von Gelenkblockaden. Appliziert werden bestimmte Grifftechniken mit Zug- oder Hebelwirkung, die das Gelenkspiel unmittelbar wiederherstellen und die akuten Schmerzen beseitigen. Angewandt wird diese Methode bei akuten und chronischen funktionellen Schmerzsyndromen der Wirbelsäule und der Extremitätengelenke. Die diagnostische Seite der manuellen Medizin ist ganz auf das muskuloskelettale System ausgerichtet und bedient sich hier der klassischen Methoden von Inspektion und Palpation sowie einer großer Reihe spezifischer Muskel- und Gelenkmobilitätstests.

B67
Chirotherapie (Ackermann Institut)

Allgemeines

- Kursort ist Stockholm.
- Kursdauer von Freitag bis Dienstag, täglich 9.00 bis 12.00 und 14.00 bis 17.00 Uhr in der Praxis von Dr. Ackermann, der persönlich den Kurs leitet.
- Der Kurs wird in deutscher Sprache abgehalten.
- Die Teilnehmerzahl ist sehr begrenzt.
- Der Kursus wird etwa einmal monatlich angeboten.

Ausbildungsinhalte

- Jeder Behandlungsgriff der chirotherapeutischen Technik wird anhand von Röntgenbildern, Skelett-Modellen und Patienten besprochen. Ferner werden Indikationen und Kontraindikationen besprochen.

Preise

- Kursgebühr: DM 3.000,-.

Kontakt

- *Ackermann Institut*
  Frauenhoferstraße 44
  80469 München
  Tel: 089-8956570
  Fax: 089-2012019
- *Ackermann Institut*
  Sturegatan 50
  11436 Stockholm
  Schweden
  Tel: 0046-8-6620402
  Fax: 0046-8-6612005

B68
CHIROTHERAPIE (KURPARK-KLINIK BAD SCHUSSENRIED)

Allgemeines

- Für nicht-orthopädische Ärzte.
- Die Kurse werden in einem Abstand von etwa 3 Monaten angeboten.
- Kursort ist die Kurpark-Klinik in Bad Schussenried.
- Der Kurs erstreckt sich über mindestens 40 Stunden innerhalb einer Woche.
- Der Kursus ist auf die Ausbildung zur Zusatzbezeichnung „Chirotherapie" anrechenbar.

Ausbildungsinhalte

- Inhalte sind die konservative und operative Orthopädie und die entsprechenden Krankheitsbilder.

Preise

- Die Kursgebühr beträgt DM 250,-.

Kontakt

- *Dr. Wirbitzky*
  Chefarzt der Kurpark-Klinik
  Zeller See Weg 11
  88427 Bad Schussenried
  Tel: 07583-4070 oder 407110
  Fax: 07583-407105

B69

CHIROTHERAPIE (SCHNUPPERKURS)

Allgemeines

- Vorkenntnisse sind nicht erforderlich.
- Kursort ist Bad Wörishofen.
- Der Kurs findet begleitend als Abendveranstaltung zur Ausbildung in Naturheilverfahren an der Sebastian Kneipp Akademie, Kurs 4, statt.
- Der Kurs soll zur Chirotherapie-Weiterbildung bei den Ärzteseminaren der Deutschen Gesellschaft für Chirotherapie anregen.
- Die ausgestellte Bescheinigung gilt nicht für die Weiterbildung in Chirotherapie.

Ausbildungsinhalte

- Vermittelt werden einfache, effektive, diagnostische und therapeutische Techniken der Manuellen Medizin für den Anfänger. Es werden dem Teilnehmer eine kleine Auswahl erprobter Handgriffe beigebracht.
- Inhalt ist u.a. eine Einführung in die vorausgehende klinisch-orthopädische und manualmedizinische Diagnostik (einschließlich Röntgen), intensives Üben mit individueller Kontrolle und Erläuterung häufiger Technikfehler und Kombinationsmöglichkeiten der Chirotherapie mit Naturheilverfahren.

Preise

- Kursgebühr: DM 150,-.

Kontakt

- *Ärztliches Fortbildungszentrum an der Sebastian-Kneipp-Akademie*
  Adolf Scholz Allee 6-8
  86825 Bad Wörishofen
  Tel: 08247-3002-156 (-155)

B70
Gezielte Muskeldehnung an der oberen und unteren Extremität

Allgemeines

- Für Ärzte, Heilmasseure, Dipl. Physiotherapeuten, Krankengymnasten, Heilpraktiker, Masseure und med. Bademeister.
- 2 Wochenenden bzw. 28 Unterrichtsstunden.
- Kurszeiten für Kurs I, II und III von Samstag, 9.00 bis Sonntag, 13.00 Uhr.
- Die Anmeldung verpflichtet zum Besuch beider Abschnitte.
- Unterbringung über das Fremdenverkehrsbüro Walchsee, tel: 0043-5374-5775.
- Eine Anrechnung des Kurses auf die Weiterbildung zur Erlangung der Zusatzbezeichnung Chirotherapie ist nicht möglich.

Ausbildungsinhalte

- Theorie und praktische Anwendung von Dehntechniken.
- Gezieltes therapeutisches Dehnen.
- Muskeleigendehnung.
- Antagonistentraining an oberer und unterer Extremität.

Preise

- DM 270,- pro Wochenende.

Kontakt

- *Dr. Vodder Schule - Walchsee*
  Alleestraße 30
  6344 Walchsee
  Österreich
  Tel: 0043-5374-5245-0
  Fax: 0043-5374-5245-4

B71

Informationskurs Osteopathische Behandlungstechniken

Allgemeines

- Kursort ist die Gottfried Gutmann Akademie in Hamm oder Mannheim.
- Kurszeiten: Freitag oder Samstag, 9.00 bis 18.00 Uhr.
- Der Kurs wird etwa zweimal jährlich abgehalten.
- Eine Anrechnung auf die Weiterbildung zur Erlangung einer Zusatzbezeichnung ist nicht möglich.

Ausbildungsinhalte

- Umfassender Ausblick auf Wesen, Prinzipien, Philosophie, Diagnostik und Behandlung in der osteopathischen Manuellen Medizin.
- Erarbeitung der Grundzüge der Screening-, Scanning- und der segmentalen Untersuchung.
- Demonstration von Behandlungsarten in der Osteopathie wie Muskelenergietechnik, myofaziale Entspannungstechnik und funktionelle indirekte Techniken.
- Behandlungsziele am Beispiel von Kreuz- und Schulter-Arm-Schmerzen.

Preise

- Kursgebühr: DM 90,-.

Kontakt

- *Gottfried Gutmann Akademie*
  Ostenallee 83
  59071 Hamm
  Tel: 02381-986562
  Fax: 02381-986499

B72
MANUELLE MEDIZIN

Allgemeines

- Vorkenntnisse sind nicht erforderlich.
- Der Kurs geht über 12 Stunden.
- Kursort ist Bad Wörishofen.
- Der Kurs findet begleitend als Abendveranstaltung zur Ausbildung in Naturheilverfahren an der Sebastian Kneipp Akademie, Kurs 3, statt.
- Ausgerichtet wird der Kurs in Zusammenarbeit mit der Deutschen Gesellschaft für Manuelle Medizin.
- Es handelt sich um einen reinen Informations- und Theoriekurs.
- Der Kurs ist die Voraussetzung für die Weiterbildungskurse in Manueller Medizin (Chirotherapie).

Ausbildungsinhalte

- Grundlagen.
- Grundzüge manueller Diagnostik und Therapieformen.
- Klinisch-orthopädische Basisdiagnostik.
- Indikationen und Kontraindikationen.
- Bedeutung begleitender Therapiemaßnahmen (Krankengymnastik, physikalische Therapieformen).

Preise

- Kursgebühr: DM 170,-.

Kontakt

- *Ärztliches Fortbildungszentrum an der*
  Sebastian-Kneipp-Akademie
  Adolf Scholz Allee 6-8
  86825 Bad Wörishofen
  Tel: 08247-3002-156 (-155)

B73
Manuelle Medizin (Deutsche Gesellschaft für Manuelle Medizin)

Allgemeines

- Abgeschlossenes Studium ist Voraussetzung (gesondertes Kursprogramm für Krankengymnasten).
- Die Reihenfolge der 5 Kurse ist obligat.
- Die Kurse können nur mit Zwischenabständen von mindestens 3 Monaten belegt werden.
- Kursorte sind Isny-Neutrauchburg, Ahrenshoop, Bad Iburg, Bad Krozingen, Bad Mergentheim, Damp, Dobel, Horn-Bad Meinberg und Schönebeck-Bad Salzelmen.
- Jeder Kurs wird jährlich etwa 10 bis 15 mal angeboten.
- Die Kurse werden auf die Weiterbildung zur Erlangung der Zusatzbezeichnung Chirotherapie anerkannt.

Ausbildungsinhalte

- *Kurs I:*
  Segmentale Funktionsuntersuchung der Wirbelsäule, Wiederholung der funktionellen Anatomie der Wirbelsäule, Mobilisationstechniken, Grundlagen der Manipulationsbehandlung, Manipulationstechniken an der Wirbelsäule, Einführung in neuromuskuläre Behandlungstechniken, Kontraindikationen zur manuellen Therapie.
- *Kurs II:*
  Technik der funktionellen segmentalen Irritationspunktdiagnostik, Differentialdiagnose pseudoradikulärer Wirbelsäulensyndrome, Röntgenfunktionsdiagnostik der Wirbelsäule, Manipulation der Sakroiliakalgelenke, Wirbelgelenke und der Kostotransversalgelenke, Technik der risikofreien Manipulation zur Behandlung von Wirbelblockierungen, Manipulationserleichterungstechniken.
- *Kurs III:*
  Funktionelle Anatomie der Extremitätengelenke und Funktionsuntersuchung, Muskelfunktionstests, Beurteilung myotendinotischer Reaktionen bei Störung des Gelenkspiels, Mobilisations- und Manipulationstechniken an den Extremitäten zur Behandlung hypo- und hypermobiler Funktionsstörungen, postisometrische Relaxation und gezielte Muskeldehnung an den Extremitäten, Diagnose und Behandlung von Störungen an den Extremitätengelenken im Rahmen pseudoradikulärer Wirbelsäulensyndrome.
- *Kurs IV:*
  Vervollständigung der Techniken an Wirbelsäule und Extremitäten, Differentialdiagnose und Therapieplanung, Einbau der manuellen Medizin in ein therapeutisches Gesamtkonzept, manuelle Therapie bei komplexem Blockierungsgeschehen, manuelle Medizin in der Allgemeinmedizin, forensische Fragen im Zusammenhang mit der manuellen Medizin, schriftliche, mündliche und praktische Abschlußprüfung.
- *Kurs V:*
  Weiterbildung und Konsolidierung von Kenntnissen und Fertigkeiten in Theorie und Praxis, weiter entwickelte Techniken der Manualmedizin.

Sonderkurse

- Orthopädischer Wochenkurs für Nichtorthopäden: anrechenbar auf die Weiterbildung für die Zusatzbezeichnung "Chirotherapie"; etwa 3 mal pro Jahr.
- HWS-Refresherkurs (Wochenende): nur für Zertifikat-Inhaber; etwa 2 mal pro Jahr.
- LWS-Refresherkurs (Wochenende): nur für Zertifikat-Inhaber; etwa 2 mal pro Jahr.
- Kurs zur Erlangung der Zusatzbezeichnung "Physikalische Therapie"; etwa 4 mal pro Jahr.
- Muskeldehnungskurs (Wochenende).

Preise

- Mitgliedsbeitrag pro Jahr beim Ärzteseminar (MWE): DM 145,-.
- Informationskurs: DM 170,- (inklusive Lehrbuch).
- Kurs I bis IV zusammen: DM 1.100,- (Mitglieder: DM 930,-, AiP: DM 880,-, AiP+Mitglied: DM 750,-).
- Kurs V: DM 550,- (Mitglieder: DM 470,-).
- Orthopädischer Wochenkurs für Nichtorthopäden: DM 400,- (Mitglieder: DM 340,-, AiP: DM 320,-, AiP+Mitglied: DM 270,-).
- HWS-Refresherkurs: DM 250,-.
- LWS-Refresherkurs: DM 250,-.
- Physikalische Therapie: DM 400,- (Mitglieder: DM 340,-, AiP: DM 320,-, AiP+Mitglied: DM 270,-).
- Muskeldehnungskurs: DM 250,-.

Kontakt

- *Dr. Karls Sell Ärzteseminar (MWE)*
  Riedstraße 5
  88316 Isny-Neutrauchburg
  Tel: 07562-9718-0
  Fax: 07562-9718-22

B74
Manuelle Therapie AG

Allgemeines

- Kursort ist die Gottfried-Gutmann-Akademie in Hamm.
- Teilnehmerzahl ist begrenzt.
- Der Kurs wird in etwa 2-monatigen Abständen abgehalten und dauert jeweils von 17.00 bis 20.00 Uhr.
- Kursziel ist die Vertiefung manualtherapeutisch-osteopathischer Behandlungstechniken des gesamten Bewegungsapparates.
- Weiterhin dient der Kursus einer verbesserten Zusammenarbeit zwischen Ärzten und Krankengymnasten.
- Eine Anrechnung auf die Weiterbildung zur Erlangung einer Zusatzbezeichnung ist nicht möglich.

Ausbildungsinhalte

- Grundlagen (funktionelle Anatomie, Biomechanik, klinische Krankheitsbilder).
- Palpationsübungen am Bewegungsapparat.
- Manualtherapeutisch-osteopathische Behandlungstechniken der Wirbelsäule und der Extremitäten.
- Fallbesprechungen.
- Patientendemonstrationen.

Preise

- DM 20,- pro Abend.

Kontakt

- *Gottfried Gutmann Akademie*
  Ostenallee 83
  59071 Hamm
  Tel: 02381-986562
  Fax: 02381-986499

B75
Manuelle Therapie und Muskelenergietechnik (MET)

Allgemeines

- Voraussetzung sind chirotherapeutische Kenntnisse oder der Grundkurs „Prinzipien der manuellen Medizin" an der Gottfried Gutmann Akademie.
- Kursort ist die Gottfried Gutmann Akademie in Hamm.
- MET I und MET II: jeweils 4 Tage, MET III: 2 Tage.
- Reihenfolge MET I und MET II obligat. MET III auch nach MET I möglich.
- Es gibt auch einen Fortgeschrittenen-Kurs zur Vertiefung und Erweiterung des Behandlungsspektrums; Dauer: 3 Tage.
- Eine Anrechnung auf die Weiterbildung zur Erlangung einer Zusatzbezeichnung ist nicht möglich.

Ausbildungsinhalte

- *MET I* („unterhalb des Diaphragmas"):
  Einführung, Biomechanik, muskelphysiologische Grundlagen, Dysfunktion der Gelenke und der Wirbelabschnitte unter osteopathischen Gesichtspunkten; Hüftgelenkdysfunktion mit Behandlungstechniken; Sakrumdysfunktion mit spezieller Diagnostik und Behandlungstechniken; funktionelle Anatomie und Bewegungsmechanik der LWS, Dysfunktion der lumbalen Bewegungssegmente, Behandlungstechnik im Liegen.
- *MET II* („oberhalb des Diaphragmas"): Systematik der Rippenfunktionsstörungen, Inspirations- und Exspirationsstörungen, Diagnostik und Behandlung; strukturelle Rippenläsionen, Behandlung der thorakalen Dysfunktionen Typ-I und Typ-II im Sitzen; funktionelle Anatomie und Biomechanik der Halswirbelsäule; Diagnostik der segmentellen Dysfunktion der HWS-Segmente C2-C7; MET-Behandlung der HWS im Liegen; Ausblick auf die kraniosakrale Dysfunktion.
- *MET III* Extremitäten

Preise

- MET I und MET II: jeweils DM 750,- für Ärzte (Krankengymnasten: DM 600,-).
- MET III: DM 375,- (Krankengymnasten: DM 300,-).
- Fortgeschrittenen-Kurs: DM 800,- (Krankengymnasten: DM 700,-).

Kontakt

- *Gottfried Gutmann Akademie*
  Ostenallee 83
  59071 Hamm
  Tel: 02381-986562
  Fax: 02381-986499

B76

Nichtoperative Orthopädische Medizin nach Cyriax und Wirbelsäulenkurse

Allgemeines

- Für Ärzte, Heilmasseure, Dipl. Physiotherapeuten, Krankengymnasten, Heilpraktiker.
- Besondere Zulassungsvoraussetzungen für Masseure und med. Bademeister.
- Eine Anrechnung des Kurses auf die Weiterbildung zur Erlangung der Zusatzbezeichnung Chirotherapie ist nicht möglich.

Ausbildungsinhalte

- Schultergürtel/Schulter (5 Tage).
- Ellenbogen (4 Tage).
- Handgelenk/Hand (4 Tage).
- Knie (5 Tage).
- Fuß (5 Tage).
- Hüfte (4 Tage).
- Wiederholung und Prüfung (4 Tage).

Preise

- Die Preise ergeben sich aus der Dauer der Kurse, wobei DM 200,- pro Tag zu rechnen sind.

Kontakt

- *Dr. Vodder Schule - Walchsee*
  Alleestraße 30
  6344 Walchsee
  Österreich
  Tel: 0043-5374-5245-0
  Fax: 0043-5374-5245-4

B77

Psychoorthopädie - Manuelle Medizin und Psychosomatik

Allgemeines

- Kursort ist die Gottfried-Gutmann-Akademie in Hamm.
- Teilnehmerzahl ist begrenzt.
- Der Kurs wird etwa 4 mal im Jahr angeboten und dauert 3 Stunden (17.00 bis 20.00 Uhr).
- Gerade im Bereich der funktionellen Orthopädie lassen sich die ersten somatischen Störungen vielfach als Folge emotionaler Belastungen und deren Fehlverarbeitung nachweisen.
- Eine Anrechnung auf die Weiterbildung zur Erlangung einer Zusatzbezeichnung ist nicht möglich.

Ausbildungsinhalte

- Inhalt des Kurses ist der Brückenschlag zwischen Lebensgeschichte und somatischem Krankheitsbeginn. Dadurch sollen diagnostische und therapeutische Hinweise gewonnen werden.

Preise

- DM 45,- pro Abend.

Kontakt

- *Gottfried Gutmann Akademie*
  Ostenallee 83
  59071 Hamm
  Tel: 02381-986562
  Fax: 02381-986499

B78

RÖNTGENDIAGNOSTIK FÜR CHIROTHERAPEUTEN

Allgemeines

- Termine im November.
- Unterrichtszeiten: Freitag, 10.00 bis 13.00 und 15.00 bis 19.00 Uhr; Samstag, 9.00 bis 12.00 und 14.00 bis 18.00 Uhr.
- Kursort: Bad Wörishofen.
- Der Kurs kann auf die Weiterbildung zur Erlangung der Zusatzbezeichnung Chirotherapie angerechnet werden.

Ausbildungsinhalte

- Der Kurs leitet in kleinen, leicht verständlichen und didaktisch klaren Schritten systematisch zur selbständigen Beurteilung von Röntgenbildern des Skelettsystems unter besonderer Berücksichtigung manualmedizinisch bedeutsamer Befunde an. Der Lernerfolg wird an einer großen Zahl exemplarischer Bilder überprüft.

Preise

- Kursgebühr: DM 400,-.
- ÄiP, arbeitslose Ärzte und Mitglieder im Kneipp-Bund zahlen gegen Vorlage einer entsprechenden Bescheinigung DM 350,-.

Kontakt

- *Ärztliches Fortbildungszentrum an der*
  Sebastian-Kneipp-Akademie
  Adolf Scholz Allee 6-8
  86825 Bad Wörishofen
  Tel: 08247-3002-156 (-155)

B79

Weiterbildung zur Erlangung der Zusatzbezeichnung „Chirotherapie"

Allgemeines

- Zielgruppe sind Ärzte.
- Für Nichtorthopäden ist die Teilnahme an einem orthopädischen Wochenkurs oder die einwöchige Hospitation in einer orthopädischen Klinik Voraussetzung für die Zusatzbezeichnung. Der orthopädische Wochenkurs kann nach dem 5. oder 6. Kurs absolviert werden.
- Kursort ist die Gottfried-Gutmann-Akademie in Hamm.
- Teilnehmerzahl ist auf 26 begrenzt.
- Praxisnahe Kursgestaltung mit neuesten chirotherapeutischen Techniken, die bereits nach dem ersten Kursus anwendbar sind.
- Die Dozenten verfügen über langjährige chirotherapeutische Erfahrung.
- Jeder Kursus erstreckt sich in der Regel von Mittwoch, 16.00 bis Sonntag 14.00 Uhr.
- Ein Informationskurs von 12 Stunden Dauer, der vor Beginn abgeleistet werden muß, und anschließend 7 Kurse zu je 36 Stunden, zwischen denen ein Zeitraum von 3 Monaten liegen muß.
- Der Abschluß der Weiterbildung ist nach zwei Jahren möglich.
- Die Kurse sind von der Ärztekammer genehmigt.

Ausbildungsinhalte

- Informationskurs.
- Erster Extremitäten-Untersuchungs- und Behandlungskurs.
- Erster Untersuchungs- und Behandlungskurs Beckenregion mit Hüftgelenk und Lendenwirbelsäule.
- Zweiter Untersuchungs- und Behandlungskurs Brustkorb mit Brustwirbelsäule und Rippen.
- Dritter Untersuchungs- und Behandlungskurs Halswirbelsäule, Kiefergelenk und Schultergürtel.
- Zweiter Untersuchungs- und Behandlungskurs Extremitätengelenke mit Mobilisationen ohne und mit Impuls.
- Erster Wirbelsäulen-Mobilisations- und Manipulationskurs.
- Zweiter Wirbelsäulen-Mobilisations- und Abschlußkurs.

Preise

- Kursgebühr: jeweils DM 680,-.
- Informationskurs: DM 150,-

Kontakt

- *Gottfried Gutmann Akademie*
  Ostenallee 83
  59071 Hamm
  Tel: 02381-986562
  Fax: 02381-986499

Eigenbluttherapie

Die Eigenbluttherapie ist eine unspezifische Reiztherapie, bei der kleine Mengen frischen venösen Eigenblutes intramuskulär injiziert werden. Zugrunde liegt der Gedanke, daß die körpereigenen Heilungskräfte (nicht nur) durch diese Methode einem Stimulus ausgesetzt sind, stärker auf die Erkrankung zu reagieren und noch mehr Abwehrkräfte zu mobilisieren. Dieser Reiz auf das Regulationssystem soll eine ganze Reihe von Reizantworten auslösen, die insgesamt als vegetative Gesamtumschaltung bezeichnet werden.

B80
EIGENBLUTTHERAPIE

Allgemeines

- Der Kurs dauert 6 Stunden.
- Kursort ist Bad Wörishofen.
- Der Kurs findet begleitend als Abendveranstaltung zur Ausbildung in Naturheilverfahren an der Sebastian Kneipp Akademie, Kurs 2, statt.
- Die Eigenblutbehandlung ist nicht Bestandteil des Ausbildungsprogramms in der Weiterbildung zur Erlangung der Zusatzbezeichnung Naturheilverfahren.
- Abrechnungsmöglichkeiten sind Bestandteil des Kursprogramms.

Ausbildungsinhalte

- Grundlagenvermittlung.
- Vorstellungen über die Wirkungsweise.
- Indikationen und Kontraindikationen.
- Therapiehindernisse und -fehler.
- Potenziertes Eigenblut.
- Abrechnungsmöglichkeiten.

Preise

- Kursgebühr: DM 200,-.

Kontakt

- *Ärztliches Fortbildungszentrum an der Sebastian-Kneipp-Akademie*
  Adolf Scholz Allee 6-8
  86825 Bad Wörishofen
  Tel: 08247-3002-156 (-155)

Eigenurintherapie

Es gibt verschiedene Formen der Eigenurintherapie. Zum einen die intramuskuläre Injektion von steril filtriertem Urin, wobei spasmolytische, endokrin-aktive und immunogene Faktoren eine Immunstärkung bewirken sollen. So ergeben sich die Anwendungen bei chronischer Infektanfälligkeit, Allergien, Migräne. Kontraindikationen sind konsumierende Erkrankungen, sowie Leber-, Nieren- und Herz-Kreislauferkrankungen. Eine weitere Anwendungsform ist das Trinken von Morgenurin zur Stoffwechselaktivierung, Entgiftung und Immunstimulation. Schließlich soll die Methode bei äußerlicher Anwendung in Form von Spülungen, Einläufen und Wickeln einen günstigen Effekt z.B. auf Hauterkrankungen haben.

Elektroakupunktur nach Voll (EAV)

Die EAV geht auf R. Voll zurück und ist somit in den Anfängen über 40 Jahre alt. Grundlage ist die Bestimmung von „elektrisch signifikanten Punkten" der Haut, die sich in ihrem Widerstandsverhalten gegenüber schwachen elektrischen Strömen deutlich von anderen Punkten der Haut unterscheiden. Diese Punkte stimmen zum Teil mit bekannten Akupunkturpunkten überein, wodurch die Methode ihren Namen erhielt. Der Zusammenhang zwischen bestimmten Hautarealen und inneren Organen ist bereits seit Head und McKenzie bekannt. Da nach verschiedenen Modellen eine Einflußnahme auf die inneren Organe und Systeme über diese Punkte möglich und reproduzierbar erscheint, ist es naheliegend, dies auch diagnostisch zu nutzen. Nach einem auf der Grundlage zahlreicher empirischer Messungen entwickelten Atlas werden mit einem entsprechenden Meßgerät Widerstands- bzw. Leitwertmessungen durchgeführt. Dabei wird der scheinbare Ohm'sche Widerstand in einem Bereich zwischen 0 und 600 kW bei einer mittleren Meßspannung von 900 mV und einem Meßstrom zwischen 11,25 und 5,5 mA registriert. Ermittelt werden kybernetisch relevante Störungen wie Infektreste, Umweltgifte, Herd/Störfeldbelastungen, Mangelzustände, Allergie und Intoleranz (auch zahnmedizinische Werkstoffe).
Als bewährte Indikationen der EAV gelten Migräne und andere chronische Kopfschmerzen, rheumatische Erkrankungen, chronische Leber-, Nieren oder Bauchspeicheldrüsenentzündungen, Allergien, Hauterkrankungen wie Neurodermitis, funktionelle Kreislaufstörungen, vegetative Syndrome, chronische Infektanfälligkeit und chronische Erschöpfungszustände. Die EAV ergänzt hier die Therapien, indem sie ein feines Sensorium zur Erfolgskontrolle bietet. Es wird eine ursachenbezogene und individuell ausgerichtete Therapie ermöglicht.

B81
Elektroakupunktur nach Voll (EAV)

Allgemeines

- Nur für Ärzte und Zahnärzte.
- Für die Diplomprüfung mindestens 2-jährige Mitgliedschaft im EAV e.V.
- Schnupperkurse im Rahmen der ZÄN-Frühlings- und Herbstkongresse und der Medizinischen Woche in Baden-Baden.
- Literatur zu EAV bei Medizinisch Literarische Verlagsgesellschaft mbH, Postfach 1151, 29525 Uelzen.
- Für Mitglieder kostenloses 4 mal jährlich erscheinendes Fortbildungsjournal „Panta" mit Kasuistiken und wissenschaftlichen Beiträgen.
- Entsprechende Apparaturen vertreibt z.B. die Pitterling Electronic GmbH, Lindwurmstraße 117, 80337 München, Tel: 089-778071-73,
Fax: 089-7250887.
- Dauer der Ausbildung: mindestens 2 Jahre.
- Nach der Diplomprüfung existieren weitere Fortgeschrittenenkurse.
- Die Seminare I und II erstrecken sich über jeweils 4, die Seminare III bis IX über je 2 Tage.
- Vom ZÄN anerkannte naturgemäße Heilweise und somit anrechenbar auf die Erfordernisse für die Zusatzbezeichnung Naturheilverfahren.

Ausbildungsinhalte

Ausbildungsstandard mit 9 EAV-Seminaren und abschließender Diplomprüfung:

- *Seminar I:* Einführung in Systemtheorie und Kybernetik, als Basis für zeitgemäße Nosologie.
- *Seminar II:* Krankheiten unter systemtheoretischen Aspekten; praktische Übungen.
- *Seminar III:* Homöopathika, Isopathika, Nosoden und Testsubstanzen in der EAV.
- *Seminar IV:* Odontogene Herde.
- *Seminar V:* Umweltbelastungen.
- *Seminar VI:* Allergie, Pseudoallergie, Intoleranz.
- *Seminar VII:* Zahnärztliche Werkstoffe.
- *Seminar VIII:* Systemische Aspekte in der Zahnheilkunde.
- *Seminar IX:* Repetition mit Kasuistik.
- Diplomprüfung.

Preise

- Für die Mitgliedschaft ein Jahresbeitrag von DM 400,- (DM 300,- an EAV und DM 100,- an Zentralverband).
- Seminare I und II: jeweils DM 1.800,- (Mitglieder: DM 1.600,-);
Seminare III bis IX/Prüfung: jeweils DM 900,-, Mitglieder: DM 800,-).

Kontakte

- *Sekretariat (Anmeldungen):*
  Internationale medizinische Gesellschaft
  für Elektroakupunktur nach Voll e.V.
  Am Sender 3
  47533 Kleve
  Tel: 02821-27833
  Fax: 02821-13645
- *Verein und Präsident:*
  Internationale medizinische Gesellschaft
  für Elektroakupunktur nach Voll e.V.
  Maximilianstraße 27
  86150 Augsburg

B82

ELEKTROAKUPUNKTUR NACH VOLL - INTENSIV-TRAINING

Allgemeines

- Die Weiterbildung besteht aus 7 Wochenendseminaren.
- Kursort ist München.
- Kursleiter ist Dr. Grauberger.
- Das nach bestandener Prüfung ausgehändigte Zertifikat berechtigt zur Ausübung der EAV in der Praxis.

Ausbildungsinhalte

- *Kurs 1:*
  Grundseminar: Meridianlehre, Organuhr, Einführung in die EAV, Grundlagen des Meßvorganges.
- *Kurs 2:*
  Ausleitungsverfahren: einfacher Meßstatus am Patienten, 5-Schichtenlehre nach Grauberger, 1. Patientenschicht, Therapie mit Drainage- und Entgiftungsmitteln, Einübung aller wichtigen Meßpunkte von Hand und Fuß.
- *Kurs 3:*
  Darmsanierung: Darmmeßpunkte, Symbioselenkung, Ernährungsumstellung, Mayr-Kur, EAV-Diagnostik und -Therapie, Darmmedikamente.
- *Kurs 4:*
  Herddiagnose und -sanierung: Herdmeßkriterien, Herdlokalisation, 2. Patientenschicht, Behandlung akut entzündlicher Erkrankungen.
- *Kurs 5:*
  Rheumatische Erkrankungen und Wirbelsäulen-Syndrome. Herdsanierung bei rheumatischen Erkrankungen, Zahnsanierung bei Rheuma, urogenitale Herde bei Bechterew.
- *Kurs 6:*
  Allergie und Umweltchemie. Allergie aus Sicht der energetischen Medizin, Überempfindlichkeit, Unverträglichkeit und Intoxikation, Meßpunkte zur Erfassung des gesamten Allergie-/Intoxikationsbereiches.
- *Kurs 7:*
  Spezifische Diagnostik und Therapie bei Rhinitis allergica, Asthma bronchiale, Urticaria, Hautexanthem, Neurodermitis, chronischer Colitis, M. Crohn. Spezifische Diagnose- und Therapiekonzepte an ausgesuchten Krankheitsbildern, Bedeutung der metabolischen und erbtoxischen Schicht des Patienten.
- Prüfung.

Preise

- Die Gebühr für alle 7 Seminare gemeinsam beträgt DM 1.150,-.

Kontakt

- *Ärztliches Fortbildungszentrum für Ganzheitsmedizin*
  Theatinerstraße 40/IV
  80333 München
  Tel: 089-2283829 und 222400
  Fax: 089-2913443

Elektroneuraldiagnostik nach Croon

Dabei wird an etwa 200 Körperpunkten, die meist den Akupunkturpunkten entsprechen, eine Reizung mit Wechselstrom durchgeführt. Der elektrische Widerstand und die Kapazität werden gemessen und damit ein Somatogramm erstellt. Diagnostische Hinweise sollen sich meist aus Seitendifferenzen zwischen rechter und linker Körperhälfte und aus Abweichungen der Meßwerte ergeben. Die Therapie erfolgt ebenfalls ausschließlich an den pathologisch veränderten Körperpunkten.

Elektrotherapie

Man unterscheidet die Anwendung im Niederfrequenzbereich (bis 1000 Hz), Mittelfrequenzbereich (bis 300 kHz) und Hochfrequenzbereich (über 300 kHz). In jedem dieser Bereiche existieren verschiedene Therapieformen. So wird z.B. die niederfrequente Reizstromtherapie zur Stimulation von Nerven und Muskeln eingesetzt. Die Wirkung des in Impulsen applizierten Stroms ist erregend, hyperämisierend und analgetisch. Angewandt wird diese Therapie bei total oder partiell denervierten Muskeln. Die Galvanisation oder Gleichstromtherapie wirkt hyperämisierend und analgetisch und verbessert Heilung und Regeneration von Haut und Muskulatur. Diadynamischer Strom und Ultrareizstrom gehören ebenfalls in den Niederfrequenzbereich und haben die gleichen Wirkungen. Im Mittelfrequenzbereich unterscheidet man das Interfrequenzstromverfahren nach Nemec und das Ampliplusverfahren nach Jasnogorodskij. Im Hochfrequenztherapiebereich sind folgende Anwendungsformen beschrieben: Kurz-, Dezimeter- und Mikrowellentherapie.

Allgemeines

- Für Ärzte, Heilmasseure, Dipl. Physiotherapeuten, Masseure, med. Bademeister, Krankengymnasten, Heilpraktiker.
- 2 Wochenenden bzw. 24 Unterrichtsstunden (Kurs I, Kurs II).
- Kurszeiten für Kurs I, II und III von Samstag, 9.00 bis Sonntag, 13.00 Uhr.
- Abschließende Prüfung unter Aufsicht des ansässigen Amtsarztes.
- Unterbringung über das Fremdenverkehrsbüro Walchsee, tel: 0043-5374-5775.
- Keine Abrechnungsmöglichkeiten mit den Sozialversicherungsträgern in Deutschland.
- Eine Anrechnung des Kurses auf die Weiterbildung zur Erlangung der Zusatzbezeichnung Chirotherapie ist nicht möglich.

Ausbildungsinhalte

- *Kurs I:*
  Grundlagen des galvanischen Stroms, Behandlungsbeispiele, praktische Übungen, Iontophorese, Grundlagen der diadynamischen Ströme, praktische Anwendungsbeispiele.
- *Kurs II:*
  Weitere Behandlungsbeispiele, Ultra-Reizstrom, Ultraschall und Kombinationsbehandlungen.

Preise

- Je Kursus: DM 312,-.

Kontakt

- *Dr. Vodder Schule - Walchsee*
  Alleestraße 30
  6344 Walchsee
  Österreich
  Tel: 0043-5374-5245-0
  Fax: 0043-5374-5245-4

Ernährungstherapie

Ganz allgemein wird bei den Ernährungstherapien versucht, definierte organische Erkrankungen durch Änderung der Ernährungsgewohnheiten zu heilen. Beispiele sind hier die angepaßte Zufuhr von Kohlehydraten bei Diabetes mellitus, das Aufspüren von Nahrungsmittelunverträglichkeiten und die Beseitigung der entsprechenden Substanzen aus der Nahrung. Ferner wird von bestimmten Seiten ein Zusammenhang zwischen Ernährung und einer wesentlich höheren Zahl von Erkrankungen gesehen als dies bei der Schulmedizin der Fall ist. Auch durch therapeutisches Fasten oder spezielle naturheilkundliche Diät-Vefahren, wie z.B. die Mayr-Diät, wird versucht, einen positiven Einfluß auf verschiedene Organsysteme auszuüben.

B84
Ernährungstherapie bei C. Mirr

Allgemeines

- Die Kurse werden 2 mal jährlich in Büdingen abgehalten.
- Die Wochenendkurse haben in aller Regel folgende Zeiten: Fr eitag, 14.00 bis 17.00 Uhr, Samstag, 9.00 bis 17.00 und Sonntag, 9.00 bis 13.00 Uhr.
- Es besteht keine Möglichkeit der Anerkennung des Kurses auf die Weiterbildung zur Erlangung der Zusatzbezeichnung „Naturheilverfahren".

Ausbildungsinhalte

- Anatomie und Physiologie der Verdauung.
- Kohlenhydrate und „Zucker".
- Essentielle Aminosäuren, Öle, Fette, Vitamine.
- Mineralstoffe und Spurenelemente.
- Ernährungsumstellung auf Vollwertkost.
- Fasten, Darmreinigung und Darmsanierung.
- Heilwirkung von Lebensmitteln.
- Säuren- und Basenhaushalt.
- Diätformen.
- Entzündliche Darmerkrankungen.
- Rheumatismus.

Preise

- Kursgebühr: DM 480,- (inkl. Vollwert-Schnupper-Büfett am Samstag).

Kontakt

- *Lehrstätte für Fußreflexzonen- und Ernährungstherapie*
  Bahnhofstraße 3
  63654 Büdingen
  Tel: 06042-950490 (Mo-Fr: 8.00-14.00 Uhr) oder 0161-3611999
  Fax: 06042-950941

Feinstoffliche Energetik

B85
FEINSTOFFLICHE ENERGETIK

Allgemeines

- Es sind ein Trinkgefäß, lockere Kleidung und eine Decke mitzubringen.
- Beginn: in aller Regel Samstag, 9.00 Uhr, Ende: Sonntag, 15.00 Uhr.
- Feinstoffliche Energien sollen bei vielen alternativen Heilverfahren wie Akupunktur, Homöopathie und Bach-Blütentherapie, eine große Rolle spielen.
- Kursort ist Bochum.
- Der Kurs ist nicht auf die Weiterbildung in Naturheilverfahren anrechenbar.

Ausbildungsinhalte

- Aufspüren feinstofflicher Energien (Wünschelrute, Pendel, Hände, Atmung).
- Unterscheidung zwischen vier feinstofflichen Energiekörpern.
- Diagnose von Energien und Fehlenergien.
- Energiebahnen des Körpers.
- Diagnose und Auflösung von Blockaden .

Preise

- Kursgebühr: DM 350,-.
- Studenten und Arbeitslose erhalten einen Nachlaß von 25%.
- Weitere Ermäßigungen bei gleichzeitiger Buchung mehrerer Kurse bei Nagal (10%, siehe unten) oder bei gleichzeitiger Anmeldung von Familienangehörigen (20%).

Kontakt

- *Institut für ganzheitliche Lebensführung*
  Nagal Bochum
  W. und B. Niesel
  Henkenbergstraße 32 a
  44797 Bochum
  Tel: 0234-791301 (werktags, von 9.00 bis 12.00 Uhr)

Funktionelle Neuraltherapie

Diese neue Behandlungsmethode basiert auf der Neuraltherapie nach Huneke und wurde von Dr. Zinecker, Nürnberg, entwickelt. Die Vorteile liegen besonders in der weitgehend risikolosen Applikationsform, die meist ins Subkutangewebe erfolgt, den niedrigen Injektionsvolumina (pro Behandlungspunkt etwa 0,5 ml) und der niedrigen Konzentration des Lokalanästhetikums. Typisch für die FNT ist die Behandlung der "funktionell zugeordneten Punkte", die jeweils funktionell mit einem inneren Organbereich zusammenhängen, und die auch weit vom eigentlichen Erkrankungsort liegen können. Die Methode wird in nahezu allen Bereichen der Medizin angewandt.

B86
Funktionelle Neuraltherapie

Allgemeines

- Bei allen Kursen wird besonderer Wert auf die Vermittlung solider Grundlagenkenntnisse gelegt (Anatomie, Neurophysiologie, pharmakologische Wirkungen, Heilungsvorgang).
- Kursdauer: Kurs A: 3 Tage, Kurs B: 2 Tage, Kurs C: 1 Tag.
- Die Kurse A und B werden etwa 2 mal jährlich abgehalten.
- Kursorte sind Eslohe, Nürnberg und Bremen.
- Kurs C ist nur nach persönlicher Einladung früherer Kursteilnehmer (A und B) belegbar.
- Kurs D kann nur nach persönlicher Vereinbarung belegt werden.
- Es wird auch ein anerkannter Kurs „Weiterbildung Autogenes Training" für DM 350,- (bei Zahlung 2 Wochen vor Kursbeginn: DM 320,-) angeboten.
- Die Kurse werden von Dr. Zinecker, dem Begründer der Methode, abgehalten.
- Der Kurs ist nicht auf die Weiterbildung einer Zusatzbezeichnung anrechenbar.

Ausbildungsinhalte

- *Kurs A: Therapie mit Lokalanästhetika*
  Möglichkeiten und Techniken der therapeutischen Lokalanästhesie (TLA), Techniken nach Huneke, Injektionen an den großen Gelenken, Reischauer-Techniken.
- *Kurs B: Funktionelle Neuraltherapie*
  Für Teilnehmer mit Erfahrungen und fundierten Kenntnissen in therapeutischer Lokalanästhesie und Neuraltherapie.
- *Kurs C: Aufbaukurs Funktionelle Neuraltherapie*
  Nur für frühere Teilnehmer der Kurse A und B.
- *Kurs D: Schmerztherapeutische Praxishospitation*
  Einwöchige schmerztherapeutische Praxishospitation zur Vertiefung der Kursinhalte A, B und C und zur Beobachtung der Krankheitsverläufe.

Preise

- Kurs A: DM 600,- (bei Zahlung 2 Wochen vor Kursbeginn: DM 550,-)
- Kurs B: DM 420,- (bei Zahlung 2 Wochen vor Kursbeginn: DM 380,-)
- Kurs C: DM 250,- (bei Zahlung 2 Wochen vor Kursbeginn: DM 200,-)
- Kurs D: DM 500,-

Kontakt

- *Seminar für Schmerztherapie und somatopsychische Medizin*
  Dr. Zinecker
  Linnéstraße 5
  90443 Nürnberg
  Tel: 0911-9941021
  Fax: 0911-9941022

Fußreflexzonenmassage

Ähnlich der Bindegewebsmassage wird hier über Reflexzonen versucht, die den Reflexzonen zugeordneten inneren Organe und Systeme gezielt zu beeinflussen. Neben den Head-Hautzonen, den Vogler-Periostzonen und den McKenzie-Muskelzonen weisen auch die Fußsohlen eine Aufteilung in Segmente auf, die eine Entsprechung im Körper finden.

B87
FUßREFLEXZONENMASSAGE

Allgemeines

- Für Ärzte, Heilmasseure, Dipl. Physiotherapeuten, Masseure, med. Bademeister, Krankengymnasten, Heilpraktiker.
- 2 Wochenenden bzw. 28 Unterrichtsstunden.
- Kurszeiten für Kurs I und II: Samstag, 9.00 bis Sonntag 13.00 Uhr.
- Abschließende Prüfung über 1 Wochenende.
- Keine Abrechnung mit den Sozialversicherungsträgern in Deutschland.
- Der Kurs kann nicht auf die Weiterbildung zur Erlangung der Zusatzbezeichnung „Naturheilverfahren“ angerechnet werden.

Ausbildungsinhalte

- Einführung in das Thema.
- Erlernen der verschiedenen Grifftechniken.
- Differenzierung der Fußzonen.
- Erlernen eines Tastbefundes und entsprechende Behandlung mit Indikationsabgrenzung und Narbenentstörung.

Preise

- Je Kursus: DM 270,-.

Kontakt

- *Dr. Vodder Schule - Walchsee*
  Alleestraße 30
  6344 Walchsee
  Österreich
  Tel: 0043-5374-5245-0
  Fax: 0043-5374-5245-4

B88
FUßREFLEXZONENMASSAGE BEI C. MIRR

Allgemeines

- Die Kurse werden 3 bis 4 mal monatlich in verschiedenen Städten Deutschlands abgehalten (z.B. Büdingen, Hannover, Nürnberg, Aachen, Bad Füssing, Saarbrücken, Münster, Chemnitz, Berlin).
- Die Wochenendkurse haben in aller Regel folgende Zeiten: Freitag, 14.00 bis 20.00 Uhr, Samstag, 8.00 bis 12.00 und 13.00 bis 18.00 Uhr, Sonntag, 8.00 bis 14.00 Uhr.
- Schreibzeug und bequeme Kleidung sind mitzubringen.
- Zwei- bis viermal jährlich werden zweitägige Refresher-Kurse angeboten.
- Vor Kursbeginn wird die Lektüre von „Geschichten, die die Füße erzählen" von Ingham empfohlen.
- Es besteht keine Möglichkeit der Anerkennung des Kurses für die Weiterbildung in „Naturheilverfahren".

Ausbildungsinhalte

- Jede Zone wird bezüglich Technik, verschiedener Griffarten und Wirkung besprochen.
- Jeder Griff wird ausführlich besprochen und eingeübt.
- Die Teilnehmer sitzen sich paarweise gegenüber und üben gegenseitig.

Preise

- Kursgebühr: DM 480,-.
- Refresher-Kurs: DM 300,-.

Kontakt

- *Lehrstätte für Fußreflexzonen- und Ernährungstherapie*
  Bahnhofstraße 3
  63654 Büdingen
  Tel: 06042-950490 (Mo-Fr, 8.00-14.00 Uhr) oder 0161-3611999
  Fax: 06042-950941

B89
Reflexzonentherapie am Fuß

Allgemeines

- Der Kurs ist gerichtet an Ärzte, Heilpraktiker und alle manuell ausgebildeten therapeutischen Fachkräfte.
- Der aus drei Kursen bestehende Lehrgang hat eine Gesamtdauer von 100 Stunden.
- Die drei Kurse sollen sich über 2 Jahre erstrecken.
- Grund- und Aufbaukurs sind 4-tägig, der Abschlußkurs erstreckt sich über 3 Tage.
- Praktisches Arbeiten ist nach Absolvieren des Grundkurses möglich.
- Grund- und Aufbaukurs werden jeweils auch als „dynamische Kurse" angeboten. Diese dauern von Montag bis Samstag, wobei vormittags der Unterricht stattfindet und nachmittags Gelegenheit besteht, die einzelnen Themen unter Betreuung praktisch zu erarbeiten .
- Kursort ist Königsfeld.
- Zwischen den einzelnen Kursen sind einige Monate praktischer Erfahrung erforderlich.
- Nach Abschluß der drei Kurse kann die Aufnahme in die Therapeutenliste erfolgen.
- Die Kurse berechtigen zur Patientenbehandlung, nicht jedoch zur Leitung von Unterrichtsveranstaltungen.
- Die Fußreflexzonenmassage ist nicht als Naturheilverfahren anerkannt.
- Manche Krankenkassen übernehmen die Kosten aus Kulanzgründen.

Ausbildungsinhalte

- *Grundkurs:*
  Theorie und Praxis der Reflexzonentherapie am Fuß, Fußanatomie, Zonenlage, Dosierungshinweise, Symptom- und Hintergrundzonen, Grifftechnik, Behandlungsaufbau, Indikationen und Kontraindikationen, Akutbehandlungen.
- *Aufbaukurs:*
  Vertiefung des Grundwissens durch differenzierte Darstellung der Funktionszusammenhänge mit Zonen der Wirbelsäule und des Gesichts, variable Griffkombinationen, Handzonen, Narbenbehandlung und konsensuelle Therapie über Fußreflexzonen, Akupunkturpunkte am Fuß, praktisches Erarbeiten von Krankheitsbildern.
- *Abschlußkurs:*
  Behandlung der Reflexzonen des Lymphsystems.

Preise

- Grundkurs: DM 610,- (inklusive großer Zonentafel und ergänzendem Übungsmaterial).
- Aufbaukurs: DM 620,- (inklusive ergänzenden Lehrblättern).
- Abschlußkurs: DM 510,- (inklusive Arbeitsmaterialien).

Kontakt

- *Hanne Marquardt*
  Prof. Domagk Weg 15
  78126 Königsfeld-Burgberg
  Tel: 07725-7117
  Fax: 07725-7080

B90

Reflexzonentherapie am Fuß bei der Sebastian-Kneipp-Akademie

Allgemeines

- Termine im März und November.
- Unterrichtszeiten: 9.00 bis 12.30 und 14.00 bis 18.00 Uhr.
- Kursort ist Bad Wörishofen.
- Der Kurs wird nicht für die Weiterbildung zur Erlangung der Zusatzbezeichnung „Naturheilverfahren" anerkannt.

Ausbildungsinhalte

- Geschichtlicher Überblick.
- Möglichkeiten und Grenzen der Reflexzonentherapie.
- Topographie der Reflexzonen.
- Inspektion und Palpation am Fuß mit Interpretation.
- Erlernen von Grifftechniken.
- Reaktionen auf die Reflexzonentherapie.
- Indikationen und Kontraindikationen.

Preise

- Kursgebühr: DM 350,-.
- ÄiP, arbeitslose Ärzte und Mitglieder im Kneipp-Bund zahlen gegen Vorlage einer entsprechenden Bescheinigung DM 300,-.

Kontakt

- *Ärztliches Fortbildungszentrum an der*
  Sebastian-Kneipp-Akademie
  Adolf Scholz Allee 6-8
  86825 Bad Wörishofen
  Tel: 08247-3002-156 (-155)

Ganzkörper-Screening-Funktions-Diagnostik (DFM)

Die Diagnostik mit dem DFM soll als bewährte Ergänzung zu den klinischen Untersuchungsmethoden angesehen werden. Es vermittelt einen Einblick in mangelhafte Regulations- bzw. Kompensationssysteme und gibt Hinweise auf Störfelder, Blockaden, akute oder chronische Entzündungen, degenerative und allergische Erkrankungen oder maligne Tendenzen. Die Gerätebedienung ist an ärztliches Hilfspersonal delegierbar, der Patientenzeitaufwand für eine DFM- Messung ist mit 10 Minuten gering. Die Diagramm-Auswertung ist leicht erlernbar.

B91
GANZKÖRPER-SCREENING-FUNKTIONS-DIAGNOSTIK (DFM)

Allgemeines

- Kenntnis bioenergetischer Zusammenhänge bzw. absolvierter Grundkurs.
- Dauer des Grundkurses: 1 Tag; Dauer des Aufbaukurses: 1 1/2 Tage.
- Kursorte sind Hamburg, Köln, Mainz, Berlin, Augsburg und Dresden (Grundkurs) und Mainz (Aufbaukurs).
- Ziel des Kurses ist das Erlernen der Interpretation von D-F-M-Diagrammen und das Erkennen der diagnostischen Zusammenhänge im Hinblick auf konventionelle Verfahren. Im zweiten Kurs steht die Vertiefung des Erlernten und eine verbesserte Interpretation im Vordergrund.
- 1995 wurde ein kostenloser 4-stündiger Kurs bei der medizinischen Woche in Baden-Baden angeboten.

Ausbildungsinhalte

- *Grundkurs:*
  Theoretische Einführung, praktische Technikhandhabung, Integration der funktionellen Diagnose in die Praxisorganisation, Erarbeitung der Diagnostik, D-F-M-Schreibungen von Teilnehmern mit anschließender Interpretation, Interpretation von „Spezialfällen".
- *Aufbaukurs:*
  Integration der funktionellen Diagnose in die Praxisorganisation, neue Gesichtspunkte zu Diagnose, Prognose und Therapieverlaufskontrolle, Erarbeitung der weiterführenden Diagnostik, Diskussion von „Spezialfällen".

Preise

- Die Kursgebühr beläuft sich auf DM 330,- (Grundkurs) und DM 450,- (Aufbaukurs).

Kontakt

- *Grieshaber Akademie*
  Ärztegesellschaft für Funktionelle Medizin
  Am Hohenstein
  77761 Schiltach
  Tel: 07836-2814
  Fax: 07836-50206

Hämatogene Oxydationstherapie (HOT)

Hierbei handelt es sich um eine Form der Eigenbluttherapie, bei der 50 bis 100 ml Blut mit Natrium-Zitrat oder Heparin ungerinnbar gemacht wird. Anschließend wird das Blut mit Sauerstoff durchperlt und mit UV-C-Licht bestrahlt. Wie bei der Eigenbluttherapie wird das Blut dann wieder intravenös oder intramuskulär injiziert. Derart sollen der Zellstoffwechsel angeregt und biologische Regulationsmechanismen gefördert werden. Die Methode wird u.a. bei Durchblutungsstörungen, rheumatischen Erkrankungen, Allergien und Erschöpfungszuständen angewandt. Es gibt eine Reihe von Kontraindikationen, wie z.B. Hämophilie, akutes Ulcus, akute Leber- oder Nierenerkrankungen, Gallenblasenstörungen und Porphyrie. Gerade deswegen und wegen der Möglichkeit allergischer Reaktionen wird das Risiko der Methode von der Schulmedizin als hoch eingestuft und die Methode daher abgelehnt.

Health-Kinesiologie (Gesundheitskinesiologie)

Die Gesundheitskinesiologie hat sich innerhalb der angewandten Kinesiologie als eigenständiges System der Gesundheitspflege etabliert. Die Methode wurde entwickelt von dem Psychologen Dr. Jimmy Scott. Die Kinesiologie bedient sich eines einfachen Rückmeldesystems des Körpers. Die zu untersuchende Person wird beispielsweise aufgefordert, den Arm gegen leichten Widerstand in der Waagerechten zu halten. So soll man eine Aussage über den körperlichen, geistigen und seelischen Zustand der Person erhalten. Diese Muskelreaktion soll sich durch Berührung bestimmter Körperreflexzonen verändern. Viele Punkte waren bereits aus der Akupunktur und aus der Akupressur bekannt. Die Health-Kinesiologie beschreibt die Eigenschaften, Wirkungen und Zusammenhänge der Chi- oder Meridianenergie als elektromagnetisches Energieversorgungs- und Steuerungssystem des Menschen. Die Anwendungsgebiete betreffen elektromagnetische, psychologische und spirituelle Themen sowie Entgiftung, Allergie, Ernährung und Geobiologie (Untersuchung von Einflüssen geologischer Formationen, die auf den Organismus einwirken sollen, wie Wasseradern und Erdstrahlen).

B92
HEALTH-KINESIOLOGIE

Allgemeines

- Dauer der Health-Kinesiologie-Kurse (HK): jeweils 4 Tage.
- Die Kurse werden etwa 2 mal jährlich angeboten.
- Kursort ist Mannheim.
- Mögliche ergänzende Kurse nach HK 5 sind:
  - Massage und Körperarbeit;
  - Träume und weiterführende Psychologie;
  - Klänge, Musik, Licht, Farben und Psychologie;
  - Essenzen, Aromen, Homöopathie und Visualisation;
  - Kristalle, Energiemodell und Energieanalyse;
  - Feinstoffliche Körper, feinstoffliche Energien und Chakren.
- Eine Anerkennung der Kurse für die Weiterbildung zur Erlangung der Zusatzbezeichnung Chirotherapie ist nicht in Aussicht.

Ausbildungsinhalte

- *HK I:*
  Präzise Muskeltestungen, Durchführung einer vollständigen Meridian-Energie Balance, Grundkonzepte der chinesischen Medizin und ihr Zusammenhang mit der Health Kinesiologie, Lage und Energiefluß der 14 Hauptmeridiane, Energiekorrekturpunkte und -zonen, Ablauf einer HK-Sitzung, HK-Korrekturablauf, Energiekorrekturen, Energietonisierungen, verbale Fragentechnik.
- *HK II:*
  Grundlagen des Körper-Energie-Modells, Energiekontrollsystem, Korrekturen für Störungen durch elektrische Felder und Ströme, Energiespin-Korrekturen, Symbiose-Energie-Transformation (SET) gegen Allergien und Intoleranzen sowie zur Entgiftung toxischer Belastungen, Balancierungs-Klopfen für die Eigenbalance, Vorgehensweise bei vom Patienten vorgegebenen Problemen, Prioritätenprinzip, Erweiterung der verbalen Fragetechnik.
- *HK III:*
  Typen psychologischer Korrekturen, psychophysiologische Korrekturen, Energieflußbalance für die Denkmodi kreativ, sytematisch, logisch, problemlösend, intuitiv; Energiekontrollsystem (Narben, Schmerz, Energieausrichtung, Phantomempfindungen), Einführung in die Punkte-Operationen-Matrix, Life-Transformer, Technik der Themenanalyse durch Muskeltesten, fortgeschrittene verbale Fragetechnik.
- *HK IV:*
  Psychologische Korrekturen (Ich-Items, Konzepterfahrung, Phobien und Ängste), Energie-Reaktivierung, Körperpositionserinnerungen, sensorische Energiefunktionen (sehen, riechen, hören, fühlen, schmecken, spüren), HK-Tonisierungsbewegungen, Vital-Energie.
- *HK V:*
  Psychologische Korrekturen (Imperative, Körperteile, Namen/Menschen, Menschen/ich, verbundene Gegensätze), Energieflußbalance (kognitiv-sensorische Integration mit Sehen/Schauen, Hören/Horchen, Fühlen/Berühren,

Prozeß des Erinnerns, Prozeß des Verstehens), Korrekturen mit den HK-Tonisierungsbewegungen, fokussierte Energieausrichtung.

Preise

- Gebühr für HK I: DM 600,-, HK II und III: DM 740,-; Mitglieder der Deutschen Gesellschaft für Alternative Medizin erhalten 5% Ermäßigung.
- Seminar-Wiederholer zahlen die Hälfte der Kursgebühr.

Kontakt

- *Mandragora - Zentrum für ganzheitliche Therapien und Gesundheitsbildung*
  c/o Dr. Mutschler
  Oberstraße 16-18
  67065 Ludwigshafen
  Tel: 0621-5297483
  Fax: 0621-571346

Homöopathie

Die von S. Hahnemann (1755-1843) begründete medikamentöse Therapieform setzt ihre Substanzen nicht gegen die Symptome oder Krankheitsursachen ein, sondern versucht, durch die Verabreichung niedrig dosierter Substanzen, die in hoher Dosierung eine der eigentlichen Krankheit verwandte Symptomatik entstehen lassen würden, eine Heilung zu erreichen (Ähnlichkeitsprinzip). Hier fließen in einer Erweiterung der Schulmedizin zusätzliche Kriterien bei der Arzneiauswahl ein, die sich z.B. aus dem Stoff oder der Pflanze als Substanzgeber selbst oder aber aus der Konstitution des Patienten und ähnlicher Eigenschaften ergibt. So wird nicht nur eine Heilung der aktuellen Erkrankung, sondern insgesamt auch eine Stärkung der Konstitution der jeweiligen Person angestrebt.

Derzeit (1996) gibt es starke Bemühungen, die Ausbildungsinhalte zur Erlangung der Zusatzbezeichnung Homöopathie zu vereinheitlichen. Diese Ausbildungsstandards wurden bereits vielerorts umgesetzt, so daß wir uns in den folgenden Kapiteln bezüglich der Inhalte auf einen Vermerk beschränkt haben, der auf den nachfolgenden Ausbildungsstandard verweist. Die Kurse A bis F bauen aufeinander auf. Der Vermerk bei den einzelnen Kursanbietern bedeutet eine weitgehende, aber nicht immer 100%ige Übereinstimmung. Wir haben uns außerdem weitgehend auf die Angebote zu den einwöchigen Blockkursen A bis F konzentriert, so daß hier eine reichliche Auswahl anzutreffen ist, über die man den optimalen Weg der Kursauswahl finden kann.

Ausbildungsinhalte der Homöopathie, Kurse A-F:

- *Kurs A: Grundlagen der homöopathischen Medizin*
  Historische Entwicklung, China-Rinden-Versuch, Arzneiprüfung am Gesunden, in der Vergangenheit und heute, Organon, Grob- und Feintoxikologie, Differentialdiagnosen und Falldemonstrationen, individuelle Anamneseerhebung, Potenzarten und Herstellung, das Kent`sche Repertorium am Beispiel Atropa belladonna und Calcum carbonicum, Prüfungskontrolle, Erklärungsmodelle für Hochpotenzwirkung.
- *Kurs B: Krankenexamen*
  Das homöopathische Krankenexamen, das zu Heilende, Krankheits- und Arzneimitteldiagnose, Pulsatilla, Hierarchie der Person, vollständiges Symptom, Repertorium, Nux vomica, die Kunst der Wahrnehmung, Physiognomie, das Kleinkind, der verschlossene Patient, Lycopodium, Photographie, Fragebogen, Gelsenium, Live-Anamnese eines Kursteilnehmers, Mercurius solubilis, Potenzen.
- *Kurs C: Arzneifindung*
  Fallaufnahme, Gewichtung der Symptome, Organon, Erfahrungen mit Grippemitteln, Patientenbericht nach der Mitteleinnahme, Natrium muraticum, Schlüsselsymptome, Arzneitypen, Kalium carbonicum, erste Verordnung, Potenzwahl und Dauer, Erstreaktion, Repertorisation, Fallbesprechung.

- *Kurs D:*
  Besondere Erscheinungsformen des Krankseins und deren Behandlung
- *Kurs E:*
  Besondere Erscheinungsformen des Krankseins und deren Behandlung, Technik und Lehre der Homöopathie nach Masi-Elizalde.
- *Kurs F:*
  Syphilline, Tuberkuline, Psychische Krankheiten.

B93

Aude sapere - Homöopathie in Saarbrücken

Allgemeines

- Die Ausbildung erstreckt sich über 8 Wochenendseminare jährlich. Die Gesamtdauer beträgt 3 Jahre. Zwischen den einzelnen Seminaren sollte ein Zwischenraum von maximal 3 Monaten liegen.
- Kursort ist Saarbrücken oder Forbach/Frankreich (15 Autominuten von Saarbrücken).
- Kurszeiten sind in aller Regel: Samstag, 10.00 bis 12.00 und 14.00 bis 18.00 Uhr, Sonntag, 10.00 bis 13.00 Uhr.
- Aufnahme in die Ausbildungsgruppe nach Besuch des Orientierungsseminars.
- Die Teilnehmerzahl ist mit 12 sehr begrenzt.
- Die Ausbildung wird von der Ärztekammer das Saarlandes anerkannt.

Ausbildungsinhalte

- Philosophie und Psychologie der prozeßorientierten Homöopathie: Grundformen der Angst, Aggression, Krankheit als Konflikt, Schuldgefühle, Autoaggression, Trennung von Mutter- und Vatersymbolen, Trauer, Alkoholismus, Drogen, Helfersyndrom, Sexstörungen, Eros und Tod, Philosophie des Heilens.
- Organotrope Homöopathie: Infekte, Kinderkrankheiten, Verletzungen, Haut, Allergien, Atem- und Herz/Kreislauforgane, Stütz- und Bewegungsapparat, Gastroenterologie, Urogenitalsystem, Endokrinologie, neurotische Depression, frühe Störung, psychische Dekompensation, Krebs, AIDS, Erbnosoden.
- Homöopathische Selbsterfahrung und Eigenbehandlung sowie Lehranalyse der Konstitutionsmittel, Patientenvorstellung und eigene Fallsupervisionen.
- Vorgestellte große Arzneimittelbilder mit Wesen, Charakter, Konstitution und organotropen Bezügen: Aconitum, Belladonna, Calcium carbonicum, Hepar sulfuris, Kalium carbonicum, Lachesis und andere Schlangengifte, Magnesium carbonicum, Natrium muriaticum, Platinum, Rhus, Sepia, Thuja, Veratrum, Zincum.

Preise

- Gebühr pro Seminar: DM 350,-.
- Seminarkosten für fremde Gasthörer: DM 500,-.

Kontakt

- *Dr. Gabrielle Leneutre*
  Dudweilerstraße 10
  66111 Saarbrücken
  Tel: 0681-36844

B94

HOMÖOPATHIE BEI DER HEILPRAKTIKERSCHULE LOTZ

Allgemeines

- Die Ausbildung wendet sich an Anfänger, so daß Vorkenntnisse nicht erforderlich sind.
- Die Ausbildung erstreckt sich über 1 Jahr.
- Kurszeiten: Donnerstag, 18.00 bis 21.00 Uhr.
- Kursort ist München.
- Der Kurs wird nicht auf die Weiterbildung zur Erlangung der Zusatzbezeichnung Homöopathie angerechnet.

Ausbildungsinhalte

- Hahnemanns Leben.
- Ähnlichkeitsgesetz.
- Organon.
- Potenzierung.
- Arzneimittelprüfung, Arzneimittellehre und Arzneimittelverordnung.
- Anamnese.
- Repertorisation.
- Akute und chronische Krankheit.
- Miasmen.
- Lebenskraft und Lebensprinzip.
- Krankheit und Gesundheit.
- Fallbesprechungen.

Preise

- Die Gebühr beträgt DM 220,-/Monat.
- Kombinationen mit anderen Angeboten der Heilpraktikerschule Lotz führen zu einem Preisnachlaß (2 Fächer: DM 260,-/Monat, 3 Fächer: DM 320,-/Monat, 4 Fächer: DM 380,-/Monat).

Kontakt

- *HP-Schule Lotz*
  Prielmayerstraße 3
  80335 München
  Tel: 089-593962
  Fax: 089-558529

B95
Homöopathie bei der Niedersächsischen Akademie für Homöopathie und Naturheilverfahren

Allgemeines

- Nur für Ärzte bzw. Medizinstudenten.
- Die Kursstufen A bis D werden als Wochenkurse angeboten.
- Die Kurse werden ein- bis zweimal im Jahr abgehalten.
- Kursort ist Sankt Andreasberg/Oberharz.
- Das Repertorium (Kent) sollte zu jedem Kurs mitgebracht werden.
- Die Kurse werden von der Ärztekammer als Weiterbildungszeit zur Erlangung der Zusatzbezeichnung „Homöopathie" anerkannt, sofern die Kurse nach der (Teil-) Approbation belegt wurden.

Ausbildungsinhalte

- Homöpathie, Kurse A-F, siehe Seite 137f.

Preise

- Einzelkurs: DM 750,-.
- Bei gleichzeitiger Buchung von 2 oder 3 Kursen: DM 1.350,- oder DM 1.900,-.
- Mitglieder im DZVhÄ zahlen DM 600,-, DM 1.100,- oder DM 1.600,-.

Kontakt

- *Niedersächsische Akademie für Homöopathie und Naturheilverfahren e.V.*
  Blumläger Kirchweg 1
  29221 Celle
  Tel: 05141-71312
  Fax: 05141-7985

B96
Homöopathie bei NIDM

Allgemeines

- Es werden sechs Wochenendkurse angeboten (A bis F). Ein Gesamtkurs umfaßt zwei Wochenenden. Jeder Kurs geht über 40 Stunden.
- Nach Absolvierung des A-Kurses ist die weitere Reihenfolge beliebig.
- Kursorte: Bochum und Witten-Herdecke.
- Kurszeiten sind in aller Regel: Freitag, 16.00 bis 20.30 Uhr, Samstag, 8.30 bis 18.30 Uhr und Sonntag, 8.30 bis 13.30 Uhr.
- Viermal jährlich werden in Bochum Wochenendkurse abgehalten (jeweils Kurs A mit entweder B, C, D, E oder F).
- Wochenendkurse in Bad Mergentheim sind in Vorbereitung.
- Die Kurse werden von den zuständigen Ärztekammern anerkannt.

Ausbildungsinhalte

- Homöopathie, Kurse A-F, siehe Seite 137f.

Preise

- Gebühr für die ersten beiden Kurse: DM 650,- pro Kurs.
- Gebühr für den dritten und vierten Kurs: DM 580,- pro Kurs, wenn die ersten beiden Kurse ebenfalls bei NIDM belegt wurden.
- Gebühr für den fünften und sechsten Kurs: DM 490,- pro Kurs, wenn die anderen Kurse ebenfalls bei NIDM belegt wurden.

Kontakt

- *NIDM Naturheilverfahren in der Medizin*
  Keplerstraße 13
  93047 Regensburg
  Tel: 0941-54838
  Fax: 0941-565331
- *Verein selbstdispensierender homöopathischer Ärzte*
  Auf der Saalbrede 29
  32756 Detmold
  Tel: 05231-870660
  Fax: 05231-870759

B97
Homöopathie beim DZVHÄ

Allgemeines

- Voraussetzung ist die (Teil-)Approbation.
- In ganz Deutschland annähernd einheitlich organisierte Kurse A bis F.
- Die Einführung der neuen Weiterbildungsordnung gestaltet sich von Land zu Land unterschiedlich (1995), was Auswirkungen auf die Bedingungen zur Erlangung der Zusatzbezeichnung Homöopathie hat. In Baden-Württemberg, Bayern, Berlin, Hessen, Nordrhein, Saarland, Sachsen, Sachsen-Anhalt, Thüringen und Westfalen-Lippe ist die neue Weiterbildungsordnung beispielsweise bereits in Kraft. Wahrscheinlich werden Rheinland-Pfalz und Schleswig-Holstein die Ordnung am 1.1. bzw. 1.7.96 einführen. In Brandenburg, Bremen, Hamburg, Niedersachsen und Mecklenburg-Vorpommern ist Mitte oder Ende 1996 als Einführungstermin möglich. Erkundigen Sie sich bitte im Zweifelsfall bei Ihrer zuständigen Ärztekammer über die momentan gültigen Erfordernisse.
- Die Kurse sollen in aufsteigender alphabetischer Reihenfolge abgeleistet werden, da sie inhaltlich aufeinander aufbauen.

Kursangebote

- Weiterbildungszentrum Bad Brückenau:
  - Kurse A bis F (je 5 Tage in Bad Brückenau, etwa 2 mal im Jahr).
- Weiterbildungszentrum Machern:
  - Kurse A bis C (je 5 Tage in Machern, etwa 2 mal im Jahr).
- Niedersächsische Akademie für Homöopathie und Naturheilverfahren e.V., Celle:
  - Kurse A bis E (je 5 Tage in Sankt Andreasberg im Harz, etwa 2 mal im Jahr).
- Homöopathiekurs Freiburg:
  - für Anfänger, Dauer 3 Jahre (6 Semester): Dienstag, 20.00 bis 22.00 Uhr;
  - für Fortgeschrittene, Dauer 3 Jahre (6 Semester): Dienstag, 20.00 bis 22.00 Uhr.
- Homöopathiekurse München:
  - Kurse A bis F (je 5 Tage von Samstag bis Mittwoch, etwa 2 mal im Jahr);
  - dreijähriger Weiterbildungskurs.
- Homöopathiekurse Bayreuth:
  - dreijähriger Weiterbildungskurs.
- Homöopathiekurse Schleswig-Holstein und Hansestädte:
  - dreijähriger Weiterbildungskurs.
- Homöopathiekurse Berlin/Brandenburg:
  - Kurse A bis F (je 5 Tage, etwa 2 mal im Jahr);
  - dreijähriger Weiterbildungskurs.
- Homöopathiekurse Hessen, Rheinland-Pfalz, Saarland:
  - dreijähriger Weiterbildungskurs, Mittwoch, 18.00 bis 21.00 Uhr.
- Homöopathiekurse Nordrhein-Westfalen:
  - dreijähriger Weiterbildungskurs in Köln, jeden 2. Mittwoch ab 19.00 Uhr;
  - Kurs B und C in Leichlingen (6 Tage, einmal pro Jahr).

- Homöopathiekurse Thüringen:
  - Wittenberger Dreijahreskurs.
- Die Kurse sind sämtlich auf die Weiterbildung zur Erlangung der Zusatzbezeichnung „Homöopathie" anrechenbar.

Ausbildungsinhalte

- *Kurs A:* Grundlagen der homöopathischen Medizin.
- *Kurs B:* Das Krankenexamen.
- *Kurs C:* Verschiedene Wege der Arzneifindung.
- *Kurs D:* Besondere Erscheinungsformen des Krankseins und deren Behandlung.
- *Kurs E:* Miasmentheorie und Chronische Krankheiten.
- *Kurs F:* Miasmentheorie und Chronische Krankheiten.

Preise

- Die Wochenkurse kosten durchschnittlich DM 600,- bis DM 1.000,-.
- Die Semestergebühr für die Dreijahreskurse beläuft sich ebenfalls oft auf etwa DM 600,- (Freiburger Dozententeam für Ärzte: etwa DM 300,-, für Studenten: DM 50,-).

Kontakt

- *Bad Brückenau, Machern:*
  Deutscher Zentralverein der homöopathischen Ärzte e.V.
  Dr. Britta Moehrke
  Kapellenstr. 14
  79189 Bad Krozingen
  Tel: 07633-4894
  Fax: 07633-160234
- *Celle:*
  Niedersächsische Akademie für Homöopathie und Naturheilverfahren e.V.
  Blumläger Kirchweg 1
  29221 Celle
  Tel: 05141-71312
  Fax: 05141-7985
- *Schleswig-Holstein und Hansestädte:*
  Dr. Christiane Bondzus-Entzian
  Monsberg 2
  24159 Kiel
  Tel: 0431-393050
- *Hessen, Rheinland-Pfalz, Saarland:*
  Dr. Christian Heimes
  Dr. Josef-Heimes-Straße 18
  66440 Blieskastel
  Tel: 06842-6610

- *Freiburg:*
  Dr. Möllinger
  Eisenbahnstraße 64
  79098 Freiburg
  Tel: 0761-382245
  Fax: 0761-382299
- *München:*
  Kris Kolkhorst
  Lerchenauerstraße 183d
  80935 München
  Tel: 089-3543470
  Fax: 089-3543474
- *Bayreuth:*
  Dr. Christa von der Planitz
  Merkurstraße 7
  95448 Bayreuth
  Tel: 0921-99870
- *Berlin/Brandenburg:*
  Berliner Verein homöopathischer Ärzte e.V.
  Nassauische Straße 2
  10717 Berlin
  Tel: 030-8732593
- *Nordrhein-Westfalen (für Köln):*
  Dr. Anneliese Hoheisel
  Am Ufer 26A
  51427 Bergisch Gladbach
  Tel: 02204-21836
- *Nordrhein-Westfalen (für Leichlingen):*
  Dr. Steeger
  Bahnstraße 14
  40878 Ratingen
  Tel: 02102-25295
- *Thüringen:*
  Gesellschaft homöopathischer Ärzte
  Dr. Roland Baur
  Courbièrestraße 5
  10787 Berlin
  Tel: 030-2137842

B98
Homöopathie beim Verein selbstdispensierender homöopathischer Ärzte e.V.

Allgemeines

- Die Veranstaltungen erfolgen in Zusammenarbeit mit der DZVhÄ und der NIDM.
- Kursort ist Witten-Heidecke.
- Die Kurse A bis F werden als Wochenendintensivseminare meist in verschiedenen Kombinationen zu je 2 Kursen etwa 8 mal im Jahr angeboten. Ein Kursblock (A bis F) wird an zwei Wochenendterminen bewältigt.
- Die Kurse sind sämtlich auf die Weiterbildung zur Erlangung der Zusatzbezeichnung „Homöopathie" anrechenbar.

Ausbildungsinhalte

- Homöopathie, Kurse A-F, siehe Seite 137f.

Preise

- Einzelkurs: DM 750,-.
- Bei gleichzeitiger Buchung von 2 oder 3 Kursen: DM 1.350,- oder DM 1.900,-.
- Mitglieder im DZVhÄ zahlen DM 600,-, DM 1.100,- oder DM 1.600,-.

Kontakt

- *Verein selbstdispensierender homöopathischer Ärzte*
  Auf der Saalbrede 29
  32756 Detmold
  Tel: 05231-870660
  Fax: 05231-870759

B99
Homöopathie in der Ärztlichen Praxis

Allgemeines

- Der Kurs wird etwa 4 mal jährlich angeboten.
- Der Generale-Kent soll mitgeführt werden.
- Kurszeiten: Samstag, 9.45 bis 20.00 Uhr und Sonntag, 9.15 bis 13.00 Uhr.
- Die Referenten sind ausschließlich Betreiber einer eigenen homöopathischen Praxis und daher mit den dort auftretenden Problemen und deren Lösung bestens vertraut.
- Der Hospitationsteil des Kurses kann auf die praktische Ausbildung angerechnet werden. Eine Anerkennung als einer der erforderlichen 3 bzw. 6 Kurse (je nach Bundesland) ist nicht möglich.

Ausbildungsinhalte

- Die Inhalte der Wochenendseminare sind recht variabel. Regelmäßig werden Patienten vorgestellt und wird die Behandlung mehrerer Krankheitskomplexe besprochen (z.B. HNO-Erkrankungen, Allergien, Herz-Kreislauf-Erkrankungen, akut entzündliche Erkrankungen, Husten, hyperkinetische Kinder).

Preise

- Die Kursgebühr beträgt DM 350,-.

Kontakt

- *Dietrich-Bernd-Institut zur Förderung der Homöopathie*
  Herzberger Landstraße 110
  37085 Göttingen
  Tel: 0551-485354
  Fax: 0551-531001

B100
Homöopathie nach A. Masi-Elizalde

Allgemeines

- FORM ist ein Zusammenschluß verschiedener Arbeitsgruppen mit dem Ziel, die Methode von Masi-Elizalde im deutschsprachigen Raum zu verbreiten.
- Neben anderen Seminaren wird ein- bis zweimal jährlich ein viertägiger Intensivkurs zur Technik und Lehre von Masi-Elizalde abgehalten: Mittwoch, 15.30 bis Sonntag, 13.00 Uhr.
- Ein eintägiger Einführungskurs wird ebenfalls etwa zweimal pro Jahr abgehalten.
- Kursort ist Köln.
- Der Schwerpunkt des Intensivkurses liegt weniger in der Theorie als in der Lösung von alltäglich-pragmatischen Problemen.
- Die Kurse werden nicht für die Weiterbildung zur Erlangung der Zusatzbezeichnung Homöopathie anerkannt.

Ausbildungsinhalte

- *Intensivkurs:*
  Einführung in Lehre und Technik nach A. Masi, Methodik des Arzneimittelstudiums, Anleitung zum Selbststudium, spezifische Existenzsituation verschiedener Kalzium-Salze; Arzneifindung, Probleme und Hilfen bei der Anamnese, Fallverlauf und Beurteilung, Leseweisen der Patientensymptomatik.
- *Einführungskurs:*
  Vormittags knappe und übersichtliche Darstellung der Materia Medica nach Masi, nachmittags Anwendung der Methode mit Analyse eines Arzneimittels (z.B. Chelidonium, Arnica, Tabacum).

Preise

- Intensivkurs: DM 680,- (ÄiP und arbeitslose Ärzte: DM 480,-; Studenten: DM 300,-).
- Einführungskurs: DM 100,- (arbeitslose Ärzte und Studenten: DM 50,-).

Kontakt

- *Forschungsinitiative zur Revision der Materia Medica homeopathica (FORM) e.V.*
  Lidija Rukavina/Christoph Weihe
  Dürener Straße 320
  50935 Köln
  Tel: 0221-463475
  Fax: 0221-461571

B101

HOMÖOPATHIEKURSE BEIM FREIBURGER DOZENTENTEAM

Allgemeines

- Für Ärzte, Tierärzte, Zahnärzte und Medizinstudenten.
- Kursdauer: 3 Jahre, einschl. Theorie (wöchentliche Vorlesung, abends) und praktische Ausbildung (zweiwöchentlich, nachmittags) mit Arbeit am Patienten.
- Es werden fortlaufend zwei zeitversetzte Kurse mit etwa 50 Teilnehmern abgehalten.
- Kursort ist Freiburg.
- Die Kurse sind vollständig auf die Weiterbildung zur Erlangung der Zusatzbezeichnung Homöopathie anrechenbar.

Ausbildungsinhalte

- Homöpathie, Kurse A-F, siehe Seite 137f.

Preise

- DM 300,- für Nichtmitglieder des Deutschen Zentralvereins homöopathischer Ärzte (DZVhÄ).
- DM 200,- für Mitglieder im DZVhÄ.
- DM 100,- für arbeitslose Ärzte und ÄiP.

Kontakt

- *Dr. Fischer*
  Herrenstraße 51
  79098 Freiburg
  Tel: 0761-34831

B102
Kurse bei der Akademie homöopathischer Ärzte, Bad Imnau

Allgemeines

- Voraussetzung sind die Approbation und bereits absolvierte (oder laufende) Homöopathiekurse A bis F.
- Die Kurse werden in aller Regel am letzten Samstag des Monats abgehalten.
- Kursdauer ist von 9.30 bis 18.00 Uhr.
- Nach Rücksprache mit dem Gruppenleiter können eigene Patienten mitgebracht und vorgestellt werden (sofern der Fall bereits exakt aufgenommen, repertorisiert und homöopathisch anbehandelt wurde).
- Die Arbeitsgruppe wird in 3 Gruppen aufgeteilt (Anfänger, Fortgeschrittene 1, Fortgeschrittene 2).
- Kursort ist das Sanatorium in Bad Imnau.

Ausbildungsinhalte

Tagungsthemen sind u.a.:

- Chirurgische Fälle und die 3 Hauptfehler des homöopathischen Arztes.
- Praktische Arzneimittelprüfung und Arzneimittelbild.
- HNO-Störungen bei Kindern.
- Schlafstörungen und Neurodermitis bei Kindern.
- Homöopathische Differentialdiagnostik der Säuren.
- Vergleichende Arzneimittellehre.
- Psychische Aspekte und Differenzierungen der Nosoden.
- Technik der homöopathischen Fallaufnahme.

Preise

- Pro Tagung: DM 80,-.
- Mitglieder im DZVhÄ: DM 70,-.
- Ärzte mit Zusatzbezeichnung Homöopathie: DM 30,-.
- Ärzte mit geringem Einkommen und Studenten (jeweils gegen Nachweis): DM 30,-.

Kontakt

- *H. Huber*
  Meranerweg 8
  75365 Calw

B103

Kurse beim August-Weihe-Institut für homöopathische Medizin, Detmold

Allgemeines

- Neben den Kursen zur Erlangung der Zusatzbezeichnung werden regelmäßig weitere Seminare und Veranstaltungen zur Weiterbildung und Vertiefung angeboten.
- Kursort ist Detmold-Hiddesen.
- Repertorien und Arzneimittellehren sind mitzubringen.
- Die Kurse erstrecken sich jeweils über eine Woche.
- Die Kurse der Detmolder Frühjahrs- und Herbstwoche sind für die Zusatzbezeichnung Homöopathie anerkannt.

Ausbildungsinhalte

- *Kurs A:* Grundlagen der homöopathischen Medizin.
- *Kurs B:* Das Krankenexamen.
- *Kurs C:* Verschiedene Wege der Arzneifindung.
- *Kurs D:* Besondere Erscheinungsformen des Krankseins und deren Behandlung.
- *Kurs E:* Technik und Lehre der Homöopathie nach Masi-Elizalde.
- *Kurs F:* Miasmentheorie und Chronische Krankheiten.
- Detmolder Frühjahrswoche: Kurse A/C/D/F; B in Düsseldorf).
- Detmolder Herbstwoche: Kurse A/B/D; C in Düsseldorf).

Preise

- Approbierte Ärzte: DM 680,-.
- Mitglieder des August-Weihe-Instituts: DM 630,-.
- Ärzte der neuen Bundesländer, ÄiP, arbeitslose Ärzte: DM 500,-.
- Studenten: DM 280,-.

Kontakt

- *August-Weihe-Institut*
  Benekestraße 11
  32576 Detmold
  Tel: 05231-34151
  Fax: 05231-34152

B104
Wochenendseminar zur klassischen Homöopathie

Allgemeines

- Kursort ist Konstanz.
- Der Kursus wird auf die Weiterbildung zur Erlangung der Zusatzbezeichnung „Homöopathie“ angerechnet.

Ausbildungsinhalte

- Theorie der Homöopathie.
- Praktischer Gebrauch des Repetitoriums.
- Fallbearbeitung anhand von „Papierfällen“.
- Beispiele aus der täglichen Praxis.

Preise

- Kursgebühr: DM 150,- bis DM 200,- pro Wochenende.
- Studenten zahlen die Hälfte.

Kontakt

- *Dr. Thomas*
  Raiffeisenstraße 1
  78465 Konstanz
  Tel: 07531-43204

Homotoxikologie

Diese Lehre geht davon aus, daß sich alle Krankheitserscheinungen auf die Wirkung von für den Menschen giftige Stoffe (Homotoxine) zurückführen lassen. Sie geht auf Dr. Reckeweg zurück, der diese Lehre Ende der 40er Jahre begründete. Die Homöotherapie ist nach der Homotoxinlehre eine Simulationstherapie, wobei das bereits im Kampf gegen Homotoxine befindliche Abwehrsystem ein ähnliches Gift in hoher Verdünnung erhält. Dieses Gift wirkt dann nur stimulativ, um die gesamte körpereigene Abwehr gegen das eigentliche, ursprüngliche Toxin zu mobilisieren. Diese Methode ist also als eine Unterstützung des in Abwehr befindlichen Körpers zu verstehen.
Schwerpunkte für die Behandlung sind chronische und degenerative Erkrankungen, z.B. des rheumatischen Formenkreises, Arthrosen, Arthritiden, Schwindel, Erkrankungen infolge Umwelteinflüssen, aber auch akute Erkrankungen, wie Erkältungen oder Sportverletzungen.

B105
HOMOTOXIKOLOGIE

Allgemeines

- 5 Wochenendkurse als spezielles Ausbildungsprogramm, die inhaltlich aufeinander aufbauen.
- Die Mitgliedschaft führt zum kostenlosen Bezug der Zeitschrift „Biologische Medizin" und zu ermäßigten Teilnahmegebühren bei Kongressen und Seminaren der Gesellschaft. Auch erhält man 1/3 Rabatt auf alle Publikationen des Aurelia-Verlages.
- Die Gesellschaft ist an Weiterbildungskursen zur Erlangung der Zusatzbezeichnung Naturheilverfahren in Bad Orb, Bad Rappenau, Freudenstadt und Heidelberg beteiligt. Allerdings sind die hier aufgeführten Kurse nicht auf die Weiterbildung in Naturheilverfahren anrechenbar.

Ausbildungsinhalte

- *Kurs 1:*
  Naturheilverfahren im Überblick, Präparategruppen der antihomotoxischen Therapie; Wie fange ich schon morgen in der Praxis an; Anamnese, Repertorisation, Komplexmittelfindung, naturheilkundliche Untersuchungstechniken, Abrechnungstechniken, praktische Übungen (Tips, Tricks, Kniffe, Kasuistiken).
- *Kurs 2:*
  Fundament der Homotoxikologie, Vibrationsphänomen, ausleitende Verfahren, mikrobiologische Therapie, Eigenblutbehandlungen, sinnvolle Ergänzungen zur Schulmedizin, praktische Übungen (z.B. Eigenblutbehandlungen, Mikrobiologische Therapie).
- *Kurs 3:*
  System der Grundregulation, Pischinger Raum, Umweltprobleme, Ernährungsfragen, Homöosinatrie (hiermit wird eine mögliche Beziehung zwischen Akupunktur und Homöopathie hinsichtlich eines gemeinsamen diagnostischen und therapeutischen Vorgehens beschrieben), Akupunktur und Elektroakupunktur nach Voll, praktische Übungen (Homöosinatrie, Akupunktur, EAV).
- *Kurs 4:*
  Neuraltherapie und Manuelle Therapie, physikalische Therapie, orthomolekulare Therapie, Entspannungstherapie, Wirbelsäule und Gelenkleiden, Neuralgien, Neuritiden, praktische Übungen (Neuraltherapie, Manuelle Therapie).
- *Kurs 5:*
  Erkrankungen des Alters, Stoffwechselerkrankungen und Hormonstörungen, Immunmodulation, Sauerstofftherapien, Organotherapie, praktische Übungen (Sauerstofftherapien).

Preise

- Für Nichtmitglieder: DM 250,- pro Kurs (gesamtes Seminar: DM 600,-).
- Für Mitglieder: DM 200,- pro Kurs (gesamtes Seminar: DM 500,-).

Kontakt

- *Internationale Gesellschaft für Homotoxikologie und antihomotoxische Therapie*
  Postfach 504, 76483 Baden-Baden
  Bahnackerstraße 16, 76532 Baden-Baden
  Tel: 07221-63252
  Fax: 07221-501490

Hydrotherapie

Dieser Sammelbegriff bezeichnet alle therapeutischen Anwendungen von Wasser gleich welcher Temperatur der Beschaffenheit (als Eis, Dampf oder Flüssigkeit). Hierzu gehören Waschungen, Güsse, Wickel, Auflagen, Packungen, Vollbäder (mit Zusätzen), Teilbäder, Eisanwendungen.

Isopathie

Bei diesem von der Homöopathie abgeleiteten Konzept (nach J. Lux, 1776-1849) soll sich der Heilungserfolg einstellen, wenn die pathogenetisch entscheidende Substanz dem Organismus in potenzierter Form gegen die ursprüngliche Erkrankung verabreicht wird. Diese Methode berücksichtigt in den Augen ihrer Kritiker die tatsächliche Patientensymptomatik zu wenig und vernachlässigt demnach die Prinzipien der Ähnlichkeit und der Individualisierung in der klassischen Homöopathie. Ein desensibilisierender Effekt gegenüber einem Allergen soll sich bei der Isopathie einstellen können.

B106
Isopathie (Milieutherapie, Dunkelfeldmikroskopie)

Allgemeines

- Nur für Ärzte bzw. Medizinstudenten.
- Kurszeiten sind: Samstag, 8.30 bis 18.00 und Sonntag, 9.00 bis 16.00 Uhr.
- Kursort ist Hannover.
- Der Kurs wird nur ein- bis zweimal jährlich abgehalten.
- Der Kurs wird nicht auf die Weiterbildung in Naturheilverfahren angerechnet.

Ausbildungsinhalte

- Systeme der Grundregulation (Grundsubstanz nach Pischinger, Bedeutung des Bindegewebes, Reaktionslehre nach Selye, gestörte Reaktionslage für jede chronische Krankheit).
- Störfelder (Bedeutung, wichtigste Störfelder, Diagnose und Therapie).
- Enterale Allergien (Darm als chronisches Störfeld, Mukosa und Darmflora im Immunsystem).
- Pleomorphismus (Bakterienzyklogenie der Erreger, Entwicklungsphasen verschiedener Erreger).
- Entwicklungszyklen von Mucor racemosus, Aspergillus niger und Penicillum notatum).
- Dunkelfeldmikroskopie (Einführung, praktische Übungen).
- Übersäuerung (Ursachen, Bedeutung und Therapie).
- Übereiweißung (Ursachen, Bedeutung und Therapie).
- Darmstörungen (chronische Krankheiten als Folge einer Darmstörung, Symbioseaufbau).

Preise

- Kursgebühr: DM 480,- (incl. Kaffeepausen und Mittagessen).
- Gegen Nachweis zahlen arbeitslose Ärzte und Studenten DM 380,-.

Kontakt

- *Niedersächsische Akademie für Homöopathie und Naturheilverfahren e.V.*
  Blumläger Kirchweg 1
  29221 Celle
  Tel. 05141-71312
  Fax: 05141-7985

Kinesiologie

Die Kinesiologie wurde als ganzheitliche Methode aus der manuellen Medizin weiterentwickelt. Sie soll als funktionelle und übergreifende Methode ein ergänzendes diagnostisches Instrumentarium sein, in dem psychotherapeutische Methoden, Aspekte der Inneren Medizin und Erkenntnisse der Herd- und Regulationsforschung integriert werden.

B107
LÖSUNG EMOTIONALER THERAPIEBLOCKADEN

Voraussetzungen

- Mindestens Teilnahme am Touch For Health-Kurs I.

Allgemeines

- Kursort ist Bad Nauheim.
- Kurszeiten sind meist Montag, 9.00 bis 18.00 und Dienstag, 9.00 bis 13.00 Uhr, im Anschluß an das Kolloquium der Bioresonanz-Ärzte-Gesellschaft. Der Kurs ist nur zusammen mit dem Kolloquium zu belegen, das nur einmal pro Jahr ausgerichtet wird.
- Bequeme Kleidung und Decke sind mitzubringen, da im Liegen an den Extremitäten gearbeitet wird.
- Eine Anerkennung z.B. für die Weiterbildung in Naturheilverfahren besteht nicht.

Ausbildungsinhalte

- Test und Stärkung der Thymusenergie.
- Lokalisierung des gestörten Meridians über Testpunkte und Bilder.
- Emotionaler Streßabbau über neurovaskuläre Punkte und Visualisieren.
- Emotionale Balance über die 5 Elemente und das Verhaltensbarometer.
- Innere Sabotageprogramme.

Preise

- Kursgebühr: DM 300,-.

Kontakt

- *Bioresonanz-Ärzte-Gesellschaft e. V.*
  Schänzlestraße 14
  79104 Freiburg
  Tel: 0761-53380
  Fax: 0761-57522

B108
TOUCH FOR HEALTH (TFH)

Voraussetzungen

- Die Kursteile I, II und III können nur in aufsteigender Reihenfolge belegt werden.

Allgemeines

- Kursort für TFH I ist Bad Nauheim, für II und III Bad Vilbel.
- Kurszeiten TFH I sind meist: Mittwoch, 10.00 bis 18.00 Uhr; THF II: Samstag, 9.30 bis Sonntag 18.00 Uhr.
- Bequeme Kleidung und Decke sind mitzubringen, da im Liegen an den Extremitäten gearbeitet wird.
- Eine Anerkennung z.B. für die Weiterbildung in Naturheilverfahren besteht nicht.

Ausbildungsinhalte

- *Touch for Health I:*
  Theorie des TFH, Muskeltests mit Vortest, 14 Muskeltests für die Hauptmuskeln und Hauptmeridiane des Körpers, 3 Standard-Ausgleichsverfahren (Massage der neurolymphatischen Punkte, Berühren der neurovaskulären Punkte zur Durchblutungsförderung, Abfahren der 14 Meridiane zum Ausgleich der Meridianenergie), 14 Muskelbalancen nach der Maximalzeituhr, Überkreuzbewegungen zur Körper-Geist-Integration, Abbau von emotionalem Streß, Narben ausgleichen, visuelle Behinderung, Ohrenenergie.
- *Touch for Health II:*
  Wiederholung, Funktionskreis lokalisieren, Switching, Überenergie-Alarmpunkte, Yin/Yang, chinesische 5-Elemente, Korrekturmöglichkeiten bei Schmerzen, 14 neue Muskeln mit Test, drei Standardausgleichsverfahren und Supplementen.
- *Touch for Health III:*
  Wiederholung, Theorie der reaktiven Muskeln, Test und Korrektur, Spindelzell- und Golgi-Sehnenzell-Rezeptoren, Verweilmode/Mehrmode, reaktive Meridiane, chinesischer Pulstest, tibetanische Achten, Schritt-Test und Korrektur, Zielbalance mit den 5 Elementen und Emotionen, 14 neue Muskeln mit Test und 3 Standardausgleichsverfahren, 42 Muskeln-Schnell-Test.

Preise

- Jeweils DM 300,- pro Abschnitt für 2 Tage.

Kontakt

- *Bioresonanz-Ärzte-Gesellschaft e. V.*
  Schänzlestraße 14
  79104 Freiburg
  Tel: 0761-53380
  Fax: 0761-57522

Kranio-Sakrale Therapie

Das Kranio-Sakrale System wurde erst kürzlich als eigenes System bezeichnet, das sich aus Meningealmembranen, Schädelknochen, Sakrum, Wirbelflüssigkeit, Zerebrospinalflüssigkeit und allen an Herstellung, Resorption und Speicherung der Zerebronalflüssigkeit beteiligten Strukturen. Beeinflußt wird dieses System über seine Verbindungen zum neuralen, muskuloskelettalen, Gefäß-, Lymph-, Atmungs- und endokrinen System Die Kranio-Sakrale Therapie als sanfte, nicht-invasive manuelle Technik versucht, ein Ungleichgewicht in den faszialen Anteilen aufzuspüren und zu therapieren.

B109

KRANIO-SAKRALE THERAPIE (UND SOMATO-EMOTIONALE ENTSPANNUNG)

Allgemeines

- Alle Kurse werden von zertifizierten Lehrern des Upledger Institute (USA oder Europa) abgehalten.
- Die Kurse dauern meist jeweils 4 Tage.
- Kursorte sind Berlin, Bonn, Hamburg, Lübeck, Rottweil und München. Außerdem gibt es Möglichkeiten, die Kurse in Graz, Innsbruck, Basel und Zürich zu absolvieren.
- Das Upledger Institute bietet vier miteinander verbundene Kurse an: Kranio-Sakrale Therapie I und II, „Somato-Emotionale Entspannung" und „Somato-Emotionale Entspannung und Mehr".
- Eine Anerkennung der Kurse auf die Weiterbildung zur Erlangung der Zusatzbezeichnung Chirotherapie ist derzeit nicht möglich.

Ausbildungsinhalte

- Im Einführungskurs Kranio-Sakrale Therapie I werden Anatomie, Physiologie und Untersuchungs- und Behandlungstechniken besprochen. Ziel ist es, nach dem Kurs individuelle Blockaden im kranio-sakralen und im Fasziensystem lokalisieren und mit Entwirrungstechniken behandeln zu können.
- Im Fortgeschrittenenkurs (Kranio-Sakrale Therapie II) werden weitere Techniken zur Untersuchung des Körpers und zur Behandlung des Schädels vermittelt, wobei hier der Schwerpunkt auf Dysfunktionen der Schädelbasis und des Gesichtsschädels liegt.
- Bei „Somato-Emotionale Entspannung" werden Techniken zur Behandlung von Hals, Mundboden, Mund und Augen behandelt. Diese dienen dem energetischen Ausgleich nach einem Entwirrungsprozeß.
- Bei „Somato-Emotionale Entspannung und Mehr geht es um das Erfahren von und Üben mit den verschiedenen, persönlichen Stilen verkörperter Emotionen.

Preise

- Pro Kurs: DM 900,-.

Kontakt

- *Upledger Institute Europe*
  Sarkwitzer Weg 3
  23617 Stockelsdorf
  Tel: 04504-6336
  Fax: 04504-67398

B110

Osteopathische Techniken am Gehirn- und Gesichtsschädel (Kranio-Sakrale Therapie I und II)

Allgemeines

- Kursort ist die Gottfried Gutmann Akademie in Hamm.
- Kursdauer: jeweils 3 Tage.
- Eine Anrechnung auf die Weiterbildung zur Erlangung einer Zusatzbezeichnung ist nicht möglich.
- Es existieren Refresher-Kurse zu KST I und II von jeweils 12 Stunden Dauer.

Ausbildungsinhalte

- *KST I:*
  Geschichte der KST, Physiologie und Pathologie des kranialen Rhythmus, Komponenten des primären Atmungsmechanismus, Anatomie und Funktion der Schädelknochen, Palpation des kranialen Rhythmus und der Sakrumbewegung, lumbosakrale Dekompression und iliosakraler Release; Diagnostik der verschiedenen sphenobasilären Funktionsstörungen und deren Behandlung, die kraniosakrale Therapie im Alltag der Manuellen Medizin; Anwendung bei verschiedenen Krankheitsbildern.
- *KST II:*
  Wiederholung, Erfahrungsaustausch, neue Behandlungstechniken; alle Techniken zur Diagnostik und Therapie der Dysfunktionen der Gesichtsknochen; Diaphragma-Entspannung, Behandlung des knöchernen Thorax, des Sternums, der Schlüsselbeine und der Skapula.

Preise

- KST I für Ärzte: DM 550,- (Krankengymnasten: DM 450,-).
- KST II für Ärzte: DM 700,- (Krankengymnasten: DM 600,-).
- Refresher-Kurs zu KST I und II für Ärzte: DM 600,- (Krankengymnasten: DM 500,-); nur KST I für Ärzte: DM 400,- (nur KST I für Krankengymnasten: DM 300,-).

Kontakt

- *Gottfried Gutmann Akademie*
  Ostenallee 83
  59071 Hamm
  Tel: 02381-986562
  Fax: 02381-986499

Lichttherapie

Verschiedene Formen des Lichtes, wie z.B. Sonnenlicht, Höhensonne (Quarzlampe), Finsen-Bogenlicht, Solluxlampe, Rotlicht u.a. werden zu therapeutischen Zwecken als unspezifische Reizbehandlung eingesetzt. Man verspricht sich davon eine Steigerung der Infektabwehr, eine verbesserte körperliche Leistungsfähigkeit, sowie Besserung bei bestimmten Dermatosen und saisonalen Depressionen.

Manipulativmassage nach Terrier

Die Manipulativmassage ist eine manuelle Reflextherapie für periphere Gelenke und für die Wirbelsäule. Es wird eine gezielte Tiefenmassage mit Dehnung der periartikulären Weichteile bei gelenkschonender Gelenkmobilisierung kombiniert. Die Wirkung ist schmerzverdeckend und beseitigt Tonus- und Trophikstörungen. Indikationen sind Peri- und Präarthrosen, Arthrosen und Bewegungseinschränkungen sowie Dystrophien nach Trauma oder Operation.

B111
MANIPULATIVMASSAGE NACH TERRIER

Allgemeines

- Für Ärzte, Heilmasseure, Dipl. Physiotherapeuten, Krankengymnasten, Heilpraktiker, Masseure und med. Bademeister.
- 1 Woche bzw. 40 Unterrichtsstunden.
- Kurszeiten: Montag, 9.00 bis Freitag 17.00 Uhr.
- Eine Anrechnung des Kurses auf die Weiterbildung zur Erlangung der Zusatzbezeichnung Chirotherapie ist nicht möglich.

Ausbildungsinhalte

- Laut Veranstalter werden die Kursinhalte erst bei Beginn des Kurses bekanntgegeben.

Preise

- Kursus: DM 780,-.

Kontakt

- *Dr. Vodder Schule - Walchsee*
  Alleestraße 30
  6344 Walchsee
  Österreich
  Tel: 0043-5374-5245-0
  Fax: 0043-5374-5245-4

Manuelle Lymphdrainage nach Vodder

Bei dieser Massagetechnik wird mittels kreisenden Druckimpulsen der Abfluß interstitieller Flüssigkeit gefördert. Ödeme werden rascher abgeleitet, und lokale und systemische Immunreaktionen werden stimuliert. Außerdem kommt es zu einer Aktivierung des Parasympathikus. Indikationen sind besonders lymphostatische und venöse Ödeme, aber auch rheumatische und dermatologische Erkrankungen. Kontraindikationen sind u.a. akute und chronische Entzündungen (relative KI), postthrombotische Zustände und maligne Erkrankungen.

B112
MANUELLE LYMPHDRAINAGE NACH VODDER

Allgemeines

- Für Ärzte, Heilmasseure, Dipl. Physiotherapeuten, Masseure, med. Bademeister, Krankengymnasten, Heilpraktiker; aufgenommen werden auch Kosmetiker.
- Empfohlene Literatur: Wittlinger, H. und G.: Lehrbuch der Manuellen Lymphdrainage nach Dr. Vodder - Band I; Kurz, I.: Lehrbuch der Manuellen Lymphdrainage nach Dr. Vodder - Band II und III; Gesamtpreis: DM 96,-.
- Anmeldung mit Abschlußzeugnis.
- Empfohlen ist, Teil II und III der Therapiekurse direkt nacheinander zu belegen.
- Mitzubringen sind Badetuch, Berufskleidung, Hausschuhe.
- Angeschlossen ist ein Hotel, das Kursteilnehmern unter der Woche 10% Rabatt einräumt.
- Walchsee ist ein traditioneller Fremdenverkehrsort in der Nähe der deutsch-österreichischen Grenze.
- Zimmerpreise: komfortables EZ: ÖS 440 (ca. DM 65,-), Vollpension: ÖS 225 (ca. DM 33,-).
- Ferien-Wiederholungskurs für Personen mit abgeschlossener Ausbildung: 1 Woche bzw. 20 Unterrichtsstunden, jeweils vormittags (DM 325,-).
- Wiederholungswochenende mit 16 Unterrichtsstunden: Samstag, 9.00 bis Sonntag, 14.00 Uhr (DM 325,-).
- Fremdenverkehrsbüro Walchsee, tel: 0043-5374-5775
- 4 Wochen Kurs bzw. 180 Unterrichtsstunden (Grundkurs und Therapiekurse I bis III).
- Hauptreferenten: Dr. Kasseroller (Theorie), D. Wittlinger (Praxis).
- Unterricht: Mo-Fr, 9.00-12.00 und 13.30-17.00 Uhr.
- Abends zweistündige Rekapitulation, Teilnahme verpflichtet.
- Abschluß mit Prüfung.
- Der Kurs berechtigt zur Abrechnung.
- Eine Anrechnung des Kurses auf die Weiterbildung zur Erlangung der Zusatzbezeichnung Chirotherapie ist nicht möglich.

Ausbildungsinhalte

- Theorie und Praxis der Manuellen Lymphdrainage und der komplexen physikalischen Entstauungstherapie.

Preise

- DM 395,- pro Woche + Bandagenset zu DM 150,-.
- Prüfungsgebühr: DM 70,-.

Kontakt

- *Dr. Vodder Schule - Walchsee*
  Alleestraße 30
  6344 Walchsee
  Österreich
  Tel: 0043-5374-5245-0
  Fax: 0043-5374-5245-4

Marnitz-Therapie

Die Wirkungen der Methode nach Marnitz sind zum einen lokal durch die gezielte Anwendung entsprechend der erkrankten Struktur und zum anderen reflektorisch, durch die Ausnutzung konstant vorhandener nervaler vegetativer Verbindungen. Die Marnitz-Therapie bietet eine Alternative zur Behandlung von Patienten mit sekundären Lymphödemen der Arme und Beine und ihrer konsekutiven statisch-muskulären Probleme.

B113
Marnitz-Therapie

Allgemeines

- Für Ärzte, Heilmasseure, Dipl. Physiotherapeuten, Masseure, med. Bademeister, Krankengymnasten, Heilpraktiker.
- 2 Wochen bzw. 100 Unterrichtsstunden.
- Intensivkurs und Kurs III (Wiederholungskurs und Vertiefung).
- Kurszeiten für Intensivkurs: Montag, 9.00 bis Samstag, 12.00 Uhr; für Kurs III: Montag, 9.00 bis Freitag, 17.00 Uhr.
- Abschließend Prüfung.
- Keine Abrechnung mit den Sozialversicherungsträgern in Deutschland.
- Eine Anrechnung des Kurses auf die Weiterbildung zur Erlangung der Zusatzbezeichnung Chirotherapie ist nicht möglich.

Ausbildungsinhalte

- Theorie und Praxis der Marnitz-Therapie
- Therapie des Bewegungsapparates einschließlich Wirbelsäulenmanipulation nach Terrier.
- Bewegungstherapie und Gelenkmobilisierung.

Preise

- Intensivkurs: DM 780,-; Kurs III: DM 700,-.

Kontakt

- *Dr. Vodder Schule - Walchsee*
  Alleestraße 30
  6344 Walchsee
  Österreich
  Tel: 0043-5374-5245-0
  Fax: 0043-5374-5245-4

B114
MARNITZ/LYMPH-SPEZIAL

Allgemeines

- Für voll ausgebildete Lymphdrainagetherapeuten.
- 1 Woche bzw. 40 Unterrichtsstunden.
- Kurszeiten von Montag, 9.00 bis Freitag, 17.00 Uhr.
- Keine Abrechnung mit den Sozialversicherungsträgern in Deutschland.
- Eine Anrechnung des Kurses auf die Weiterbildung zur Erlangung der Zusatzbezeichnung Chirotherapie ist nicht möglich.

Ausbildungsinhalte

- Bei Patienten mit sekundären Arm- und Beinlymphödemen sowie den konsekutiven statischen und muskulären Problemen durch lokale Behandlung und Ausnutzung reflektorischer nerval-vegetativer Strukturen.

Preise

- DM 700,- für den Kurs.

Kontakt

- *Dr. Vodder Schule - Walchsee*
  Alleestraße 30
  6344 Walchsee
  Österreich
  Tel: 0043-5374-5245-0
  Fax: 0043-5374-5245-4

Mayr-Kur

Diese von Dr. Mayr (1875-1965) entwickelte diagnostisch-therapeutische Methode dient als intensiv-diätetische Therapie vor allem der Behandlung von verdauungs-, stoffwechsel- und ernährungsabhängigen Leiden. Ferner soll diese Methode ein umfassendes ganzheitsmedizinisches Heilverfahren darstellen. Es kommen nach individueller Befunderhebung drei Heilprinzipien zur Anwendung: die Schonung (Erholung und Regeneration des Verdauungssystems durch Intensivdiät), die Säuberung (Entschlackung und Entsäuerung durch salinische Berieselung, Trinkkur und manuelle Bauchbehandlungen) und die Schulung (Kau- und Eßtraining, Neuorientierung auf eine gesündere Ernährungs- und Lebensweise). Indiziert ist eine Mayr-Kur zur aktiven Gesundheitsvorsorge, Verdauungsstörungen, Stoffwechselstörungen, Übergewicht, Kopfscherzen, Wirbelsäulenbeschwerden und vegetative Störungen.

B115
Diagnostik und Therapie nach F.X. Mayr

Allgemeines

- Termine im April und September.
- Unterrichtszeiten: Freitag, 15.30 bis 19.30 Uhr; Samstag, 9.00 bis 12.00 und 14.00 bis 18.00 Uhr.
- Kursort ist Bad Wörishofen.
- Der Kurs wird auf die Weiterbildung zur Erlangung der Zusatzbezeichnung Naturheilverfahren angerechnet.

Ausbildungsinhalte

- Der Mayr-Arzt behandelt seine Patienten nach den drei therapeutischen Prinzipien Schonung (durch Fasten oder Milch-Diät und leicht verdauliche Kost), Reinigung (durch salinische Wässer und Einläufe) und Schulung (durch Kautraining und Speichelflußanregung sowie durch manuelle Bauchbehandlung zur Verbesserung von Darmtonus, Motilität und Zirkulation) des kranken Darms unter Berücksichtigung seiner Konstitution.

Preise

- Kursgebühr: DM 250,-.
- ÄiP, arbeitslose Ärzte und Mitglieder im Kneipp-Bund zahlen gegen Vorlage einer entsprechenden Bescheinigung DM 200,-.

Kontakt

- *Ärztliches Fortbildungszentrum an der*
  Sebastian-Kneipp-Akademie
  Adolf Scholz Allee 6-8
  86825 Bad Wörishofen
  Tel: 08247-3002-156 (-155)

Mora-Therapie

Die Mora-Therapie ist gewissermaßen die Grundlage der Bioresonanz-Therapie (BRT). Voraussetzung ist die Annahme, daß elektromagnetische Schwingungen, die in jedem Organismus und in jeder Zelle vorhanden sind, von innen und außen beeinflußbar sind. Durch Applikation von Schwingungen gleicher Intensität und Frequenz sollen die vom Organismus ausgehenden Wellen gelöscht werden können. Es werden dem Patienten dabei die eigenen Schwingungen über ein Mora-Gerät zurückgegeben. Es werden keine Fremdenergien verwendet. Im diagnostischen Bereich entspricht diese Methode dem Medikamententest der Elektroakupuntur nach Voll und dem VRT-Vegatest.

B116
MORA-THERAPIE

Allgemeines

- Das Profi-Seminar setzt die Teilnahme am Praxisseminar und eine einjährige Praxiserfahrung voraus.
- Neben der Grundausbildung in der Mora-Therapie werden auch Spezialseminare angeboten, wie z.B. Praktische Anwendung der elektrischen Homöopathie, Einführung in die Diagnosemethode der Bioelektronik nach Vincent, Einführung in die Farbtherapie mit Mora-Super und Spectra-Color, Mora-Therapie und Aurikulomedizin/ VAS-Reflex nach Nogier, Akupunktur und Mora in der Schmerztherapie.
- Kursorte sind meist Baden-Baden, Frankfurt, Hannover, Köln, Bad Sassendorf und München.
- Im gesamten Bundesgebiet sind Arbeitskreise eingerichtet, die etwa zweimal jährlich an den Wohnorten der Arbeitskreisleiter jeweils samstags stattfinden (Kosten: DM 150,-).
- Eine Anerkennung auf die Weiterbildung in Naturheilverfahren besteht nicht.

Ausbildungsinhalte

- Einführung in die Mora-Therapie:
  Theorie, physikalische und medizinische Wirkprinzipien, Demonstration der Basistherapien am Mora-Super Gerät, eigenständige Diagnose- und Therapieeinstellungen mit körpereigenen Einzel-, Hoch- und Tiefpotenzen, Spezialelektroden, Diagnose und Therapie mit elektronisch abgespeicherten Substanzinformationen wie Nahrungsmittel, Schwermetalle, Bachblüten und Dentalwerkstoffe.
- Praxisseminare Mora-Super:
  Wiederholung, Erlernen der Mora-Super-Differentialmeßtechnik der Elektroakupunktur an Übungen der Teilnehmer untereinander, detaillierte Anamnese zur Mora-Therapie, bewährte bipolare Basis-Therapieprogramme, spezielle Elektroden- und Therapieschaltungen mit gezielten Tips für den therapeutischen Alltag, Geopathie-, Allergie- und Dental-Test, Energiekreislauftherapie, Programmierung eigener Therapieprogramme, Potenzieren im Medikamententest von der Urtinktur bis zur D 400, Geräteinstallation zwecks Aufstellung von Mora-Super in der eigenen Praxis.
- Profi-Seminare:
  Vertiefung spezieller Kenntnisse, Darstellung der optimalen Geräteeinstellungen zum jeweiligen Krankheitsbild, Vega-Testmethode mit automatischem Testpunktregler, Anwendung der Punkttherapie und der 5-Elementelehre, Erkennen und Beseitigen von Therapiehindernissen, Programmierung eigener Therapieprogramme, Demonstration der elektrischen Homöopathie, Anwendung der Mora-Spektra-Color-Therapie, Mora-Super in der Zahnmedizin.

Preise

- Einführung in die Mora-Therapie: DM 280,-.
- Praxisseminare Mora-Super: DM 350,-.
- Profi-Seminare: DM 350,-.
- Praktische Anwendung der elektrischen Homöopathie: DM 240,-.
- Einführung in die Diagnosemethode der Bioelektronik nach Vincent: DM 240,-.
- Einführung in die Farbtherapie mit Mora-Super und Spectra-Color: DM 350,-.
- Mora-Therapie und Aurikulomedizin/ VAS-Reflex nach Nogier: DM 280,-.
- Akupunktur und Mora in der Schmerztherapie: DM 280,-.

Kontakt

- *Med.-Tronik GmbH*
  Abteilung Congress- und Seminarorganisation
  Postfach 30
  77944 Friesenheim
  Tel: 07821-633311
  Fax: 07821-633350

Neuraltherapie

Bei dieser Methode werden zu Diagnose, Differentialdiagnostik und Therapie ausschließlich Lokalanästhetika verwendet. Die registrierten Effekte sind rein pharmazeutisch (anästhetisch und antiphlogistisch) kaum erklärlich. Der Effekt scheint vielmehr in einer regulierenden und normalisierenden Wirkung auf Organe, Systeme und übergeordnete Regelkreise zu bestehen.

Dem Vegetativum fällt hier eine Schlüsselrolle zu. Entscheidend sind der Applikationsort und die Reizintensität, so daß es sich nicht um eine reine lokalanästhetische Behandlung, sondern mehr um eine Regulations- und Umstimmungstherapie handelt, was ihre vorrangige Anwendung bei funktionellen Störungen erklärt. Als therapeutische Lokalanästhesie wird die Neuraltherapie gegen hypothetische Störfelder eingesetzt, wobei das injizierte Lokalanästhetikum eine Entblockung der gestörten neuralen Verbindungen zwischen dem Störfeld und dem jeweils erkrankten Organ bewirken soll. Bei bestehender Indikation und regelrechter Anwendung soll die Wirkung unmittelbar einsetzen (Sekundenphänomen) und für mindestens 16 Stunden andauern.

Die Neuraltherapie ist risikoarm, leicht erlernbar und sehr wirksam.

B117

Neuraltherapie bei der Deutschen Gesellschaft für Akupunktur und Neuraltherapie

Allgemeines

- 6 Wochenendkurse zu je 14 Lehrstunden mit Abschlußprüfung und Zertifikat.
- Die Kurse werden z.B. in 1996 jeweils 1 bis 3 mal angeboten, wobei die Kurse 4, 5 und 6 ausschließlich in Bayern abgehalten werden.
- Die Neuraltherapie kann als Kassenleistung abgerechnet werden und wird auf die Weiterbildung zur Erlangung der Zusatzbezeichnung Naturheilverfahren angerechnet.

Ausbildungsinhalte

- *Kurs I:*
  Geschichte der Neuraltherapie, Grundlagen, Grundsubstanz, Segmentbegriff, Segmentdiagnostik und Segmenttherapie, funktionelles Denken, Indikationen und Kontraindikationen, technische Voraussetzungen und Arbeitsmittel, Injektionstechniken; Übungen und Patientendemonstrationen.
- *Kurs 2:*
  Segment-reflektorischer Komplex, Diagnostik und Therapie im Segment C4, Palpationsübungen, segmentale Behandlungsprogramme (Herz, Lunge, Magen, Galle, Leber, Blase, Niere, Zoster), Injektionstechniken (Schilddrüse und indirekter Grenzstrang nach MNK), Wirkung der Lokalanästhesie an der Zellmembran, mögliche Komplikationen; Übungen und Patientendemonstrationen.
- *Kurs 3:*
  Fortsetzung Störfeldprobleme, odontogene Störfelder, Störfeld Unterleib mit Injektionstechniken, Behandlungsprogramme urogenitaler Erkrankungen, Regulationsstarre und deren Überwindung, Schmerzphysiologie, Abrechnungsfragen; Übungen und Patientendemonstrationen.
- *Kurs 4:*
  Wirbelsäule als Störfeld, Indikationen und Kontraindikationen im Vergleich zur Chirotherapie/Manuellen Therapie, Behandlungsprogramme und Injektionstechniken bei Gelenkstörungen, HWS-, Schulter und Arminjektionen, Differenzierung lumbosakraler Schmerzen, Injektionstechniken und Behandlungsprogramme lumbosakraler Schmerzen; Übungen und Patientendemonstrationen.
- *Kurs 5:*
  Indikationen und Injektionstechniken an und in Arterien, Behandlungskomplex Kopfschmerzen mit erweiterter Diagnostik, Injektionstechniken an NAP im Kopfbereich, das vegetative Nervensystem, Injektionstechniken an Ganglien, Schwindel (Diagnostik, Therapie), Injektionstechniken bei Schwindel; Übungen und Patientendemonstrationen.

- *Kurs 6:*
  Intensive Wiederholung: theoretische Aspekte der Neuraltherapie, Ganglien des Kopfes und Grenzstrangganglien, Injektionen an wichtigen Nerven und Nervenplexus, Injektionen an und in Arterien, Injektionen an und in Gelenke, Fragen zu Behandlungsprogrammen; schriftliche und mündliche Prüfung.

Preise

- DM 350,- pro Kurs (Mitglieder der DGfAN: DM 250,-).
- Studenten, ÄiP und arbeitslose Ärzte erhalten gegen Vorlage einer entsprechenden Bescheinigung eine Ermäßigung von DM 50,-.

Kontakt

- *Deutsche Gesellschaft für Akupunktur und Neuraltherapie e.V.*
  Mühlweg 11
  07368 Ebersdorf
  Tel/Fax: 036651-87206

B118

NEURALTHERAPIE BEI NIDM

Allgemeines

- Kursorte sind Bochum und Bad Mergentheim.
- Kurszeiten sind meist: 9.30 bis 12.30 Uhr und 14.00 bis 19.00 Uhr.
- Die Kurse 1, 2 und 4 können in beliebiger Reihenfolge belegt werden. Kurs 3 kann erst nach einem dieser Kurse belegt werden. Kurs 5 bildet den Abschluß mit Prüfung.
- Die Kurse werden auf die Weiterbildung zur Erlangung der Zusatzbezeichnung Naturheilverfahren angerechnet.

Ausbildungsinhalte

- *Neuraltherapie 1:*
  Grundlagen, Wirkung der Lokalanästhesie, Indikationen und Kontraindikationen, Anamnese, Quaddeltechniken, Zahntestung, Nasennebenhöhlen, Lokalbehandlung, Triggerpunkte 1.
- *Neuraltherapie 2:*
  Segmenttherapie, Kopfschmerzbehandlung, Injektion nach Mink, Sternokostalgelenke, NAP, Dornfortsätze, temporaler Block, Triggerpunkte 2.
- *Neuraltherapie 3:*
  Störfeldgeschehen, Störfeldsuche, Adler-Langersche-Druckpunkte, Projektionssymptome, odontogene Störfelder, urogenitaler Komplex, Injektion zur Störfeldsuche, Prostata, Frankenhäuser Plexus.
- *Neuraltherapie 4:*
  Wirbelsäule und Störfeld, Kombination mit Akupunktur und Chirotherapie, Schmerzsyndrome der Wirbelsäule, Schulter-Arm-Syndrom, Schmerz und Schmerzverarbeitung, Injektionstechniken am Stütz- und Bewegungssystem, einschließlich Gelenkinjektionen.
- *Neuraltherapie 5:*
  Tiefe Ganglieninjektionen, reflexdystrophes System; Prüfung.

Preise

- Pro Kurs: DM 190,- (einschließlich Lehrbuch und Arbeitsmaterialien).

Kontakt

- *NIDM Naturheilverfahren in der Medizin*
  Keplerstraße 13
  93047 Regensburg
  Fax: 0941-565331

B119

NEURALTHERAPIE NACH HUNEKE

Allgemeines

- Approbation als Arzt.
- 5 Kurse à 12 Stunden über einen Zeitraum von 1 bis 2 Jahren.
- Teilnahme an 2 Kongressen in Freudenstadt.
- Teilnahme an Kursus „Kurze Einführung in die Notfallsituation (Reanimation und Intubation) mit Vorführung am Phantom (während März-Kongreß in Freudenstadt).
- Prüfung (schriftlich und mündlich): nach Abschluß des 5. Kurses mit Vorlage von 3 neuraltherapeutischen Kasuistiken.
- Empfohlene Literatur der Gesellschaft: Dosch; „Leitfaden zur Neuraltherapie, Lehrbuch der Neuraltherapie nach Huneke, Bildatlas zur Technik der Neuraltherapie mit Lokalanästhetika" im Karl F. Haug Verlag - Heidelberg.
- Die regelmäßig stattfindenden Bad Meinberger Wochen bieten auch die Möglichkeit, 2 Kurse nacheinander zu absolvieren.

Ausbildungsinhalte

- *Kurs I:*
  Einführung in die Regulationsmedizin, Stellenwert der Neuraltherapie innerhalb der Regulationsmedizin; Sammlung erster praktischer Erfahrungen; erste Techniken.
- *Kurs II:*
  Neuraltherapeutisch relevante Segmente, Systematisierung des Segments und der Segmenttherapie mit praktischen Anleitungen zur Therapie von Organfunktionsstörungen.
- *Kurs III:*
  Kennenlernen des Herd-/Störfeldgeschehens; Diagnostik und Therapie über das Störfeld.
- *Kurs IV:*
  Kennenlernen des vegetativen Systems; der therapeutische Umgang mit dem Vegetativum; Erlernen der Injektion an Ganglien, Nerven und Gefäßen.
- *Kurs V:*
  Diagnostisches und therapeutisches Vorgehen bei verschiedenen Erkrankungen, Risikoabwägung, Grenzbereiche der neuraltherapeutischen Behandlung, Scheitern der Neuraltherapie, Hinweise auf weitere regulationstherapeutische Verfahren.

Preise

- Kursgebühr: jeweils DM 390,- (Mitglieder: DM 290,-).

Kontakt

- *Internationale medizinische Gesellschaft für Neuraltherapie nach Huneke - Regulationstherapie e.V.*
  Alfredstraße 21
  72250 Freudenstadt
  Tel: 07441-2151
  Fax: 07441-87830

Ordnungstherapie

Als Ordnungstherapie bezeichnet man körperorientierte psychotherapeutische Methoden im Rahmen der Kneipp-Therapie (z.B. Ausgleichsübungen, Entspannungsübungen, Autogenes Training, Meditation). Nach Kneipp sollen diese Methoden auch zur Harmonisierung der Lebensrhythmen führen.

Orthobionomie

Zentrale These dieser von der manuellen Medizin abgeleiteten Therapieform ist die Vorstellung, daß alle Krankheitsymptome biologisch sinnvoll sind und Ausdruck einer Kompensation oder einer Fehlinterpretation sind. Die Methode weist ferner inhaltlich Bezüge zum japanischen Judo, zur Auraarbeit u.ä. auf. Ursprung dieser weichen manuellen Therapie ist die amerikanische Osteopathie. Praktisch umgesetzt bedeutet dies, daß die Behandlungstechniken nie gegen das Symptom, sondern immer in Richtung auf die freie, uneingeschränkte Bewegung erfolgen. Dem Körper soll derart die Fehlanpassung „bewußt" gemacht werden. Anwendungsbereiche sind funktionelle Bewegungsstörungen, psychosomatische Störungen, vegetative Störungen. Das Verfahren weist hier auch Parallelen zur Kranio-Sakralen Therapie auf, wobei es weniger verbreitet ist.

B120
ORTHOBIONOMIE

Allgemeines

- Die Ausbildung ist für jeden zugänglich, wird aber überwiegend im therapeutisch-medizinischen Bereich angewandt.
- Es gibt verschiedene Ausbildungsrichtlinien. Das freie Kursangebot umfaßt Grundkurs, die Chapman-Kurse und das Residential. Die Behandlerausbildung erfordert Absolvierung der Kurse 1 bis 10, das Residential sowie den Nachweis von 50 Behandlungen an mindestens 10 Personen und Prüfung. Die Therapeutenausbildung umfaßt alle Kurse sowie den Nachweis von 150 Behandlungen an mindestens 20 Personen und Prüfung.
- Die Kurse 2 und 3 können nur zusammen gebucht werden.
- Voraussetzung für die Teilnahme an den Kursen 11 bis 14 und 17 ist das Absolvieren von zwei Kursen in struktureller und dynamischer Technik. Auch muß seit dem Ende des ersten Kurses mindestens ein Jahr vergangen sein.
- Die Kurse werden jährlich 1 bis 3 mal abgehalten und erstrecken sich jeweils über ein Wochenende (Fr. 19.00 bis So. 13.00 Uhr).
- Kursorte sind Rottenburg, Eisleben und Bochum.

Ausbildungsinhalte

- *Grundkurs*
  Einführung, Grundtechniken an HWS, BWS, LWS, Becken, exemplarische Beispiele der Extremitätentherapie und der Reflexpunktbehandlung.
- *Kurs 1: Strukturelle Techniken*
  Diagnostik und Techniken an HWS, BWS, Thorax, Sternum, 1., 11. und 12. Rippe, Klavikula; Theorie.
- *Kurs 2: Strukturelle Techniken*
  LWS in drei Techniken, Sakrum, Steißbein, Beckenring, Psoas, Narben, Schultergürtel.
- *Kurs 3: Strukturelle Techniken*
  Kurze Wiederholung, Füße, OSG, Knie, Patella, Femurrotation, Ellenbogen, Handgelenk, Hände.
- *Kurs 4: Emotionen und Ethik*
  Selbst- und Frühwahrnehmung, Frühzeichen emotionaler und vegetativer Reaktion, Therapiestrategien, Ethik der Orthobionomie.
- *Kurs 5: Dynamische Techniken*
  Verbindung von Struktur und Bewegung, On Going-Action, Regret-Reflex, Zwerchfell und Bauchdecken, Ear-Balancing, Narben.
- *Kurs 6: Kombinationstechniken*
  HWS, BWS in Rückenlage, Thorax, Aufbau von Therapiesitzungen.
- *Kurs 7: Chapman Reflexe 1, Haltungsarbiet*
  Therapie des Bewegungsapparates und innerer Organe über Chapman-Punkte, Theorie und Praxis, Selbstbehandlung, Haltungsarbeit.
- *Kurs 8: Dynamische Techniken*
  Spontanbewegung und Körperarbeit, Beckenschaufel, Sakrum in Rückenlage, Coccyx-Reflex, Rebound-Reflex, Follow on Response, Augen (Eye-Balancing).

- *Kurs 9: Kombinationstechniken*
  Theorie, Becken, Sprunggelenk, Knie, LWS in Rückenlage, Tiger Mamas Grip, Aufbau einer Therapiesitzung.
- *Kurs 10: Chapman Reflexe 2, Isotonie/Isometrie*
  Behandlung der vegetativen und hormonellen Regulation über Chapman-Punkte, isotonische und isometrische Techniken für WS und Extremitäten.
- *Kurs 11: Energetische Techniken*
  Theorie, Übungen zur Wahrnehmung energetischer Phänomene, Aura-Arbeit in der Therapie.
- *Kurs 12: Energetische Techniken*
  Wahrnehmungsübungen, Behandlungstechniken, Integration der Behandlungsebenen, Aura und Emotion.
- *Kurs 13: Viszerale Techniken*
  Behandlung innerer Organe nach den Prinzipien der Orthobionomie.
- *Kurs 14: Grundtechniken am Kranium*
  Theorie des kraniosakralen Systems, Indikationen und Therapie mit strukturellen und dynamischen Techniken.
- *Kurs 15: Funktionelle Bewegungsprüfung*
  Theorie und Praxis der „Exploration of Movement Patterns" in Diagnostik und Therapie, Haltungsarbeit.
- *Kurs 16: Grundlagen der therapeutischen Kommunikation und Interaktion*
  Nach Prinzipien der Orthobionomie, Körpersprache, Refraiming.
- *Kurs 17: Emotionen und Ethik*
  Therapie der Folgen von Schock und Trauma, Ethik der Ortho-Bionomie, Mißbrauchsproblem in der Therapie.
- *Residential: 5-Tage Intensiv-Seminar*
  Praxis und Therapiekonzepte der Orthobionomie, Selbsterfahrung, Einführung und Wiederholung aller Grundtechniken, Kombination der Behandlungsebenen, Erweiterungen, Sonderthemen (Voraussetzung: mindestens zwei strukturelle Kurse).

Preise

- Die Kursgebühr beträgt jeweils DM 360,-.
- Das Residential kostet DM 600,-.

Kontakt

- *Michaela Wiese*
  Buttenwegle 10,
  72108 Rottenburg
  Tel: 07472-24796
  Fax: 07472 -24031

Ozontherapie

Hierbei wird frisch erzeugtes Ozon (O_3) in Kombination mit Sauerstoff intramuskulär, intravasal oder lokal angewandt. Die Wirkungen des Ozon sind bakterizid, fungizid und virostatisch. Es wird daher zur Desinfektion offener Wunden verwendet. Außerdem besitzt es durchblutungsfördernde Eigenschaften, die man zur Behandlung von Durchblutungsstörungen zu nutzen sucht. Weitere Anwendungsformen sind die kleine und große Behandlung, bei der kleine oder größere Mengen Blut entnommen und mit Ozon angereichert werden. Anschließend wird dieses Blut intramuskulär bzw. per Infusion wieder dem Patient zugeführt. Rektale Anwendungen bei entzündlichen Darmerkrankungen oder intraartikuläre Injektion bei entsprechenden Erkrankungen kommen ebenfalls vor.

B121
Ozontherapie

Allgemeines

- Anwendungsbereiche sind Durchblutungsstörungen, viral bedingte Erkrankungen, infizierte und schlecht heilende Wunden, entzündliche Prozesse, Adjuvans bei malignen Prozessen.
- Anwendungsformen sind die Eigenblutbehandlung mit ozon-angereichertem Blut, die äußere Behandlung, die rektale Ozonverabreichung und die intraartikuläre Injektion.
- Insgesamt werden jährlich etwa 50 Seminare und mindestens zwei wissenschaftliche Kongresse, auf denen die neuesten Erkenntnisse besprochen werden, abgehalten.
- Kursorte sind Magdeburg, Neuss, Bad Aibling, Freudenstadt (Ärztlicher Fortbildungskongress für Naturheilverfahren), München, und Baden-Baden (Medizinische Woche).
- Das Thema der Abrechnungsmöglichkeiten ist Bestandteil des Kurses.
- Eine Anerkennung des Kurses als Bestandteil der Weiterbildung zur Erlangung einer Zusatzbezeichnung ist nicht möglich.

Ausbildungsinhalte

- Theoretische Vorbemerkungen.
- Demonstrationen der einzelnen Anwendungsarten.
- Medizinische Anwendungen.
- Medikamentöse Zusatzbehandlung und Kombination mit anderen Therapien.
- Ozon-Anwendung bei einzelnen Krankheitsbildern.
- Abrechnungsfragen.
- Versicherungsfragen.

Preise

- Kursgebühr für Nichtmitglieder: DM 220,-; für Mitglieder: DM 170,-.

Kontakt

- *Ärztliche Gesellschaft für Ozonanwendung in Prävention und Therapie*
  Nordring 8
  76473 Iffezheim
  Tel: 07229-304617
  Fax: 07229-304630

Physikalische Regulationstherapien

Bei diesem therapeutischen Konzept soll über eine Optimierung von Regulationsvorgängen eine Heilung oder zumindest Verbesserung durch Ökonomisierung der jeweiligen Funktion erreicht werden.

B122
PHYSIKALISCHE REGULATIONSTHERAPIEN

Allgemeines

- Zielgruppe sind Ärzte, Heilpraktiker und Physiotherapeuten.
- Kursort ist Ichenhausen bei Günzburg.
- Kurszeiten: Freitag, 10.00 bis Sonntag, 12.30 Uhr.
- Die Seminare sind ineinander abgeschlossen, bauen jedoch thematisch aufeinander auf.
- Die Seminare werden jeweils etwa einmal jährlich angeboten.
- Eine Anerkennung des Kurses auf die Weiterbildung zur Erlangung einer Zusatzbezeichnung ist nicht möglich.

Ausbildungsinhalte

- *Seminar A:*
  Akupunktur und Fünf-Elemente-Lehre in ihrer diagnostischen und therapeutischen Gesamtheit, Zusammenspiel von Meridianen und Chakren in ihren Funktionen, Regulationsmechanismen des Säure-Basen-Gleichgewichts.
- *Seminar B:*
  Neuzeitliche Krankheitsbetrachtungen im Zusammenhang mit Körper, Geist und Seele, Diagnostik von Kolloidzuständen in den physischen, geistigen und Bewußtseinsebenen, Topographie von CCT-Bildern.
- *Seminar C:*
  Das ontogenetische System der Tumorerkrankungen, praktisches und theoretisches Arbeiten mit der Kranio-Sakral-Therapie und Körperosteopathien.
- *Seminar D:*
  „Neue Medizin" nach Dr. Hamer, Therapietechniken der Levitationsenergie, Fallbeispiele mittels CCT-Diagnostik, grenzwissenschaftliche „News"-Themen.

Preise

- Die Kosten pro Seminar belaufen sich auf DM 620,-.
- Für einen zweiten Teilnehmer aus der gleichen Arzt- oder Therapiepraxis wird ein Preisnachlaß von 50% gewährt.
- Für Kurswiederholer beträgt die Gebühr DM 420,-.

Kontakt

- *Ausbildungs- und Therapiecenter*
  Erwin Schrecker
  Herrenberg 7
  89312 Günzburg-Reisenburg
  Tel: 08221-8541

Phytotherapie

Die Phytotherapie geht von der direkten, experimentell belegbaren und reproduzierbaren Beeinflussung von Symptomen aus. Sie unterscheidet sich hierbei von der Homöopathie und von den anthroposophischen Ansätzen der Behandlung mit Pflanzen. In der Phytotherapie stehen sich Schul- und Volksmedizin am nächsten. Auch hier treten Nebenwirkungen auf, sind mutagene, teratogene und kanzerogene Wirkungen von Arzneien möglich.

B123
Chinesische Kräuterrezepturen für häufige Erkrankungen

Allgemeines

- Nur für Ärzte bzw. Studenten im PJ.
- Voraussetzung ist die Grundausbildung der DÄGfA bis Kursus Innere 2.
- Kursort ist Ismaning bei München.
- Die Kursdauer beträgt für die 4 Kursteile jeweils 3 Tage.
- Die Kursreihe findet in Zusammenarbeit mit „The Anglo-Dutch Institute for Oriental Medicine" statt.
- Der Kurs wird nicht auf die Weiterbildung zur Erlangung einer Zusatzbezeichnung angerechnet.

Ausbildungsinhalte

- *Kursteil 1:*
  Einführung der einzelnen Drogen, chinesische Materia Medica, Energetik der einzelnen Kräuter, psychologische und spirituelle Aspekte.
- *Kursteil 2:*
  Klassische chinesische Kräuterrezepturen, neuzeitliche Forschungsergebnisse.
- *Kursteil 3:*
  Krankheitsbildbezogene Diskussion der einzelnen Kräuterrezepturen: Innere, psychosomatische und Bewegungsapparat-Erkrankungen.
- *Kursteil 4:*
  Fallbesprechungen, Patientenuntersuchungen und angepaßte Rezepturauswahl.

Preise

- Die Kurse kosten DM 1.900,- pro Jahr (für Mitglieder der DÄGfA oder „The Anglo-Dutch Institute for Oriental Medicine", Wehrpflichtige, Studenten, ÄiP und arbeitslose Ärzte: DM 1.750,-).
- Ermäßigungen sind nur bei Vorlage einer entsprechenden Bescheinigung möglich.
- Es sind nur Gesamtbuchungen für 1 Jahr möglich.

Kontakt

- *Deutsche Ärztegesellschaft für Akupunktur e.V.*
  Raglovichstraße 14
  80637 München
  Tel: 089-1596266
  Fax: 089-1596255

B124
Chinesische Phytotherapie

Allgemeines

- Nur für Ärzte bzw. Studenten im PJ.
- Der Kursus ist geeignet für Anfänger und auch für Absolventen der zweijährigen Phytotherapie-Reihe.
- Kursort ist Hamburg.
- Die Kursdauer beträgt 2,5 Tage.
- Der Dozent (Jeremy Ross) besitzt eine 20jährige Akupuntur- und Phytotherapie-Erfahrung. Er unterrichtet als Direktor des schwedischen Institutes für Alternativmedizin in Europa, USA und Kanada.
- Der Kurs wird nicht auf die Weiterbildung zur Erlangung einer Zusatzbezeichnung angerechnet.

Ausbildungsinhalte

- Der Kursus vermittelt die drei wichtigsten Voraussetzungen für eine effektive chinesische Phytotherapie: die korrekte Differenzierung des Syndroms, die Auswahl der Rezeptur und deren individuelle Modifikation

Preise

- Die Kurse kosten DM 800,- (für Mitglieder der DÄGfA, Wehrpflichtige, Studenten, ÄiP und arbeitslose Ärzte: DM 600,-).
- Ermäßigungen sind nur gegen Vorlage einer entsprechenden Bescheinigung möglich.

Kontakt

- *Deutsche Ärztegesellschaft für Akupunktur e.V.*
  Raglovichstraße 14
  80637 München
  Tel: 089-1596266
  Fax: 089-1596255

B125

PHYTOTHERAPIE BEI DER HEILPRAKTIKER-SCHULE LOTZ

Allgemeines

- Die Ausbildung wendet sich an Anfänger, so daß Vorkenntnisse nicht erforderlich sind.
- Ausbildungsdauer: 1 Jahr.
- Kurszeiten: Dienstag, 18.00 bis 21.00 Uhr.
- Kursort: München.
- Die Ausbildung entspricht den Vorgaben im Lehrfach Phytotherapie. Eine Anrechnung auf die Weiterbildung zur Erlangung der Zusatzbezeichnung Naturheilverfahren ist jedoch nicht möglich.

Ausbildungsinhalte

- Was ist wissenschaftliche Phytotherapie?
- Galenik.
- Rezepturlehre.
- Spezifische phytotherapeutische Therapie der verschiedensten Krankheitsbilder.
- Monographien der Heilpflanzen.
- Rezepturbeispiele.
- Therapiekonzepte.

Preise

- Die Gebühr beträgt DM 220,-/Monat.
- Kombinationen mit anderen Angeboten der Heilpraktikerschule Lotz führen zu einem Preisnachlaß (2 Fächer: DM 260,-/Monat, 3 Fächer: DM 320,-/Monat, 4 Fächer: DM 380,-/Monat).

Kontakt

- *HP-Schule Lotz*
  Prielmayerstraße 3
  80335 München
  Tel.: 089-593962
  Fax: 089-558529

B126
PHYTOTHERAPIE NACH CHINESISCHER UND JAPANISCHER ART (KAMPO)

Allgemeines

- Nur für Ärzte bzw. Studenten im PJ.
- Voraussetzung sind die Grundkurse 1, 2 und 3 sowie Innere 1 und 2 der DÄGfA-Grundausbildung.
- Der Kurs besteht aus 4 Teilen (Kampo 1 bis 4).
- Kursorte sind Freudenstadt (Kampo 1) und München (Kampo 2 bis 4).
- Die Kursdauer beträgt jeweils 2 Tage (Kampo 1 und 2: je 24 Stunden, Kampo 3 und 4: je 12 Stunden).
- Der Kurs wird nicht auf die Weiterbildung zur Erlangung einer Zusatzbezeichnung angerechnet.

Ausbildungsinhalte

- *Kampo 1:*
  Grundlagen der traditionellen fernöstlichen Medizin mit Schwerpunkt auf der japanischen Praxis: 4 diagnostische Methoden, japanische Bauchdeckendiagnostik, Qi und Blut, Konstitutionsbehandlung, Qi und Blut mit japanischer Akupunktur und Phytotherapie; voraus geht ein obligatorischer und kostenloser Einführungskurs.
- *Kampo 2:*
  Physiologie und Pathologie der Funktionskreise aus Sicht der Kampo-Medizin; indizierte Kräuterrezepturen japanischer Art.
- *Kampo 3:*
  Anwendung japanischer konstitutioneller Akupunktur und Phytotherapie bei Kopfschmerzen.
- *Kampo 4:*
  Anwendung japanischer konstitutioneller Akupunktur und Phytotherapie bei Erkrankungen des rheumatischen Formenkreises.

Preise

- Die Kampo 1 und 2 kosten DM 760,- (für Mitglieder der DÄGfA, Wehrpflichtige, Studenten, ÄiP und arbeitslose Ärzte: DM 560,-).
- Die Kampo 3 und 4 kosten DM 380,- (für Mitglieder der DÄGfA, Wehrpflichtige, Studenten, ÄiP und arbeitslose Ärzte: DM 280,-).
- Ermäßigungen sind nur gegen Vorlage einer entsprechenden Bescheinigung möglich.

Kontakt

- *Deutsche Ärztegesellschaft für Akupunktur e.V.*
  Raglovichstraße 14
  80637 München
  Tel: 089-1596266
  Fax: 089-1596255

Praxis der ganzheitlichen Therapie von Hauterkrankungen

B127

PRAXIS DER GANZHEITLICHEN THERAPIE VON HAUTERKRANKUNGEN

Allgemeines

- Gerichtet an Ärzte aller Gebiete mit Interesse an ganzheitlicher Therapie von Hauterkrankungen.
- Termine: April und Oktober.
- Unterrichtszeiten: Samstag, 10.00 bis 13.00 und 15.00 bis 19.00 Uhr; Sonntag, 9.00 bis 14.00 Uhr.
- Kursort: Bad Wörishofen.
- Der Kurs wird nicht auf die Weiterbildung zur Erlangung einer Zusatzbezeichnung angerechnet.

Ausbildungsinhalte

- Hautsymptome und Allergien aus ganzheitlich-psychosomatischer Sicht.
- Grundlagen der Diagnostik häufiger Hauterkrankungen.
- Sinnvolle Anwendung naturheilkundlicher Verfahren bei den wichtigsten Hauterkrankungen.
- Diagnostik und klinische Bedeutung von Allergien.
- Möglichkeiten und Grenzen alternativer Therapieformen bei Allergien.
- Naturheilkundliche Kosmetik.
- Praktische Übungen.

Preise

- Kursgebühr: DM 350,-.
- ÄiP, arbeitslose Ärzte und Mitglieder im Kneipp-Bund zahlen gegen Vorlage einer entsprechenden Bescheinigung DM 300,-.

Kontakt

- *Ärztliches Fortbildungszentrum an der*
  Sebastian-Kneipp-Akademie
  Adolf Scholz Allee 6-8
  86825 Bad Wörishofen
  Tel: 08247-3002-156 (-155)

Propriozeptive Neuromuskuläre Facilitation

Bei dieser Bewegungstherapie werden Bewegungen unter Ausnutzung von Stell-, Haltungs- und Dehnungsreflexen gebahnt. Die Propriozeptorenstimulation soll die Leistung des neuromuskulären Systems fördern und Bewegungsabläufe verbessern. Dabei treten die Gesetze der sukzessiven Induktion (Reaktionserhöhung eines Antagonisten direkt nach isometrischer Agonistenkontraktion) und der reziproken Innervation (Antagonistenhemmung bei Agonistenaktivierung) in Kraft. Anwendungsbereiche sind Lähmungen nach infantiler Zerebralparese oder Apoplex und nun auch die postoperative Nachbehandlung und orthopädische Erkrankungen.

B128
PNF-Lehrgang (Propriozeptive Neuromuskuläre Facilitation)

Allgemeines

- Für Ärzte, Heilmasseure, Dipl. Physiotherapeuten, Krankengymnasten, Heilpraktiker, Masseure und med. Bademeister.
- Die Kurse sind nur zusammen belegbar.
- 120 Unterrichtsstunden.
- Für Masseure zur Abrechnung mit den Berufsgenossenschaften als eigener Abrechnungsposten anerkannt.
- Für Krankengymnasten generell zur Abrechnung mit den Sozialversicherungsträgern anerkannt. Für Ärzte muß dies im Einzelfall mit den Kassen geklärt werden.
- Eine Anrechnung des Kurses auf die Weiterbildung zur Erlangung der Zusatzbezeichnung Chirotherapie ist nicht möglich.

Ausbildungsinhalte

- Training komplexer Bewegungsabläufe.

Preise

- Kurs I: DM 700,-.
- Kurs II und Kurs III: DM 1.400,-.

Kontakt

- *Dr. Vodder Schule - Walchsee*
  Alleestraße 30
  6344 Walchsee
  Österreich
  Tel: 0043-5374-5245-0
  Fax:0043-5374-5245-4

Qi Gong/Taiji

Atem- und Meditationstherapie der TCM. Der chinesische Arzt Hua-Tao (um 200 n.Chr.) war von der Gesundheit der Tiere beeindruckt und führte dies auf bestimmte Bewegungsfolgen zurück, die er auf den Menschen übertrug (Kranich, Affe, Tiger, Hirsch, Bär). Das Qi Gong hat einen regulierenden Einfluß auf das vegetative Nervensystem und ähnelt damit dem autogenen Training.

B129
Qi Gong/Taiji (bei SMS)

Allgemeines

- Die Seminarzeiten sind Samstag, 10.00 bis 13.00 Uhr und 14.30 bis 17.30 Uhr sowie Sonntag, 10.00 bis 14.00 Uhr.
- Kursort ist München.
- Eine Alternative zu den Grundkursen bildet die Teilnahme an fortlaufenden Kursen, die dreimal jährlich beginnen.
- Es empfiehlt sich, die Vertiefungskurse und das Praxisseminar zweimal zu belegen.
- Zum Erwerb der Lehrerlaubnis müssen 250 Stunden innerhalb 2 Jahren genommen werden.
- Die Grundkurse dauern insgesamt 140 Stunden.
- Im ersten Jahr soll mit höchstens zwei Grundübungen begonnen werden.
- Die theoretischen Kurse erstrecken sich über 40 bis 50 Stunden, die Praxisseminare über 20 Stunden und die Hospitationsstunden über 30 bis 50 Stunden.
- Eine Anerkennung der Kurse auf die Weiterbildung zur Erlangung einer Zusatzbezeichnung ist nicht möglich.

Ausbildungsinhalte

Grundkurse
- *Grundkurs 1:* Kranich-Übungen.
- *Grundkurs 2:* Acht-Brokat-Übungen.
- *Grundkurs 3:* Sechs-Laute.
- *Wiederholungskurs 1:* Kranich/Acht-Brokat-Übungen.
- *Grundkurs 4:* Übungen im Gehen (Funktionsbereich Leber).
- *Wiederholungskurs 2:* Sechs-Laute.

Vertiefung
- *Vertiefung 1:* Kranich-Übungen.
- *Vertiefung 2:* Acht-Brokat-Übungen.
- *Vertiefung 3:* Sechs-Laute.
- *Vertiefung 4:* Übungen im Gehen.
- *Praxisseminar*

Theoretische Kurse

- Grundseminar Diagnostik (vgl. SMS-Hauptprogramm).
- Systematische Akupunktur (vgl. SMS-Hauptprogramm).
- Theorie und Technik des Qi Gong.
- Bewegungsphysiologie im Qi Gong.

Preise

- Die Kursgebühr beträgt jeweils DM 300,- (Mitglieder: DM 220,-).

Kontakt

- *Societas Medicinae Sinensis (SMS)*
  Internationale Gesellschaft für Chinesische Medizin e. V.
  Franz-Joseph Str. 38
  80801 München

Qigong Yangsheng

Unter Qigong Yangsheng versteht man gesundheitsfördernde Übungen der traditionellen chinesischen Medizin. Bestimmte Körperhaltungen und Bewegungen sollen physiologische und psychische Funktionen regulieren und stärken. Qigong Yangsheng basiert auf einer uralten chinesischen Tradition. Die Methode leitet sich aus den gleichen Konzepten ab, die auch der Akupunktur zugrunde liegen. Anwendungen in der Medizin findet Qigong in den Bereichen Prävention, Behandlung chronischer Erkrankungen, Beschwerdelinderung bei schwer heilbaren Krankheiten und bei Rehabilitation.

B130
Medizinische Gesellschaft für Qigong Yangsheng

Allgemeines

- Drei- oder mehrtägige Kurse werden vom Kultusministerium NRW als Bildungsurlaub anerkannt.
- Jeder Kursteil wird drei- bis fünfmal jährlich angeboten.
- Kursorte sind Kassel, Frankfurt, Hannover, Hamburg, Zürich, München, Köln, Bonn, Braunschweig, Mörfelden und Freudenstadt.
- Die Weiterbildungskurse werden 3 Stunden täglich von Prof. Jiao Guorui gehalten.
- Einmal jährlich lädt die Gesellschaft für Qigong Yangsheng die Absolventen der Grundausbildung und Teilnehmer der Lehrgänge bei Prof. Guorui kostenlos zum gemeinsamen Üben und Erfahrungsaustausch ein. Hier ist allerdings eine verbindliche Anmeldung 6 Wochen vor Beginn notwendig.
- Die Gesellschaft verfügt über eine zum Thema reichlich ausgestattete Bibliothek, die Interessenten nach Absprache zur Verfügung steht.
- Eine Anerkennung der Kurse auf die Weiterbildung zur Erlangung einer Zusatzbezeichnung ist nicht möglich.

Ausbildungsinhalte

- Die Grundausbildung erstreckt sich über 60 Kurstage mit 341 Zeitstunden über mindestens 2 Jahre.
- Kurszeiten sind jeweils: 9.00 bis 12.00 und 15.00 bis 18.00 Uhr (am letzten Tag: 14.00 bis 16.00 Uhr); Kurse unter Leitung von Prof. Guorui: 8.00 bis 11.00 und 13.00 bis 15.00 Uhr.
- Es ist sinnvoll, die Ausbildung mit den „15 Ausdrucksformen des Taiji-Qigong" (Teil 1 bis 4; 2 mal 2, 1 mal 3 und 1 mal 5 Kurstage) oder mit den Acht-Brokat-Übungen (Teil 1 bis 4; 2 mal 2, 1 mal 3 und 1 mal 5 Kurstage) zu beginnen. Daran sollte sich das Spiel-der-fünf-Tiere (Teil 1 bis 6; 3 mal 2, 2 mal 3 und 1 mal 5 Kurstage) anschließen.

- Die Kurse in traditioneller chinesischer Medizin (TCM 1 und 2; je 3 Kurstage) können am besten nach dem Erlernen mindestens einer Übungsmethode jederzeit absolviert werden.
- Die Aufbaukurse (je 4 Kurstage) bilden den letzten Teil der Grundausbildung vor dem Abschlußseminar (5 Kurstage).
- Die Weiterbildung umfaßt ebenfalls 60 Kurstage, die in mindestens 2 Jahren abgeleistet werden.
- Die Weiterbildungskurse können in beliebiger Folge belegt werden, wobei lediglich auf die Reihenfolge (Einführung-Wiederholung-Vertiefung) zu achten ist. Dabei gelten folgende Voraussetzungen:
  - Vertiefung der Acht-Brokat-Übungen: längere Übungspraxis in den Acht-Brokat-Übungen;
  - Aufnahme des Qi zur Kultivierung der Lebenskraft (Fuqi Yangsheng Fa): mindestens ein Kurs in Fuqi Yangsheng Fa und längere Übungspraxis darin;
  - Vertiefung der 15 Ausdrucksformen des Taiji-Qigong: längere Übungspraxis in den 15 Ausdrucksformen (Kursteile 1 bis 3);
  - Vertiefung der Sechs-Laute-Methode: ein Kurs in der Sechs-Laute-Methode und längere Übungspraxis;
  - Vertiefung der Übung Spiel-der-fünf-Tiere: längere Übungspraxis im Spiel-der-fünf-Tiere;
  - Vertiefung der Übung Stehen-wie-ein-Pfahl: ein Kurs in dieser Übung und längere Übungspraxis.
- Während der Weiterbildung sind zwei Erfahrungsberichte und eine Abschlußarbeit zu erstellen.
- Die Weiterbildung beinhaltet die Vertiefung von 15 Ausdrucksformen des Taiji-Qigong, Acht-Brokat-Übungen, Spiel-der-fünf-Tiere, die Tuna-Methode und ein Abschlußseminar (je 5 Kurstage).
- Zusätzlich besteht die Wahl zwischen zwei Schwerpunkten:
  a) Fuqi Yangsheng Fa (Fuqi Yangsheng Fa (30 Kurstage), Stehen-wie-ein-Pfahl (5 Kurstage), 6-Laute-Methode (5 Kurstage));
  b) Stehen-wie-ein-Pfahl/Sechs-Laute-Methode (Stehen-wie-ein-Pfahl (20 Kurstage), 6-Laute-Methode (15 Kurstage), Fuqi Yangsheng Fa (5 Kurstage)).

Preise

- 2-Tages-Kurse: DM 280,- (für Mitglieder: DM 240,-).
- 3-Tages-Kurse: DM 420,- (für Mitglieder: DM 360,-).
- 4-Tages-Kurse: DM 560,- (für Mitglieder: DM 480,-).
- 5-Tages-Kurse: DM 700,- (für Mitglieder: DM 600,-).

Kontakt

- *Medizinische Gesellschaft für Qigong Yangsheng e.V.*
  Herwarthstraße 21
  53115 Bonn
  Tel: 0228-696004
  Fax: 0228-696006

Regulationsthermographie

Seit den frühen fünfziger Jahren wird versucht, durch Strahlungsfühler, die in einem gewissen Abstand zur Haut die abgestrahlten Infrarotwellen aufzeichnen, eine exaktere Temperaturmessung zu ermöglichen und so ein neues diagnostisches Verfahren zu entwickeln (Thermographie). Die Thermographie gilt als echte Vorsorgemethode, da zahlreiche Untersuchungen gezeigt haben sollen, daß sich das individuelle Thermogramm bereits vor Ausbruch der eigentlichen Krankheit in charakteristischer Weise verändert. So werden die Messungen auch immer in den viszero-kutanen Reflexzonen durchgeführt, da sich eine Veränderung in dem entsprechenden Organ in einer thermographisch erfaßbaren Veränderung dieser Hautregion manifestieren soll. Führt man mindestens zwei Thermogramme durch und setzt dazwischen einen Abkühlungsreiz, erhält man eine Aussage über die Regulationsfähigkeit und somit ein Regulationsthermogramm. Die Thermographie ist delegierbar, für den Patienten nicht invasiv oder unangenehm und beliebig oft wiederholbar.

B131
Regulationsthermographie

Allgemeines

- Kursort ist Waldbronn.
- Der Kurs erstreckt sich über einen Tag.
- Der Kurs geht neben dem reinen Inhalt auch auf apparative, räumliche und personelle Vorausetzungen zur Anwendung dieser Methode ein.
- Hinweise zur Abrechnung werden ebenfalls vermittelt.
- Eine Anerkennung der Kurse auf die Weiterbildung zur Erlangung einer Zusatzbezeichnung ist nicht möglich.

Ausbildungsinhalte

- Kurze Einführung in die Wärmephysiologie und Wärmeregulation.
- Reaktionstypen im Regulationsthermogramm.
- Normale, eingeschränkte und überschießende Regulationstypen, Regulationsstarre.
- Erfassung von (präklinischen) Organstörungen und Organerkrankungen.
- Das Sekundenphänomen.
- Immunstatus und Immundysbalance.
- Praktische Durchführung und Patientendemonstration.

Preise

- DM 300,- für Ganztagskurs.

Kontakt

- *Deutsche Gesellschaft für Thermographie*
  Rheinstraße 7
  76337 Waldbronn
  Tel: 07243-66022
  Fax: 07243-65949

Rückenschulen

B132
RÜCKENSCHULE AN DER SEBASTIAN-KNEIPP-AKADEMIE

Allgemeines

- Der Kurs dauert 6 Stunden.
- Kursort ist Bad Wörishofen.
- Der Kurs findet begleitend als Abendveranstaltung zur Ausbildung in Naturheilverfahren an der Sebastian Kneipp Akademie, Kurs 1, statt, ist jedoch auf diesen nicht anrechenbar.

Ausbildungsinhalte

- Richtiges, ergonomisches Alltagsverhalten, funktionelle Gymnastik, Kräftigungs- und Dehnungsübungen, Körperwahrnehmung und Entspannung, spielerische und gruppendynamische Elemente.

Preise

- Die Kursgebühr beläuft sich auf DM 100,-.

Kontakt

- *Ärztliches Fortbildungszentrum an der*
  Sebastian-Kneipp-Akademie
  Adolf Scholz Allee 6-8
  86825 Bad Wörishofen
  Tel: 08247-3002-156 (-155)

B133
Rückenschule bei Dr. Vodder

Allgemeines

- Für Ärzte, Heilmasseure, Dipl. Physiotherapeuten, Krankengymnasten, Heilpraktiker, Masseure und med. Bademeister.
- Die Themen entsprechen den vom Zentralverband für Krankengymnasten (ZVK) und den Krankenkassen in Deutschland entwickelten Inhalten.
- Mit absolvierter Prüfung entspricht man den Erfordernissen des Verbandes aller physiotherapeutischen Berufe (VPT).
- 1 Woche und 1 Wochenende für Prüfung bzw. 65 Unterrichtsstunden.
- Kurszeiten: Montag, 9.00 bis Samstag 12.00 Uhr.
- Eine Anrechnung des Kurses auf die Weiterbildung zur Erlangung einer Zusatzbezeichnung ist nicht möglich.

Ausbildungsinhalte

- Vermittlung medizinischer, gymnastischer und didaktischer Grundlagen, die zur eigenständigen Organisation und Durchführung von Rückenschulkursen befähigen.
- Diagnostik und Therapie.
- Schmerzbewältigung.
- Entspannungstechniken (u.a. progressive Muskelrelaxation nach Jacobson).
- Test auf Muskelverkürzungen.
- Muskeleigendehnungen.
- Bandscheibengerechtes Verhalten.

Preise

- Kursus: DM 800,-.
- Prüfung: DM 150,-.

Kontakt

- *Dr. Vodder Schule - Walchsee*
  Alleestraße 30
  6344 Walchsee
  Österreich
  Tel: 0043-5374-5245-0
  Fax: 0043-5374-5245-4

B134
Weiterbildung zum Rückenschulleiter

Allgemeines

- Für Ärzte oder fertige Krankengymnasten, Physiotherapeuten.
- Die Ausbildung erstreckt sich über 60 Unterrichtsstunden.
- Kursort ist die Klinik Bavaria in Schaufling.
- Nach erfolgreichem Abschluß mit bestandener schriftlicher und praktischer Prüfung wird die Erlaubnis zum Betreiben einer Rückenschule erteilt.
- Die Kursdauer beträgt 2 mal 3 Tage.
- Krankenkassen und Berufsgenossenschaften erkennen diesen Kurs als Lehrgang zum Rückenschulleiter an. Weitere Anforderungen sind eine mindestens dreistündige, kursbegleitende Hospitation in einer Rückenschule (neue Bundesländer: innerhalb von sechs Monaten).

Ausbildungsinhalte

- Allgemeine und medizinische Grundlagen.
- Allgemeine und spezielle Trainingslehre.
- Theorie und Praxis der Muskelfunktionsprüfung auf Beweglichkeit.
- Eignung von Sportarten bzw. einzelner Sportaktivitäten bei Rückenproblemen.
- Praktische Umsetzung, Perspektiven und Möglichkeiten des Freiberuflers.
- Rückenschule im Betrieb.
- Psychische und psychosoziale Sachverhalte.

Preise

- Die Kursgebühr beträgt DM 960,-.
- Mitglieder im Bundesverband der deutschen Rückenschulen zahlen DM 800,-.
- Jahresbeitrag beim Bundesverband der deutschen Rückenschulen: etwa DM 100,-.

Kontakt

- *Orthopädisch-Neurologisches Rehabilitationszentrum*
  Klinik Bavaria
  94571 Schaufling
  Tel: 09904-770
  Fax: 09904-7299

Schlingentischtherapie

B135
SCHLINGENTISCHTHERAPIE

Allgemeines

- Für Ärzte, Heilmasseure, Dipl. Physiotherapeuten, Masseure, med. Bademeister, Krankengymnasten, Heilpraktiker.
- 4 Tage bzw. 40 Unterrichtsstunden.
- Kurszeiten: Montag, 8.30 bis Freitag 17.00 Uhr.
- Abschließende Prüfung.
- Abrechnung möglich.
- Eine Anrechnung des Kurses auf die Weiterbildung zur Erlangung der Zusatzbezeichnung Chirotherapie ist nicht möglich.

Ausbildungsinhalte

- Technik der Aufhängungen.
- Grundlagen.
- Physiologie der manuellen Techniken.
- Übungen, Patterns, Tests.
- Traktionen, milde Extensionen.
- Manuelle Therapie.
- Inhibitionstechniken.

Preise

- DM 700,- für den Kurs.

Kontakt

- *Dr. Vodder Schule - Walchsee*
  Alleestraße 30
  6344 Walchsee
  Österreich
  Tel: 0043-5374-5245-0
  Fax: 0043-5374-5245-4

Segmentelektrographie

Die Segmentelektrographie (SEG) stellt das Regulationsverhalten in einzelnen Körpersegmenten dar, sei es als Standardmessung mit einzelnen Darstellung für Kopf und Becken links oder rechts oder als Übersichtsmessung, bei der die 7 Ableitungen auch die Extremit‰ten mit einbeziehen. Sie erhöht den Einblick in mangelhafte Regulations- bzw. Kompensationssyndrome und gibt beispielsweise Hinweise auf Blockaden und Belastungen durch Störfelder, akute und chronisch-entzündliche, degenerative oder allergische Erkrankungen und maligne Tendenzen in der präklinischen Phase zur Prophylaxe maligner und chronischer Erkrankungen. Die Ergebnisse der Segmentelektrographie können statistisch bearbeitet werden und sind mit einem Computer jederzeit abrufbar.

B136
Segmentelektrographie (SEG) - Grund- und Aufbaukurs

Allgemeines

- Voraussetzung ist die Kenntnis bioenergetischer Zusammenhänge bzw. ein absolvierter Grundkurs.
- Kursdauer je 1 Tag.
- Kursorte sind Hamburg, Köln, Schönau und Goslar.
- Ziel des Kurses ist das Erlernen der Interpretation eines Segmentelektrogramms und das Erkennen der diagnostischen Zusammenhänge im Hinblick auf konventionelle Verfahren. Im zweiten Kurs steht die Vertiefung des Erlernten und eine verbesserte Interpretation im Vordergrund.

Ausbildungsinhalte

- *Grundkurs:*
  Theoretische Einführung, praktische Technikhandhabung, Bedeutung des Segmentelektrogramms im Praxisalltag, SEG-Schreibungen von Kursteilnehmern mit anschließender Interpretation, gemeinsames Studium einiger Praxisfälle.
- *Aufbaukurs:*
  Darstellung bioenergetischer Zustände bei häufigen Erkrankungen, dreidimensionale energetische Verteilung im menschlichen Körper und resultierende Therapien, die Psyche in der SEG-Interpretation, Praxisbeispiele, Übersichts-SEG als Verlaufskontrolle.

Preise

- Die Kursgebühr beläuft sich jeweils auf DM 330,-.

Kontakt

- *Grieshaber Akademie*
  Ärztegesellschaft für Funktionelle Medizin
  Am Hohenstein
  77761 Schiltach
  Tel: 07836-2814
  Fax: 07836-50206

Störfelddiagnostik

Ein Störfeld ist ein chronisches Irritationszentrum, das sich histologisch als subchronische Entzündung um nicht abbaufähiges Material im weichen Bindegewebe mit lymphozytär-plasmazellulären Infiltraten und Desaggregation der Grundsubstanz (extrazelluläre Matrix) darstellt. Klinisch handelt es sich um eine lokale, oligosymptomatische, subklinische Entzündung mit der möglichen Entwicklung von Fernstörungen. Aus regulationsphysiologischer Sicht schließlich bezeichnet Störfeld einen Ort maximaler Irritationen unterschiedlicher Ätiologie, geringer Reizintensität und langer Wirkungsdauer mit diskreten, reflektorischen Krankheitszeichen. Dies kann unter Umständen zu einem sogenannten peripheren Irritationssyndrom unter Einfluß einer Sekundärnoxe führen. Als mögliche Ursachen werden traumatische Nervenschädigungen, Narben, Entzündungen, Infektionen, Toxine, Fremdeiweiße, Allergene, Sauerstoffmangel und mechanische Reize angesehen.

B137
STÖRFELDDIAGNOSTIK

Allgemeines

- Kursort ist die Gottfried Gutmann Akademie in Hamm.
- Kurszeiten: Samstag, 9.00 bis 18.00 Uhr und Sonntag, 9.00 bis 13.00 Uhr.
- Der Kurs wird etwa einmal jährlich abgehalten.
- Eine Anrechnung auf die Weiterbildung zur Erlangung einer Zusatzbezeichnung ist nicht möglich.

Ausbildungsinhalte

- Störfelder als Ursachen zahlreicher Schmerzsyndrome und funktioneller Störungen.
- Demonstration der Möglichkeiten von Aurikulomedizin, Regulationsthermographie nach Rost und Neuraltherapie.

Preise

- Kursgebühr: DM 470,-.

Kontakt

- *Gottfried Gutmann Akademie*
  Ostenallee 83
  59071 Hamm
  Tel: 02381-986562
  Fax: 02381-986499

Stoffwechseltest und -therapie (STT)

B138
STOFFWECHSELTEST UND -THERAPIE (STT)

Allgemeines

- Voraussetzung ist die Kenntnis bioenergetischer Zusammenhänge.
- Kursdauer 1/2 oder 1 Tag.
- Kursorte sind Berlin, Hamburg, Köln und München.
- Ziel des Kurses ist die Bestimmung der Stoffwechsellage und die Korrektur möglicher Entgleisungen.

Ausbildungsinhalte

- Dreikomponententheorie nach Schole.
- Einordnung von Krankheitsbildern.
- Austestung der Stoffwechsellage.
- Bewertung der Ergebnisse.
- Indikationen akuter und chronischer Erkrankungen.
- Integration in den Praxisablauf.

Preise

- Die Kursgebühr beläuft sich bei 1/2 Tag auf DM 160,-, bei 1 Tag auf DM 330,-.

Kontakt

- *Grieshaber Akademie*
  Ärztegesellschaft für Funktionelle Medizin
  Am Hohenstein
  77761 Schiltach
  Tel: 07836-2814
  Fax: 07836-50206

Symbioselenkung

Durch diesen therapeutischen Ansatz soll die mikrobiologische Besiedlung des Darms positiv beeinflußt werden, was sich wiederum günstig auf das Immunsystem auswirken soll. Zur Anwendung kommen z.B. bestimmte Diäten, anorganische Substanzen wie Heilerde und Präparate aus verschiedenen Bakterien (mikrobiologische Therapie). Die Symbioselenkung soll besonders bei Erkrankungen der Harn- und Atemwege hilfreich sein.

Mikrobiologische Therapie: Es handelt sich hierbei um eine Immuntherapie mit mikrobiellen Präparaten, die gezielt die Stimulation der körpereigenen Abwehr und die Anregung der Stoffwechselleistungen allgemein und besonders des gesamten Intestinaltraktes anstrebt. Es werden lebende und/oder abgetötete Mikroben und/oder deren Bestandteile oral und parenteral appliziert. Das Prinzip geht auf Pasteurs Tollwutimpfung zurück. Das Ziel ist eine Immunmodulation, insbesondere bei chronischen Erkrankungen.

B139
MIKROBIOLOGISCHE THERAPIE

Allgemeines

- Regelmäßige Veranstaltungen im Rahmen von Kongressen naturheilkundlicher Verbände, z.B. ZÄN-Tagung in Freudenstadt und Medizinische Woche in Baden-Baden.
- Jährlich werden 7 bis 8 Samstag-Seminare an regionalen Schwerpunkten im Bundesgebiet angeboten. Zusätzlich werden diese Seminare als Mittwochabend-Veranstaltungen auch in den neuen Bundesländern abgehalten (z.B. Freiburg, Saarbrücken, Hannover, Lübeck, Ulm, Essen, Nürnberg, Giessen).
- Ebenfalls werden im Bundesgebiet jährlich 20 bis 25 Mittwochabend-Workshops für in dieser Therapieform erfahrene Ärzte organisiert.
- Die Seminare sind nicht auf die Weiterbildung zur Erlangung der Zusatzbezeichnung Naturheilverfahren anrechenbar.
- Im Rahmen der Medizinischen Woche in Baden-Baden sind die Weiterbildungskurse Mikrobiologische Therapie hingegen wohl anrechenbar.

Ausbildungsinhalte

- Grundwissen zum Verständnis der mikrobiologischen Therapie.
- Probiotika im Rahmen der mikrobiologischen Therapie.
- Diagnostische Möglichkeiten.
- Mikrobiologische Therapie am Beispiel klassischer Indikationen.
- Umwelttoxikologische Belastungen und mikrobiologische Therapie.

Preise

- Kursgebühr: DM 50,-.
- Bei der Medizinischen Woche Baden-Baden kostet der 4-Stunden-Kurs DM 80,-.

Kontakt

- *Arbeitskreis für Mikrobiologische Therapie e.V.*
  Postfach 1765
  35727 Herborn
  Tel: 02772-931-0
  Fax: 02772-931-151

System-Informations-Therapie (SIT)

System-Informations-Therapie ist ein Oberbegriff für eine Therapieform, die mit patienteneigenen Schwingungen, aber auch mit feinsten Umweltsignalen (Frequenzen, Magnetfeld, Farbe, Reizstrom u.a.) arbeitet. Manuelle Therapieeinstellungen, aber auch Programme mit bewährten Therapieabläufen sollen einen erfolgreichen Einsatz bei Autoimmunerkrankungen, Allergien und umweltbedingten Störungen sichern.

B140
SYSTEM-INFORMATIONS-THERAPIE (SIT)

Allgemeines

- Voraussetzung ist die Kenntnis bioenergetischer Zusammenhänge.
- Kursdauer Stufe I: 1 Tag, Stufen II und III: 1 oder 1 1/2 Tage.
- Kursorte sind Mainz, Dresden, Berlin, Schiltach, Hamburg, Köln und München.
- Ziel des Kurses ist das Kennenlernen der System-Informationstherapie sowie die Einschätzung und Anwendung der Behandlungsmöglichkeiten. Im zweiten und dritten Kurs steht der praktische Einsatz der SIT mit Vegaselect im Vordergrund.
- Die Kurse sollten in numerischer Folge belegt werden.
- Es besteht keine Anrechenbarkeit auf die Weiterbildung zu einer Zusatzbezeichnung.

Ausbildungsinhalte

- *Stufe 1:*
  Nutzen und Möglichkeiten der SIT in der Praxis, Idee und Geschichte der SIT, Einsatz der Grundtherapie mit praktischen Übungen, Bedeutung der Dauerstreßfaktoren, Indikationen der Grundkarte.
- *Stufe 2:*
  Dauerstreßabbau in Reihenfolge, Yin/Yang-Ausgleich, vorgegebene und erweiterte Indikationen, chronische Krankheitsbilder und begleitende Therapien.
- *Stufe 3:*
  Fallbeispiele, Demonstration der Meridiantherapie, Yin-, Yang- und Chakra-Therapie, Allergie-Abbau-Konzept, Testbedeutung in der SIT, Problemerörterung, Analyse und Lösungsvorschläge.

Preise

- Die Kursgebühr beläuft sich für eintägige Kurse auf DM 330,- und für eineinhalbtägige Kurse auf DM 450,-.

Kontakt

- *Grieshaber Akademie*
  Ärztegesellschaft für Funktionelle Medizin
  Am Hohenstein
  77761 Schiltach
  Tel: 07836-2814
  Fax: 07836-50206

Thalassotherapie

Dieser Begriff bezeichnet die kurgemäße Anwendung von Seebädern, Seeklima und Meerwasser, das bei Bade-, Trink- und Inhalationskuren zum Einsatz kommt. Das Küstenklima bietet verschiedene Aspekte einer Klimatherapie (Heliotherapie, Abkühlungsreize, Allergen- und Schadstoffarmut). Außerdem bieten sich an der Küste ideale Trainings- und Bewegungsmöglichkeiten.

Tibetische Medizin

B141
TIBETISCHE MEDIZIN

Allgemeines

- Für Ärzte bzw. Studenten nach dem PJ.
- Keine Vorkenntnisse erforderlich.
- Kursort ist Freudenstadt.
- Die Kursdauer beträgt 2 Tage.
- Die eigenständige tibetische Medizin wurzelt in der Ayurveda (traditionelle indische Medizin), in die im Laufe der Zeit Teile der chinesischen Medizin integriert wurden. Auch griechische Einflüsse wurden in diese Heilkunde aufgenommen.
- Eine Anerkennung des Kurses auf die Weiterbildung zur Erlangung einer Zusatzbezeichnung ist nicht möglich.

Ausbildungsinhalte

- Es werden erste praktische Anwendungsmöglichkeiten wie tibetanische Pulstastung, tibetische Phytotherapie und Moxibustionstechniken behandelt und an Fallbeispielen demonstriert.

Preise

- Der Kurs kostet DM 380,- (für Mitglieder der DÄGfA, Wehrpflichtige, Studenten, ÄiP und arbeitslose Ärzte: DM 280,-).
- Ermäßigungen sind nur gegen Vorlage einer entsprechenden Bescheinigung möglich.

Kontakt

- *Deutsche Ärztegesellschaft für Akupunktur e. V.*
  Raglovichstraße 14
  80637 München
  Tel: 089-1596266
  Fax: 089-1596255

Traditionelle Chinesische Medizin

Grundlegend sind die Vorstellungen von Yin und Yang sowie die 5-Elementelehre. Weitere Grundannahmen sind die Einheit des Menschen und die Einheit von Mensch und Natur. Krankheitsursachen sind demnach alle Einflüsse, die das Gleichgewicht des Organismus stören. Diagnostisch stehen vier Methoden im Vordergrund: Sehen; Hören und Riechen; Fragen; Betasten, wobei druckempfindliche Strukturen identifiziert und spätere Akupunkturpunkte festgelegt werden.

Tuina - Chinesische Massage und Manualtherapie: Diese Behandlungsform der traditionellen chinesischen Medizin (TCM) besteht aus etwa 35 Handgriffen. Ursprünglich wurden dabei schmerzhafte Punkte mit Holzstäbchen oder Steinen gedrückt und gerieben. Die Wirkung ist hyperämisierend mit gleichzeitiger Erwärmung und gelenkmobilisierend. Derart soll auch eine Beeinflussung innerer Organe möglich sein. Aus der Tuina hat sich durch Verwendung spitzer Nadeln an den betreffenden Punkten die Akupunktur entwickelt. Tuina hat mechanische, humorale und nervale Effekte und beeinflußt überdies die Meridiane, die gemäß der chinesischen Vorstellung Steuerungsfunktionen besitzen. Angewandt wird die Tuina bei Störungen des Bewegungsapparates, der inneren Organe und des Nervensystems. Bewährt hat sie sich bei der Schmerzbehandlung und in der Sportmedizin.

B142

Chinesische Medizin bei SMS/SAGA (TCM)

Allgemeines

- Die Kurse 9 bis 13 und die Praxiskurse können nur von Medizinern belegt werden.
- Die Ausbildung in den Kursen 1 bis 13 umfaßt 110 Stunden (70 Theoriestunden, 40 Praktikumstunden) und optional 20 Stunden Arzneitherapie.
- In der Praxisphase sind 30 Stunden abzuleisten.
- Kursorte sind München, Hamburg und Berlin; die Kurse werden auch in der Schweiz angeboten.
- Jährlich wird jeder Kurs etwa einmal abgehalten.
- Die Kurse 1 bis 13 sind Wochenendveranstaltungen mit jeweils 10 Unterrichtsstunden zu 45 Minuten Dauer.
- Die Kurse 5 und 6 sind für die Zulassung zur Prüfung nicht zwingend vorgeschrieben, werden aber dringend empfohlen.
- Die Seminarzeiten sind: Samstag, 9.00 bis 12.00 und 14.30 bis 17.00; Sonntag, 9.00 bis 12.30 Uhr.
- Eine Anerkennung der Kurse auf die Weiterbildung zur Erlangung einer Zusatzbezeichnung ist nicht möglich.

Ausbildungsinhalte

- *Kurs 1: Diagnostik I*
  Orbis-Ikonographie: die 8 Leitkriterien, praktische Zungendiagnose; praxisnahes Vorgehen bei der Diagnosestellung.
- *Kurs 2: Diagnostik II*
  Die 4 diagnostischen Verfahren, Agenzien der Krankheit, praktische Pulsdiagnose; Entwurf erster therapeutischer Strategien.
- *Kurs 3: Systematische Akupunktur I*
  Reizpunktlehre, das Leitbahnsystem, Energiekreislauf, der 1. Leitbahnzyklus, Vermittlung einer schlüssigen und erfolgversprechenden Akupunkturstrategie auf der Basis einer chinesischen Diagnose; Auffindung wichtiger Akupunkturpunkte.
- *Kurs 4: Systematische Akupunktur II*
  Der 2. und 3. Leitbahnzyklus, unpaarige Leitbahnen, praktische Übungen an sich selbst und an anderen.
- *Kurs 5: Chinesische Arzneitherapie I*
  Systematik der Pharmakopoese, die Mittel im Einzelnen.
- *Kurs 6: Chinesische Arzneitherapie II*
  Erstellung eines Rezeptes (klinische Beispiele), etwa 100 Spezialitäten aus etwa 3.000 chinesischen Medikamenten.

- *Kurs 7: Sonstige Akupunkturverfahren I*
  Grundbegriffe der Aurikulomedizin und der Ohr-Akupunktur, Punktsuche am Ohr, somatotropische Mikrosysteme.
- *Kurs 8: Sonstige Akupunkturverfahren II*
  Erlernen des Pulses nach Leriche-Nogier, Bedeutung von Oszillation, Inversion, praktische Übungen.
- *Kurs 9 bis 13: Klinik*
  Erkrankungen des Mitten-, Lungen-, Nieren-, Leber- und Herzfunktionsbereichs.
- *Praxis*
  30 Stunden wahlweise als dreitägiges Seminar mit Fallvorstellungen (Freitag bis Sonntag, 5 Stunden Theorie und 17 Ausbildungsstunden), klinische Woche mit Diagnostik (Sonntag bis Freitag (je 21 Stunden Theorie und Praxis) und Therapie oder Hospitationskurs in einer Praxis).

Preise

- Die Kursgebühr beträgt jeweils DM 400,- (Mitglieder: DM 300,-; ÄiP, arbeitslose Ärzte und Medizinstudenten: DM 200,-; studentische Mitglieder: DM 120,-).
- Der Jahresbeitrag bei regulärer Mitgliedschaft beträgt DM 200,-, bei studentischer Mitgliedschaft DM 120,-.

Kontakt

- *Societas Medicinae Sinensis (SMS)*
  Internationale Gesellschaft für Chinesische Medizin e. V.
  Franz-Joseph Str. 38
  80801 München

B143

SUPERVISION VON FÄLLEN NACH DEN PRINZIPIEN DER TCM

Allgemeines

- Grundkurs 1 bis 3 und Innere 1 und 2 der DÄGfA-Grundausbildung werden empfohlen.
- Für Ärzte bzw. Studenten nach dem PJ.
- Kursort ist Bad Nauheim.
- Die Kursdauer beträgt 1 Tag.
- Eine Anerkennung der Kurse auf die Weiterbildung zur Erlangung einer Zusatzbezeichnung ist nicht möglich.

Ausbildungsinhalte

- Inhalt ist die praktische Anwendung der TCM-Prinzipien an gut dokumentierten Fällen aus der Praxis und, nach vorheriger Absprache, an eigenen, mitgebrachten Patienten.
- Im Mittelpunkt stehen dabei die 4 diagnostischen Verfahren und die Zuordnung zu den TCM-Kategorien (8 Leitkriterien, Störungsmuster, Grundsubstanzen, Funktionskreise).

Preise

- Die Kurse kosten DM 380,- (Mitglieder der DÄGfA, Wehrpflichtige, Studenten, ÄiP und arbeitslose Ärzte: DM 280,-).
- Ermäßigungen sind nur gegen Vorlage einer entsprechenden Bescheinigung möglich.

Kontakt

- *Deutsche Ärztegesellschaft für Akupunktur e.V.*
  Raglovichstraße 14
  80637 München
  Tel: 089-1596266
  Fax: 089-1596255

B144

TRADITIONELLE CHINESISCHE MASSAGE - TUINATHERAPIE

Allgemeines

- Für Ärzte, Heilmasseure, Dipl. Physiotherapeuten, Masseure, med. Bademeister, Krankengymnasten, Heilpraktiker.
- Die Anmeldung verpflichtet zum Besuch aller drei Kurse.
- Unterbringung über das Fremdenverkehrsbüro Walchsee, tel: 0043-5374-5775.
- 3 Wochenenden bzw. 48 Unterrichtsstunden (Kurs I, II und III).
- Kurszeiten für Kurs I, II und III: Samstag, 9.00 bis Sonntag 12.30 Uhr.
- Abschließende Prüfung unter Aufsicht des ansässigen Amtsarztes.
- Keine Abrechnung mit den Sozialversicherungsträgern in Deutschland.
- Eine Anrechnung des Kurses auf die Weiterbildung zur Erlangung der Zusatzbezeichnung Chirotherapie ist nicht möglich.

Ausbildungsinhalte

- Kurs I und II befassen sich mit den Grundlagen der traditionellen chinesischen Medizin (Meridianlehre, Yin und Yang, Grundbegriffe, Indikationen usw.).
- Es werden die verschiedenen Griffe bei Migräne und Schultergürtelschmerzen demonstriert und eingeübt.
- Kurs III befaßt sich als Fortsetzung mit Schmerzsyndromen im Beckengürtelbereich (Lumbago, Ischialgie, Hüft- und Kniebeschwerden).

Preise

- Je Kursus DM 480,-.

Kontakt

- *Dr. Vodder Schule - Walchsee*
  Alleestraße 30
  6344 Walchsee
  Österreich
  Tel: 0043-5374-5245-0
  Fax: 0043-5374-5245-4

B145
Traditionelle Chinesische Medizin in Diagnostik und Therapie

Allgemeines

- Grundkurs 1 bis 3 der DÄGfA-Grundausbildung.
- Für Ärzte bzw. Studenten nach dem PJ.
- Kursorte sind Freudenstadt und Bad Nauheim.
- Die Kursdauer beträgt jeweils 2 Tage.
- Die Kurse können nur in ihrer numerischen Reihenfolge belegt werden.
- Sie dienen der Vertiefung der diagnostischen Aspekte der TCM in den Kursen Innere 1 und 2 der DÄGfA-Grundausbildung und sind auch Bestandteil des Modellprojekts „Ausbildung in traditioneller chinesischer Akupunktur".
- Eine Anerkennung der Kurse auf die Weiterbildung zur Erlangung einer Zusatzbezeichnung ist nicht möglich.

Ausbildungsinhalte

- *Kurs TCM 1:*
  Physiologie und Pathologie der Zang/Fu und der 5 Grundsubstanzen, Krankheitsursachen und ihre Auswirkungen auf Körperäußeres (Biao) und Körperinneres (Li) und die Grundsubstanzen, Therapiemöglichkeiten an Krankheitsbeispielen.
- *Kurs TCM 2:*
  Leitbefunde werden zu den 8 diagnostischen Prinzipien in Bezug gesetzt, Übungen in Zungen- und Pulsdiagnostik, Abriß der therapeutischen Anwendungen von Sheng-, Ko- und Wu-Zyklus.

Preise

- Die Kurse kosten DM 380,- (für Mitglieder der DÄGfA, Wehrpflichtige, Studenten, ÄiP und arbeitslose Ärzte: DM 280,-).
- Ermäßigungen sind nur gegen Vorlage einer entsprechenden Bescheinigung möglich.

Kontakt

- *Deutsche Ärztegesellschaft für Akupunktur e.V.*
  Raglovichstraße 14
  80637 München
  Tel: 089-1596266
  Fax: 089-1596255

B146
TUINA - CHINESISCHE MASSAGE UND MANUALTHERAPIE

Allgemeines

- Für Ärzte bzw. Studenten nach dem PJ, aber auch für medizinisches Assistenzpersonal und Krankengymnasten.
- Kursorte sind Bad Nauheim und Hattingen.
- Die Kursdauer beträgt 2 Tage.
- Eine Anerkennung der Kurse auf die Weiterbildung zur Erlangung einer Zusatzbezeichnung ist nicht möglich.

Ausbildungsinhalte

- Die Tuina-Therapie basiert auf den gleichen pathophysiologischen Grundlagen wie die Akupunktur. Statt mit der Nadel wird der Reiz jedoch mit der Hand gesetzt. Die Indikation ist bei funktionellen Erkrankungen des Bewegungsapparates, der inneren Organe und des Nervensystems gegeben. Auch läßt sich die Methode als Schmerztherapie einsetzen.

Preise

- Der Kurs kostet DM 380,- (für Mitglieder der DÄGfA, Wehrpflichtige, Studenten, ÄiP und arbeitslose Ärzte: DM 280,-).
- Ermäßigungen sind nur gegen Vorlage einer entsprechenden Bescheinigung möglich.

Kontakt

- *Deutsche Ärztegesellschaft für Akupunktur e.V.*
  Raglovichstraße 14
  80637 München
  Tel: 089-1596266
  Fax: 089-1596255

Umstimmungstherapien

Bei dieser Methode soll es durch orale und parenterale Zufuhr insbesondere von Proteinen (z.B. Milchpräparate, Suspensionen abgetöteter Bakterien, Eigenblutinjektionen) zu einer veränderten Reaktionslage im Vegetativum und einer Immunstimulation kommen. Anwendungsbereiche sind chronische Erkrankungen und anlagebedingte Schwächen.

Vegatest-Methode

Die Vegatest-Methode ist ein diagnostisches Meßverfahren, das sich aus der Elektroakupunktur nach Voll (EAV) und der bioelektrischen Funktionsdiagnostik (BFD) entwickelt hat. Sie vereinfacht diese Methoden, indem nur ein Meßpunkt in Kombination mit Organampullen (z.B. Mesenchymampullen, DNA-Ampullen) verwendet wird und Vortestmöglichkeiten mit Filterungen gegeben sind. Dieses Verfahren soll eine Aussage über die Regulationsfähigkeit des Organismus ermöglichen, allerdings liegt der Schwerpunkt auf der Medikamententestung, mit dem das Verfahren im Gegensatz zur EAV oder zur BFD beginnt.

B147
VEGATEST-METHODE

Allgemeines

- Voraussetzung ist die Kenntnis bioenergetischer Zusammenhänge.
- Kursdauer jeweils 1 oder 1 1/2 Tage für Stufe 1 und Stufe 2; Stufe 3: nur 1 1/2 Tage.
- Kursorte für Stufe 1 und 2 sind Heidelberg, Dresden, Nordhausen, Teningen, Berlin, Schiltach, Nordhausen und Düsseldorf bzw. Heidelberg, Dresden, Teningen, Berlin, Schiltach und Bonn. Für den 1 1/2-tägigen Kurs sind Hamburg, Bonn, Köln und München vorgesehen. Stufe 3 wird in München, Köln und Schiltach angeboten.
- Ziel des Kurses ist das Erlangen von Sicherheit bei der Organ- und Medikamententestung sowie Theorie und Praxis von Filterungen und biologischem Index. Im zweiten Kurs steht die Vertiefung des Erlernten und eine verbesserte Interpretation im Vordergrund. Der dritte Kurs will eine weitere Vertiefung und sichere Beherrschung der verschiedenen Vegatest-Methoden erreichen.
- Die Kurse sollten unbedingt in numerischer Folge belegt werden.
- In Freiburg und Düsseldorf wird für erfahrene Vegatester eine eintägige Fortbildung zu Spezialthemen angeboten.

Ausbildungsinhalte

- *Stufe 1:*
  Kurze Einführung in Grundsystem und Meridian-Theorie, Kennenlernen und Einüben der Meßtechnik, Störkontrolle als Testgrundlage, Gerätetechnik mit kurzer Erläuterung der Rundum-Messung, Testampullen und Testsätze, Bedeutung von Organ- und Medikamententestung und ihre Durchführung.
- Stufe 1 (1 1/2 Tage):
  zusätzlich manuelle Ganzkörpermessung.
- *Stufe 2:*
  Zusammenfassung der Themen aus Stufe 1, Testablauf mit Organ- und Vortestampullen, Erarbeitung der Filterung, biologischer Index, praktische Einübung der erarbeiteten Theorie, Testkonzepte im Praxisalltag.
- Stufe 2 (1 1/2 Tage):
  zusätzlich Diagnose- und Therapiemöglichkeiten mit verschiedenen Rollelektroden.
- *Stufe 3:*
  Praktische Übungen, Vegatest im Praxisalltag, Erweiterung und Optimierung der Testkonzepte, Bewährtes, Aktuelles und Neues rund um Vegatest (z.B. Allergie-Tests, Yin/Yang-Testung, Stoffwechseltest, Impfschäden, Umweltgifte).

Preise

- Die Kursgebühr beläuft sich für eintägige Kurse auf DM 330,-, für eineinhalbtägige Kurse auf DM 450,-.

Kontakt

- *Grieshaber Akademie*
  Ärztegesellschaft für Funktionelle Medizin
  Am Hohenstein
  77761 Schiltach
  Tel: 07836-2814
  Fax: 07836-50206

Vertieftes Atmen

Der Therapeut gibt der Gruppe bestimmte Bewegungsabläufe vor, die von den Teilnehmern als Vorschlag aufgenommen werden, das eigene Maß an Atemarbeit zu finden. Auf diese Weise wird die Selbstwahrnehmung geschult. Diese Art der Therapie eröffnet häufig psychosomatisch Kranken den Weg zu einer psychotherapeutischen Behandlung. Demnach bestehen die Hauptindikationen auch in mittelschweren funktionellen Störungen wie psychovegetative Spannung- oder Erschöpfung, Schlafstörungen und Menstruationsbeschwerden.

B148
VERTIEFTES ATMEN

Allgemeines

- Der Kurs geht über 1 Abend.
- Kursort ist Bad Wörishofen.
- Der Kurs findet begleitend als Abendveranstaltung zur Ausbildung in Naturheilverfahren an der Sebastian Kneipp Akademie, Kurs 3, statt.
- Die Atemtherapie ist Bestandteil der Weiterbildungsinhalte zur Erlangung der Zusatzbezeichnung Naturheilverfahren.

Ausbildungsinhalte

- Der Kursus bietet nach einer Einführung zwei einstündige Atemphasen: während eine Gruppe atmet, beobachtet die andere Gruppe, so daß in einem abschließenden Gespräch die inneren Erfahrungen und die Beobachtungen diskutiert werden können.

Preise

- Kursgebühr: DM 50,-.

Kontakt

- *Ärztliches Fortbildungszentrum an der*
  Sebastian-Kneipp-Akademie
  Adolf Scholz Allee 6-8
  86825 Bad Wörishofen
  Tel: 08247-3002-156 (-155)

Die wissenschaftliche Basis ganzheitlicher Therapieverfahren

B149

DIE WISSENSCHAFTLICHE BASIS GANZHEITLICHER THERAPIEVERFAHREN

Allgemeines

- Für Ärzte und Zahnärzte.
- Der Kurs richtet sich insbesondere an „Einsteiger" in Manueller Therapie, Akupunktur, Neuraltherapie, Homöopathie und/oder anderen speziellen anerkannten Naturheilverfahren. Geeignet ist er auch als Verständnishilfe für Fortgeschrittene in den erwähnten Behandlungsmethoden und als Diskussionsbasis für Kritiker.
- Kursort ist Mainz.
- Kurszeiten sind: Samstag, 9.00 bis Sonntag, 16.00 Uhr (etwa 16 Unterrichtsstunden).
- Eine Anerkennung der Kurse auf die Weiterbildung zur Erlangung einer Zusatzbezeichnung ist nicht möglich.

Ausbildungsinhalte

- Physiologie und Pathophysiologie des Bindegewebes.
- Grundsubstanz und intelligentes Wasser.
- Grundregulationssystem nach Pischinger als Basis zum Verständnis ganzheitlicher Diagnostik und Therapie.
- Reizentstehung, Reizleitung und neuronale Verarbeitungsebenen.
- Verschlackungsproblem, Störfeld.
- Begriffsbestimmung Gesundheit/Krankheit.
- Schmerz aus ganzheitlicher Sicht.
- Reizung und Entzündung - Begriffsbestimmung für Naturheilkunde.
- Schlußfolgerungen und Behandlungsgrundsätze.
- Wissenschaftliche Grundlagen der Chirotherapie (Manuelle Medizin).
- Wirkungsmechanismus und Prinzipien der Neuraltherapie.
- Wirkungsmechanismus und Prinzipien der Akupunktur.
- Grundlagen und mögliche Wirkungserklärung der Homöopathie.
- Grundlagen weiterer wichtiger anerkannter Naturheilverfahren (Ernährungstherapie, Sauerstofftherapie, Ausleitungsverfahren, Immunstimulation, orthomolekulare Medizin).
- 12 Sanierungsschritte zur ganzheitlichen Behandlung des Grundregulationssystems im Bindegewebe.
- Komplexe Therapie bei chronischen Rückenschmerzen und adjuvante biologische Krebstherapie als Beispiele für eine konsequente Anwendung ganzheitlicher Therapieprinzipien.

Preise

- Kursgebühr: DM 290,-.

Kontakt

- *DFZ Mainz*
  Weberstraße 8
  55130 Mainz
  Tel: 06131-982820

Zilgrei

Der Name setzt sich aus den Namen der Begründer dieser Methode zusammen (A. Zillo, H. Greissing). Es handelt sich dabei um eine Selbstbehandlungsmethode, in der das vertiefte Atmen mit Elementen der Chiropraktik und der Ganzheitsmedizin kombiniert wird. Sie dient der allgemeinen Krankheitsprophylaxe, der Geburtsvorbereitung und Geburtshilfe, der Aktivierung am Arbeitsplatz und der Energietonisierung. Der Zeitaufwand ist gering. Spezielle Räume oder besondere Ausrüstungen sind nicht erforderlich.

C Übergreifende Veranstaltungen

(Mit „übergreifend" werden Veranstaltungen angedeutet, die sich über einen größeren Zeitraum erstrecken (1 bis 2 Wochen) und die außerdem die Möglichkeit zur Ableistung mehrerer Kurse bieten. Meist handelt es sich dabei um regelmäßig stattfindende Kongresse, Naturheiltage oder Seminare, die ausdrücklich mit Kursen zur Erlangung der Zusatzbezeichnung Naturheilverfahren oder Homöopathie werben)

C1

Bad Griesbacher Lehrkollegium für Naturheilverfahren

Allgemeines

- Die Kursreihenfolge ist beliebig.
- Die Zusatzbezeichnung Naturheilverfahren kann hier in 4 Wochenkursen erlangt werden (neben dem von den Ärztekammern geforderten dreimonatigen Praktikum).
- Besonderer Wert wird auf das „Eigenerleben" der Kurse und die Praktika gelegt. Daher sollte zu allen Kursen Sport- und Badekleidung mitgebracht werden.
- Die Kurse dauern 5 volle Tage, meist von Mittwoch bis Sonntag.
- Zahlreiche Übernachtungsmöglichkeiten in Bad Griesbach und Umgebung.
- Die Fortbildung entspricht den Vorgaben der kassenärztlichen Vereinigung.

Ausbildungsinhalte

- *Kurs 1:* Hydrotherapie, Thermotherapie, Massage.
- *Kurs 2:* Ernährungstherapie, Ordnungstherapie, Elektrotherapie, Phytotherapie, Neuraltherapie.
- *Kurs 3:* Bewegungstherapie, Hydrotherapie, mikrobiologische Therapie (Gleichzeitig Möglichkeit der Zusatzausbildung in Akupunktur-Ohrkurs 1).
- *Kurs 4:* Ordnungstherapie, Phytotherapie, Regulationstherapie, ausleitende Verfahren (Gleichzeitig Möglichkeit der Zusatzausbildung in Autogenes Training).

Preise

- DM 450,- pro Kurs zzgl. Mehrwertsteuer.
- ÄiP und arbeitslose Ärzte erhalten, gegen Vorlage einer entsprechenden Bescheinigung, eine Ermäßigung von DM 50,- pro Kurs.
- Der Zusatzkurs Autogenes Training kostet DM 180,- zzgl. Mehrwertsteuer.
- Der Zusatzkurs Akupunktur-Ohrkurs 1 kostet für DÄGfA-Mitglieder und ÄiP DM 280,-, für Nichtmitglieder DM 380,-.

Kontakt

- *Bad Griesbacher Lehrkollegium für Naturheilverfahren*
  Am Brunnenplatz 2
  94086 Bad Griesbach
  Tel: 08532-960326
  Fax: 08532-7571

C2
Bad Rappenau, Kurse der GFÄ

Allgemeines

- Die GFÄ bietet regelmäßig Kurse zur Erlangung der Zusatzbezeichnung Naturheilverfahren an.
- Meist Wochenenden von Freitag bis Sonntag.
- Ort der Veranstaltungen: meist Bad Rappenau.
- Alle Kurse haben einen zeitlichen Rahmen von 40 Stunden an zwei aufeinanderfolgenden Wochenenden. Die Wochenenden können nicht einzeln belegt werden.
- Die Kurse werden in aller Regel von den Ärztekammern für die Erlangung der Zusatzbezeichnung Naturheilverfahren anerkannt.

Ausbildungsinhalte

- *Kurs I:*
  Hydro-/Thermotherapie (10 Std.)
  Thalasso-/Balneotherapie (2 Std.)
  Phytotherapie (5 Std.)
  Ordnungstherapie (5 Std.)
  Ernährungstherapie (5 Std.)
  Lichttherapie (1 Std.)
  Geschichte der Naturheilverfahren (2 Std.)
  Therapiepläne/Kolloquien (4 Std.)
  Symbioselenkung (3 Std.)
  Manuelle Diagnostik (1 Std.)
  Reiztherapie (1 Std.)
  Physikalische Therapie (1 Std.)
- *Kurs II:*
  Massage (11 Std.)
  Phytotherapie (7 Std.)
  Ernährungstherapie (2 Std.)
  Elektrotherapie (6 Std.)
  Ordnungstherapie (3 Std.)
  Geschichte der Naturheilverfahren (1 Std.)
  Therapiepläne/Kolloquien (6 Std.)
  Neuraltherapie (4 Std.)
- *Kurs III:*
  Hydro-/Thermotherapie (10 Std.)
  Geschichte der Naturheilverfahren (1 Std.)
  Therapiepläne/Kolloquien (6 Std.)
  Bewegungstherapie (1 Std.)
  Ernährungstherapie (2 Std.)
  Reiztherapie (1 Std.)
  Ordnungstherapie (7 Std.)
  Thalasso-/Balneotherapie (2 Std.)
  Phytotherapie (7 Std.)

Lichttherapie (1 Std.)
Ausleitende Verfahren (1 Std.)
Physikalische Therapie (1 Std.)

- *Kurs IV:*
  Manuelle Diagnostik (1 Std.)
  Bewegungstherapie (10 Std.)
  Ausleitende Verfahren (5 Std.)
  Geschichte der Naturheilverfahren (1 Std.)
  Therapiepläne/Kolloquien (4 Std.)
  Ordnungstherapie (3 Std.)
  Phytotherapie (7 Std.)
  Neuraltherapie (4 Std.)
  Ernährungstherapie (2 Std.)

Preise

- Die Kurse kosten jeweils etwa DM 700,-.

Kontakt

- *GFÄ - Gesellschaft für ärztliche Weiter- und Fortbildung*
  Schefflenzstraße 11
  74842 Billigheim
  Tel: 06265-1389
  Fax: 06265-1608

C3

Fortbildungskongreß der Ärztlichen Gesellschaft zur Förderung von Naturheilverfahren

Allgemeines

- Der Kongreß wird viermal jährlich abgehalten.
- Kurszeiten für die Wochenkurse Naturheilverfahren: meist von Samstag, 13.00 Uhr bis Mittwoch, 13.00 Uhr. Die anderen Kurse verteilen sich auf die Tage vor und nach dem insgesamt zehntägigen Kongreß.
- Kursort ist Bad Orb.
- Die Reihenfolge der Wochenkurse Naturheilverfahren ist beliebig.

Ausbildungsinhalte

- Die Kurse zu den Naturheilverfahren werden gemäß den inhaltlichen Vorgaben der Ärztekammern ausgelegt (siehe Kapitel A).
- Akupunktur Kurs 1 bis 3 (je DM 350,-).
- Akupunktur Kurs 4 bis 5 (Ohr I und II) (je DM 320,-).
- Akupunktur Kurs 10 bis 11 (je DM 350,-).
- Ausleitende Verfahren.
- Eigenbluttherapie.
- Elektroakupunktur (EAV).
- Gynäkologie und Naturheilverfahren.
- Irisdiagnostik.
- Notfälle in der täglichen Praxis (DM 80,-).
- Ausleitende Verfahren.
- Neuraltherapie Kurs I bis IV (je DM 350,-).
- Alternativen in der Neuraltherapie.
- Naturheilverfahren bei häufigen Krankheitsbildern, Kurs A und B.
- Phytotherapie (DM 220,-).

Preise

- Die Kompaktkurse Naturheilverfahren I bis IV kosten jeweils DM 670,-.
- Sofern nicht anders aufgeführt, kosten die Kurse (jeweils) DM 180,-.

Kontakt

- *ÄFN-Geschäftsstelle*
  Abbestraße 13
  10587 Berlin
  Tel: 030-3410823
  Fax: 030-3482446

C4
Klassische Naturheilkunde bei der Heilpraktikerschule Lotz

Allgemeines

- Die Ausbildung wendet sich an Anfänger. Daher sind keine Vorkenntnisse erforderlich.
- Es handelt sich hierbei um keine spezielle Therapie, sondern um eine Mischung aus verschiedenen Therapieformen.
- Kursort ist München.
- Die Ausbildung erstreckt sich über 1 Jahr mit Kursterminen nach jeweils sechs Wochen.
- Es gibt zwei parallele Kursreihen mit Unterrichtsbeginn entweder ab Freitag, 9.15 Uhr oder ab Montag, 18.00 Uhr, für jeweils etwa 3 1/2 Stunden.
- Eine Anerkennung für die Ausbildung zur Erlangung der Zusatzbezeichnung Naturheilverfahren besteht nicht.

Ausbildungsinhalte

- System der Grundregulation nach Pischinger.
- Konstitutionstherapie nach Aschner.
- Ausleitungsverfahren (Schröpfen, Baunscheidtieren, Blutegel, Cantharidenpflaster, Aderlaß).
- Eigenblut- und Eigenurintherapie.
- Fußreflexzonenmassage.
- Lymphdrainage.
- Hämatogene Oxydationstherapie (HOT).
- Ozontherapie.
- Kolontherapie.
- Bindegewebsmassage.
- Praxisführung und Praxisgespräch.
- Labordiagnostik in der Naturheilkunde.
- Bewegungstherapie.
- Hydrotherapie.
- Grundbegriffe der anthroposophischen Therapie.

Preise

- Die Gebühr beträgt DM 220,-/Monat.
- Kombinationen mit anderen Angeboten der Heilpraktikerschule Lotz führen zu einem Preisnachlaß.

Kontakt

- *HP-Schule Lotz*
  Prielmayerstraße 3
  80335 München
  Tel: 089-593962
  Fax: 089-558529

C5
Kurse bei der Medizinischen Woche Baden-Baden

Jährlich werden bei dieser Veranstaltung in Baden-Baden unter anderem etwa 100 Lehrgänge und Kurse angeboten. Die Gelegenheit ist dabei sehr gut, mehrere Fliegen mit einer Klappe zu schlagen. Wir beschränken uns hier auf eine knappe Übersicht der Kurse, die so oder in sehr ähnlicher Form zu einem großen Teil bereits in den anderen Kapiteln dieses Buches beschrieben wurden.

Weiterbildung zum Erwerb des Grundleistungsnachweises Akupunktur der DÄGfA

- Akupunktur Grundkurs 1 (9 Stunden, DM 380,-; Mitglieder der DÄGfA und der Ärztegesellschaft für EHK, ÄiP, Arbeitslose, Wehrpflichtige und Studenten: DM 280,-)
- Akupunktur Grundkurs 2 (9 Stunden, DM 380,-; Mitglieder der DÄGfA und der Ärztegesellschaft für EHK, ÄiP, Arbeitslose, Wehrpflichtige und Studenten DM 280,-)
- Akupunktur Grundkurs 3 (9 Stunden, DM 380,-; Mitglieder der DÄGfA und der Ärztegesellschaft für EHK, ÄiP, Arbeitslose, Wehrpflichtige und Studenten: DM 280,-)
- Psychosomatik auf Grundlage der Akupunktur (9 Stunden, DM 380,-; Mitglieder der DÄGfA und der Ärztegesellschaft für EHK, ÄiP, Arbeitslose, Wehrpflichtige und Studenten DM 280,-)
- Ohrakupunktur 1 (9 Stunden, DM 380,-; Mitglieder der DÄGfA und der Ärztegesellschaft für EHK, ÄiP, Arbeitslose, Wehrpflichtige und Studenten: DM 280,-)
- Mund- und Handakupunktur (4,5 Stunden, DM 190,-; Mitglieder der DÄGfA und der Ärztegesellschaft für EHK, ÄiP, Arbeitslose, Wehrpflichtige und Studenten: DM 140,-)
- Schädelakupunktur nach Yamamoto (9 Stunden, DM 190,-; Mitglieder der DÄGfA und der Ärztegesellschaft für EHK, ÄiP, Arbeitslose, Wehrpflichtige und Studenten: DM 140,-)

Blockkarte aus 3 Kursen (Grundkurse 1 und 2, sowie 3 oder Ohrakupuntur 1 kosten für Mitglieder der DÄGfA und der Ärztegesellschaft für EHK DM 770,-, für ÄiP, Arbeitslose, Wehrpflichtige und Studenten DM 280,-)

Kurse zur Erlangung der Zusatzbezeichnung Homöopathie

- Kurse A bis D (je 40 Stunden zu DM 600,- pro Kurs; bei Belegung der Kurse A + B bzw. C + D kosten diese beiden Kurse zusammen DM 1.000,-).

Kurse zur Erlangung der Zusatzbezeichnung Naturheilverfahren

- Ordnungstherapie (8 Stunden, DM 150,-).
- Reiztherapien (4 Stunden, DM 80,-).
- Elektrotherapien (6 Stunden, DM 120,-).
- Therapiepläne (4 Stunden, DM 80,-).

Kurse zur Erlangung der Zusatzbezeichnung Chirotherapie

- Chirotherapie (Informationskurs inkl. Lehrbuch) (10 Stunden, DM 170,-).
- Neuraltherapie für Anfänger (9 Stunden, DM 270,-; Mitglieder der Intern. Gesellschaft für Neuraltherapie: DM 230,-)
- Humoralmedizin (8 Stunden, DM 140,-), auch für med. Assistenzberufe.
- Ozontherapie (8 Stunden, DM 150,-; Mitglieder der Ärztegesellschaft für EHK und der für Ozontherapie: DM120,-; ÄiP und Studenten: DM 70,-).
- Praxis der ganzheitsmedizinischen Behandlung Krebskranker und Krebsgefährdeter (8 Stunden, DM 150,-).
- Selbstdarstellung diagnostischer und therapeutischer Praxisangebote in der Öffentlichkeit (8 Stunden, DM 150,-).
- Komplementäre Methoden in der HNO-Heilkunde (8 Stunden, DM 150,-).
- Psychopunktur für Anfänger und Fortgeschrittene (8 Stunden, DM 150,-).
- Lokalisierung von Störfeldern mit Hilfe des Muskeltests (8 Stunden, DM 150,-).
- Myofunktionelle Therapie (8 Stunden, DM 150,-).
- Meditation und Heilmeditation (6 Stunden, DM 120,-); auch für med. Assistenzberufe.
- Refresher-Kurs Akupunktur (6 Stunden, DM 120,-).
- Diagnose und Therapie bei Amalgam- und Metallbelastungen für Ärzte und Zahnärzte (6 Stunden, DM 120,-).
- Einführung in die Kraniosakraltherapie (6 Stunden, DM 120,-).
- Aktivierung der Selbstheilungskräfte nach Simonton (6 Stunden, DM 120,-), auch für med. Assistenzberufe.
- Angewandte Kinesiologie (6 Stunden, DM 120,-), auch für med. Assistenzberufe.
- Neurodermitis - ein ganzheitliches Therapiekonzept (6 Stunden, DM 120,-).
- Meditation und andere spirituelle Heilmethoden in der ärztlichen Praxis (6 Stunden, DM 120,-), auch für med. Assistenzberufe.
- Theorie und Praxis der Astromedizin (6 Stunden, DM 120,-), auch für med. Assistenzberufe.
- Chinesische Arzneimitteltherapie (6 Stunden, DM 120,-), auch für med. Assistenzberufe.
- Symbolsprache des Körpers (6 Stunden, DM 120,-), auch für med. Assistenzberufe.
- Einführung in die Resonanzhomöopathie (4 Stunden, DM 80,-), auch für med. Assistenzberufe.
- Einführung in die Bioresonanztherapie (4 Stunden, DM 80,-), auch für med. Assistenzberufe.
- Einführung in Physioenergetik und ganzheitliche Zahnmedizin für Ärzte und Zahnärzte (4 Stunden, DM 80,-).
- Einführung in Kinesiologie und ganzheitliche Zahnmedizin für Ärzte und Zahnärzte (4 Stunden, DM 80,-).
- Probleme der Informationsgewinnung bei energetischen Testen (4 Stunden, DM 80,-).
- Manuell energetische Herddiagnostik (4 Stunden, DM 80,-).
- Anwendung des Lüscher-Tests (4 Stunden, DM 80,-), auch für med. Assistenzberufe.
- Physiognomik in Diagnose und Therapie (4 Stunden, DM 80,-).
- Säurefreie Kost (4 Stunden, DM 80,-), auch für med. Assistenzberufe.

- Hand-, Nagel-, Antlitz-Diagnose (4 Stunden, DM 80,-), auch für med. Assistenzberufe.
- Einführung in den elektromagnetischen Bluttest (4 Stunden, DM 80,-), auch für med. Assistenzberufe.
- Einführung in die Geopathie (4 Stunden, DM 80,-).
- Mikrobiologische Therapie (4 Stunden, DM 80,-).
- Entwöhnungstherapie mit Akupunktur (4 Stunden, DM 80,-).
- Arzt- und Menschenbild (4 Stunden, DM 80,-).
- Candidaproblematik, Candidaserologie, Interpretationstraining (4 Stunden, DM 80,-).
- Einführung in Diagnostik und Therapie nach F.X. Mayr (4 Stunden, DM 80,-).
- Mayr-Kur und Applied Kinesiology (4 Stunden, DM 80,-).
- Naturheilkundliche Ratschläge aus der Landarztpraxis (4 Stunden, DM 80,-).
- Zeitgemäße Immundiagnostik (4 Stunden, DM 80,-).
- Psychosomatik der traditionellen Funktionskreise in Diagnose und Therapie (4 Stunden, DM 80,-), auch für med. Assistenzberufe.
- Vegetativer Reflextest I (für Anfänger) (4 Stunden, DM 80,-), auch für med. Assistenzberufe.
- Vegetativer Reflextest II (für Fortgeschrittene) (4 Stunden, DM 80,-), auch für med. Assistenzberufe.
- Einführung in die UVB/HOT (4 Stunden, DM 80,-).
- Einführung in die Chelat-Therapie (4 Stunden, DM 80,-), auch für med. Assistenzberufe.
- BFD I bis VIII (je 4 Stunden zu DM 80,- pro Kurs).
- Einführung in die chinesische Diagnostik und Akupunktur (4 Stunden, DM 80,-), auch für med. Assistenzberufe.
- Einführung in die Sauerstoff-Mehrschritt-Therapie (4 Stunden, DM 80,-).
- Praxis der positiven Psychotherapie (4 Stunden, DM 80,-).
- Die Weiheschen Druckpunkte (4 Stunden, DM 80,-), auch für med. Assistenzberufe. Die Weiheschen Druckpunkte sind hyperalgetische Punkte an der Körperoberfläche, bei denen ein Zusammenhang zu bestimmten homöopathischen Substanzen bestehen soll (Bedeutung im Zusammenhang mit Homöosinatrie und Neuraltherapie).
- Rheuma - ein ganzheitsmedizinisches Konzept zur Behandlung (4 Stunden, DM 80,-), auch für med. Assistenzberufe.
- Computer-Repertorisation in der Homöopathie (4 Stunden, DM 80,-).
- Einführung in die Bewegungstherapie der chinesischen Medizin (3 Stunden, DM 60,-), auch für med. Assistenzberufe.
- C.E.I.A.-Flockungsprofil (Grund- und Aufbaukurs) (je 3 Stunden zu DM 60,- pro Kurs), auch für med. Assistenzberufe.
- Abrechnungs- und Praxismanagementseminar für den akupunktierenden Arzt (3 Stunden, DM 60,-), auch für med. Assistenzberufe.
- Einführung in die Regena-Therapie (3 Stunden, DM 60,-), auch für med. Assistenzberufe. Hierbei werden homöopathische Einzelmittelkombinationen angewendet, die durch biomolekulare bis biatomare Substanzumwandlung eine besondere Regenerationskraft bekommen sollen. Dadurch sollen diverse pathogene Substanzen ausgeschieden werden. Ein homöopathisches bzw. isopathisches Wirkprinzip soll bei dem nicht näher bezeichneten Umwandlungsprozeß nicht erkennbar sein.

- Grundlagen der Magnetfeld- und feinstdosierten Ozontherapie nach Kastl (3 Stunden, DM 60,-).
- Ayurveda - praktische Ganzheitsmedizin und Prävention (3 Stunden, DM 60,-), auch für med. Assistenzberufe.
- Die heilende Kraft des Atems (3 Stunden, DM 60,-), auch für med. Assistenzberufe.
- Einführung in die Theorie und Praxis von Shiatsu (3 Stunden, DM 60,-), auch für med. Assistenzberufe.
- Säure-Basen-Haushalt (3 Stunden, DM 60,-), auch für med. Assistenzberufe.
- Biochemie nach Schüßler (3 Stunden, DM 60,-), auch für med. Assistenzberufe.
- Neurolinguistisches Programmieren (3 Stunden, DM 60,-).
- Einführung in die Bach-Blüten-Therapie (3 Stunden, DM 60,-), auch für med. Assistenzberufe.
- Problemkrankheiten (3 Stunden, DM 60,-), auch für med. Assistenzberufe.
- Theorie und praktische Anwendung der Kolon-Hydrotherapie (2 Stunden, DM 40,-), auch für med. Assistenzberufe.
- Heilung der latenten Herzschwäche und abhängiger chronischer Leiden (2 Stunden, DM 40,-), auch für med. Assistenzberufe.

Kontakt

- *Gesellschaft der Ärzte für Erfahrungsheilkunde e.V.*
  - Feldmannstraße 152
  66119 Saarbrücken
  - Hauptstraße 27
  Postfach 102840
  69018 Heidelberg
  Tel: 06221-161525
  Fax: 06221-183322
  - Fritz-Frey-Straße 21
  69121 Heidelberg

C6
Kurse beim Fortbildungskongreß des ZÄN

Halbjährlich werden bei dieser Veranstaltung in Freudenstadt über 50 Lehrgänge und Kurse angeboten. Die Gelegenheit ist dabei sehr gut, mehrere Fliegen mit einer Klappe zu schlagen. Wir beschränken uns hier auf eine knappe Übersicht der Kurse, die so oder in sehr ähnlicher Form zu einem großen Teil bereits in den anderen Kapiteln dieses Buches beschrieben wurden.

Weiterbildung Zusatzbezeichnung Naturheilverfahren
Jährlich werden alternierend zwei der erforderlichen 4 Wochen zur Erlangung der Zusatzbezeichnung Naturheilverfahren angeboten (für Mitglieder im ZÄN: pro Woche DM 450,-; für Nichtmitglieder: DM 500,-). Die Kurse laufen unter vergleichsweise strenger Anwesenheitskontrolle.

Ausbildungsinhalte
(in Klammern ist die Stundenzahl pro Thema angegeben)

- *Kurs 1:*
  Hydro-/Thermotherapie (u.a. Grundlagen, Kneipp-Güsse, Wickel, Sauna) (10), Phytotherapie (5), Bewegungstherapie (inkl. Atemtherapie, Massagetherapie, klassische Lymphdrainage, Reflexzonenmassage, Bindegewebs- und Segmentmassage, Periostbehandlung, Kolonbehandlung) (11), Manuelle Diagnostik (1), Physikalische Therapie (1), Symbioselenkung (Mikrobiologische Therapie) (3), Licht-/Thalasso-/Balneotherapie (3), Akupunktur (4), Therapiepläne und Kolloquien (5), Geschichte der Naturheilverfahren (2).
- *Kurs 2:*
  Ernährungstherapie (Vollwertkost, F.X. Mayr-Diät, Schrothkur) (7), Phytotherapie (7), Ordnungstherapie (Atemverfahren, Entspannungsverfahren, Lösungsverfahren, ärztliches Gespräch, Chronobiologie u.a.) (8), Neuraltherapie (4), Elektrotherapie (6), Geschichte der Naturheilverfahren (1), Reiztherapie (1), Therapiepläne und Kolloquien (5), fakultativ elektrobiometrische Verfahren (3), fakultativ Homotoxikologie (2).
- *Kurs 3:*
  Hydro-/Thermotherapie (Überwärmungsbad, Waschungen, Güsse, Wickel, Packungen, Kräuterbäder, Luftbäder, Dampfbäder) (12), Bewegungstherapie (inkl. Atemtherapie, Massagetherapie, klassische Lymphdrainage, Reflexzonenmassage, Bindegewebs- und Segmentmassage, Periostbehandlung, Kolonbehandlung) (11), Manuelle Diagnostik (1), Physikalische Therapie (1), Phytotherapie (7), Licht-/Thalasso-/Balneotherapie (3), Geschichte der Naturheilverfahren (1), fakultativ Akupunktur (4), fakultativ Sauerstofftherapie (3), fakultativ hämatogene Oxidationstherapie.
- *Kurs 4:*
  Ernährungstherapie (Vollwertkost, F.X. Mayr-Diät, Schrothkur) (7), Phytotherapie (7), Ordnungstherapie (Atemverfahren, Entspannungsverfahren, Lösungsverfahren, ärztliches Gespräch, Chronobiologie) (8), Neuraltherapie (4), Ausleitende Verfahren (schröpfende Verfahren, Blutegel, Aderlaß, Diaphorese) (6), Reiztherapie (1), Therapiepläne und Kolloquien (5), Geschichte der Naturheilverfahren (1), fakultativ elektrobiometrische Verfahren (3), fakultativ Homotoxikologie (2).

Weiterbildung Zusatzbezeichnung Homöopathie

- Jährlich werden einige der einwöchigen Kurse A bis F zur Erlangung der Zusatzbezeichnung Homöopathie angeboten (für Mitglieder im ZÄN: DM 550,-; für Nichtmitglieder: DM 600,-).

Fortbildungskurse

- Akupunktur Grundkurs 1.
- Akupunktur Grundkurs 2.
- Akupunktur und manuelle Therapie.
- Akupunktur und Naturheilverfahren im Kindesalter.
- Akupunktur und Psychosomatik.
- Aurikulomedizin 1 und 2.
- Mund- und Handakupunktur; Very-Point-Detection und -Therapie.
- Neue punktuelle Schmerz- und Organtherapie (NPSO).
- Neue Schädelakupunktur nach Yamamoto (YNSA).
- Ohrakupunktur 1.
- Repetition und Punktsuche.
- Schmerztherapie 1.
- Schmerztherapie 2.
- Therapie innerer Erkrankungen 1.
- Therapie innerer Erkrankungen 2.
- Tibetische Medizin 1.
- Tibetische Medizin 2.
- Traditionelle chinesische Medizin 1 (TCM).
- Traditionelle chinesische Medizin 2 (TCM).
- Applied Kinesiology - Einführung (Nichtmitglieder im ZÄN: DM 430,-; Mitglieder: DM 400,-; arbeitslose Ärzte, Studenten: DM 300,-).
- Applied Kinesiology - AK 1 (Nichtmitglieder im ZÄN: DM 480,-; Mitglieder: DM 450,-; arbeitslose Ärzte, Studenten: DM 350,-).
- Applied Kinesiology und F.X. Mayr (Nichtmitglieder im ZÄN: DM 430,-; Mitglieder: DM 400,-; arbeitslose Ärzte, Studenten: DM 300,-).
- EAV-Seminar für Fortgeschrittene (für Mitglieder: DM 200,-; für Nichtmitglieder: DM 300,-).
- Seminar Heilfasten (für Mitglieder im ZÄN: DM 530,-; für Nichtmitglieder: DM 560,-; für begleitende Angehörige: DM 410,-).
- Atemmassage (Nichtmitglieder im ZÄN: DM 120,-; Mitglieder: DM 100,-; arbeitslose Ärzte, Studenten: DM 60,-).
- Einführung in die Bach-Blüten-Therapie (Nichtmitglieder im ZÄN: DM 70,-; Mitglieder: DM 60,-; arbeitslose Ärzte, Studenten: DM 50,-).
- Bioenergie nach Djuna (Nichtmitglieder im ZÄN: DM 160,-; Mitglieder: DM 90,-; arbeitslose Ärzte: DM 40,-; Studenten: DM 30,-).
- Biomolekulare vitOrgan-Therapie (Nichtmitglieder im ZÄN: DM 30,-; Mitglieder: DM 20,-; arbeitslose Ärzte: DM 10,-).
- Kolon-Hydro-Therapie (Nichtmitglieder im ZÄN: DM 160,-; Mitglieder: DM 90,-; arbeitslose Ärzte: DM 40,-; Studenten: DM 30,-).
- Elektroneuraltherapie (Nichtmitglieder im ZÄN: DM 30,-; Mitglieder: DM 20,-; arbeitslose Ärzte, Studenten: DM 10,-).
- Eigenbluttherapie (Nichtmitglieder im ZÄN: DM 90,-; Mitglieder: DM 80,-; arbeitslose Ärzte, Studenten: DM 60,-).

- Ernährungsverordnungen in der ärztlichen Praxis (Nichtmitglieder im ZÄN: DM 120,-; Mitglieder: DM 90,-; arbeitslose Ärzte, Studenten: DM 40,-).
- Fasten- und Nachfastentherapie/Rohkosttherapie (Nichtmitglieder im ZÄN: DM 150,-; Mitglieder: DM 120,-; arbeitslose Ärzte: DM 100,-; Studenten: DM 90,-).
- Hypnosekurs (Nichtmitglieder im ZÄN: DM 300,-; Mitglieder: DM 260,-; arbeitslose Ärzte: DM 220,-; nicht für Studenten).
- Einführung in die manuelle Medizin nach Meridiandiagnostik (Nichtmitglieder im ZÄN: DM 90,-; Mitglieder: DM 80,-; arbeitslose Ärzte, Studenten: DM 45,-).
- Neuraltherapie nach Huneke I.
- Neuraltherapie nach Huneke V.
- Störfeldsuche und Neuraltherapie.
- Ozonkurs (Nichtmitglieder im ZÄN: DM 100,-; Mitglieder und arbeitslose Ärzte: DM 90,-; Studenten: DM 70,-).
- Qigong - 15 Ausdrucksformen des Taiji-Qigong (Nichtmitglieder im ZÄN: DM 180,-; Mitglieder: DM 150,-; arbeitslose Ärzte und Studenten: DM 120,-).
- Qigong - Acht-Brokat-Übungen (Nichtmitglieder im ZÄN: DM 180,-; Mitglieder : DM 150,-; arbeitslose Ärzte und Studenten: DM 120,-).
- Qigong - in der Behandlung psychosomatischer Erkrankungen (Nichtmitglieder im ZÄN: DM 270,-; Mitglieder: DM 220,-; arbeitslose Ärzte und Studenten: DM 180,-).
- Real-Therapie (Kursgebühr: DM 200,-); Real-Therapie ist die Bezeichnung für einen wissenschaftlich umstrittenen, ganzheitlichen Psychotherapieansatz, in dem statt bestimmter diagnostischer und therapeutischer Formen die Beziehung zwischen Therapeut und Patient im Mittelpunkt steht.
- Regena-Therapie (Nichtmitglieder im ZÄN: DM 60,-; Mitglieder: DM 50,-; arbeitslose Ärzte und Studenten: DM 40,-); hierbei werden homöopathische Einzelmittelkombinationen angewendet, die durch bimolekulare bis biatomare Substanzumwandlung eine besondere Regenerationskraft bekommen sollen. Dadurch sollen diverse pathogene Substanzen ausgeschieden werden. Ein homöopathisches bzw. isopathisches Wirkprinzip soll bei dem nicht näher bezeichneten Umwandlungsprozeß nicht erkennbar sein.
- Regulationsthermographie (Nichtmitglieder im ZÄN: DM 220,-; Mitglieder der Deutschen Gesellschaft für Thermographie: DM 200,-; arbeitslose Ärzte: DM 180,-; Studenten: DM 160,-).
- Sauerstofftherapie (Nichtmitglieder im ZÄN: DM 160,-; Mitglieder: DM 140,-; arbeitslose Ärzte: DM 140,-; nicht für Studenten).
- Ultraviolettbestrahlung des Blutes (UVB)/Hämatogene Oxidationstherapie (HOT) (Nichtmitglieder im ZÄN: DM 150,-; Mitglieder der IÄA für UVB: DM 75,-; arbeitslose Ärzte und Studenten: DM 75,-).

Kosten - sofern nicht anders aufgeführt:

- Nichtmitglieder der DÄGfA: DM 380,-; Mitglieder der DÄGfA, arbeitslose Ärzte, ÄiP, Wehrpflichtige, Studenten: DM 280,-.
- Neuraltherapie nach Huneke I, V und Störfeldsuche sowie Neuraltherapie: Nichtmitglieder im ZÄN: DM 390,-; Mitglieder der Internationalen Gesellschaft für Neuraltherapie nach Huneke: DM 290,-; arbeitslose Ärzte, Studenten: DM 100,-.

Kontakt

- *ZÄN - Zentralverband der Ärzte für Naturheilverfahren e.V.*
  Alfredstraße 21
  72250 Freudenstadt
  Tel: 07441-2151
  Fax: 07441-87830

C7

KURSE IM RAHMEN DER BAD MERGENTHEIMER NATURHEILTAGE

- Von NIDM im Februar und Oktober jeden Jahres ausgerichtet.
- Dauer: 10 Tage, in denen u.a. zwei komplette Weiterbildungskurse zur Erlangung der Zusatzbezeichnung Naturheilverfahren abgeleistet werden können.

Autogenes Training

- 5 Abende zu je 2 1/2 Stunden.
- Preis: DM 340,-.
- Von den Ärztekammern anerkannte Fortbildung für die Zusatzbezeichnung Psychotherapie.
- Bei vollständiger Ableistung des Kurses ist bereits die Hälfte der zur Durchführung und Abrechnung erforderlichen Leistungen erbracht. Insgesamt sind zwei Kurse mit je 8 Doppelstunden im Abstand von einem Jahr erforderlich.

Manuelle Diagnostik

- 2 Tage zu je 3 Stunden (meist von 9.00 bis 12.00 Uhr).
- Preis: DM 210,-.
- Körperliche Untersuchungstechniken unter reflexmedizinischen Gesichtspunkten mit besonderer Berücksichtigung von Somatopien. Die Schwerpunkte liegen auf dem Bewegungsapparat und der Reflextherapie.

Amalgam-Ausleitung

- Preis: DM 110,-.
- Grundlagen der Amalgamproblematik.
- Einführung in die Technik der Ausleitung und Entgiftung.

Homöopathie in der HNO

- Preis: DM 180,-.
- Dauer: 5 Stunden.
- Einführung in die Homöopathie häufiger HNO-Erkrankungen.

Ausleitende Verfahren

- Preis: DM 110,-.
- Dauer: 3 Stunden.
- Technische Übungen zum Schröpfen, Baunscheidtieren, Aderlaß, Canthariden, lokale Eigenblutverfahren, Blutegel.

Kontakt

- *NIDM Naturheilverfahren in der Medizin*
  Keplerstraße 13
  93047 Regensburg
  Tel: 0941-54838
  Fax: 0941-565331

Naturheilverfahren an der Sebastian Kneipp Akademie

Allgemeines

- Es werden drei Kursblöcke mit je vier Kursen zur Erlangung der Zusatzbezeichnung Naturheilverfahren angeboten (Januar und Oktober; Block 3 mit besonderer Zeitersparnis mit Kurs 1 und 2 im April, Kurs 3 und 4 im Dezember).
- Kurszeiten sind meist: 9.00 bis 12.00 und 14.00 bis 18.30 Uhr.
- Es wird großer Wert auf das Selbsterfahren der verschiedenen Methoden gelegt, weshalb auch unbedingt Badesachen, Handtücher und Sportkleidung mitzubringen sind.
- Die Kurse haben einen starken Bezug zur Praxis.
- Die Kurse werden von allen Landesärztekammern zur Erlangung der Zusatzbezeichnung Naturheilverfahren anerkannt.

Ausbildungsinhalte

- *Kurs 1:* Hydro- und Thermotherapie, Phytotherapie 1.
- *Kurs 2:* Ernährungs-, Elektro- und mikrobiologische Therapie, ausleitende Verfahren.
- *Kurs 3:* Massage, Bewegungstherapie, Atemtherapie.
- *Kurs 4:* Ordnungstherapie, Neuraltherapie, Phytotherapie 2.

Preise

- Fünftägiger Kurs: jeweils DM 520,-.
- ÄiP, arbeitslose Ärzte zahlen gegen Vorlage einer entsprechenden Bescheinigung: DM 450,-.
- Bei gleichzeitiger Buchung aller vier Kurse belaufen sich die Kosten auf DM 1.900,- bzw. DM 1.600,-.

Kontakt

- *Ärztliches Fortbildungszentrum an der*
  Sebastian-Kneipp-Akademie
  Adolf Scholz Allee 6-8
  86825 Bad Wörishofen
  Tel: 08247-3002-156 (-155)

C9
NATURHEILVERFAHREN BEI DEN NATURHEILTAGEN BERLIN

Allgemeines

Jeweils im Frühjahr und Herbst wird ein einwöchiger Kongreß rund um die Naturheilverfahren abgehalten, wobei die Schwerpunkte unterschiedlich gesetzt sind. Gleichzeitig kann in diesem Rahmen jeweils ein Viertel der für die Erlangung der Zusatzbezeichnung „Naturheilverfahren" erforderlichen 4 einwöchigen Kurse absolviert werden. Eingebettet sind diese Pflichtveranstaltungen (Anwesenheit wird häufig und genau kontrolliert) in ein großes Kongreßprogramm, auf dem die Schwerpunkte in jedem Halbjahr anders gesetzt werden. Eine Reihe von Zusatzkursen kann ebenfalls belegt werden. Es ist also möglich, in den für die klinische Tätigkeit mindestens vorgesehenen 2 Jahren durch den Besuch von 4 Wochenkongressen in Berlin, die erforderliche Anzahl an Kursen abzuleisten.

Preise

- Die Gebühr für sämtliche Veranstaltungen, die zum einwöchigen Kurs zur Erlangung der Zusatzbezeichnung Naturheilverfahren gehören, beträgt DM 450,-.
- Ärzte aus den neuen Bundesländern, ÄiP der alten Bundesländer und arbeitslose Ärzte: DM 390,-.
- Arbeitslose Ärzte und ÄiP der neuen Bundesländer : DM 340,-.
- Ärzte für Physiotherapie: DM 120,-.

Kontakt

- *M.U.T.-Fortbildung - Naturheiltage*
  Flottenstraße 28-42
  13407 Berlin
  Tel: 030-40806-0
  Fax: 030-40806-26

C10
NATURHEILVERFAHREN BEIM KNEIPP-ÄRZTEBUND

Allgemeines

- Besonderer Wert wird auf die praktischen Übungen gelegt.
- Die Teilnehmerzahl ist auf 80 begrenzt.
- Es werden 4 Kursblöcke angeboten, die sich jeweils aus 4 Kursen von je fünftägiger Dauer zusammensetzen.
- Die Kurse sind von allen Landesärztekammern anerkannt und können in beliebiger Reihenfolge absolviert werden.

Ausbildungsinhalte

- *Kursblock 1:* Hydrotherapie, Phytotherapie, Mikrobiologische Therapie (Symbioselenkung).
- *Kursblock 2:* Ernährungstherapie, Elektrotherapie, Ausleitende Verfahren.
- *Kursblock 3:* Bewegungstherapie, Massage, Gesundheitserziehung.
- *Kursblock 4:* Ordnungstherapie (Autogenes Training, Psychotherapie), Phytotherapie, Neuraltherapie.

Preise

- Pro Kurs: DM 550,-; 4 Kurse: DM 2.100,- (für KÄB-Mitglieder: DM 1.900,-).
- ÄiP, Mitglieder im Kneipp-Ärztebund und Arbeitslose zahlen pro Kurs: DM 500,-.

Kontakt

- *Kneipp-Ärztebund - Ärztliche Gesellschaft für Physiotherapie e.V.*
  Sebastian-Kneipp-Promenade 28-30
  53902 Bad Münstereifel
- *Kneipp-Ärztebund e.V.*
  Postfach 1436
  86817 Bad Wörishofen
  Alfred-Baumgartenstraße 4
  86825 Bad Wörishofen
  Tel: 08247-90110
  Fax: 08247-90111

C11

Naturheilverfahren und Homöopathie beim Ärztetag für Medizin ohne Nebenwirkungen e.V.

Allgemeines

- Es wird zweimal jährlich einer der vier Kurse zur Erlangung der Zusatzbezeichnung Naturheilverfahren angeboten.
- Kursort ist immer München.
- Mehrmals jährlich werden einwöchige Kurse zur Erlangung der Zusatzbezeichnung Homöopathie angeboten.
- Kursort ist auch hier meistens München.
- Sowohl für Naturheilverfahren als für Homöopathie ist die Reihenfolge der Kurse beliebig.
- Die Kurse sowohl in Naturheilverfahren als auch in Homöopathie werden auf die Weiterbildung zur Erlangung der Zusatzbezeichnung Naturheilverfahren bzw. Homöopathie anerkannt.
- Zur Erlangung der Zusatzbezeichnung „Homöopathie" ist eine eineinhalb- bzw. dreijährige Supervision (je nach Ärztekammer) durch einen zur Weiterbildung ermächtigten Homöopathen erforderlich (siehe Kapitel A). Mitglieder können den schriftlichen Teil der Supervision anhand der Lösung von 3 Fällen in der vierteljährlich erscheinenden Zeitung des Ärztetages absolvieren. Die Lösungen werden einem ermächtigten Homöopathie-Referenten zugesandt, eventuell korrigiert und zurückgesandt (pro Monat/Fall: DM 15,- Gebühr; Schlußkolloquium: DM 150,-). Diese Supervision ist nicht möglich für Angehörige der Ärztekammern Hamburg, Hessen, Baden-Württemberg und Niedersachsen. Diese wenden sich statt dessen an lokale Supervisionsgruppen.

Ausbildungsinhalte

- Die Wochenkurse Naturheilverfahren werden gemäß den inhaltlichen Vorgaben der Ärztekammern ausgelegt (siehe Kapitel A).
- Ebenso entsprechen die Homöopathiekurse A bis F inhaltlich weitestgehend den Kursen, wie sie auch von der DZVhÄ ausgerichtet werden (siehe Kapitel A und Seite 137f).

Preise

- Die Kursgebühren betragen zwischen DM 300,- und 400,- für Mitglieder (Nichtmitglieder zahlen DM 50,- mehr).

Kontakt

- *Ärztetag für Medizin ohne Nebenwirkungen e.V.*
  Feinhalsstraße 8
  81247 München
  Tel: 089-8145252

NIDM-Weiterbildungskurse Naturheilverfahren

Allgemeines

- Kurszeiten sind in aller Regel: Freitag, 15.00 bis 20.15 Uhr; Samstag, 8.00 bis 17.00 und Sonntag 8.30 bis 13.15 Uhr.
- Es werden vier einwöchige Weiterbildungskurse zu je 40 Stunden angeboten, wobei die Reihenfolge beliebig ist.
- Kursorte sind Bochum, Witten, Bad Mergentheim und Lübeck.
- Die NIDM bietet den Ausbildungsinhalt auch speziell für die Gynäkologie an.
- Die Kurse werden von den zuständigen Ärztekammern anerkannt.

Ausbildungsinhalte

(in Klammern ist die Stundenzahl pro Thema angegeben)

- *Kurs 1:*
  Hydro-/Thermotherapie (Grundlagen, Kneipp-Güsse, Wickel, Sauna, 4 Stunden Praktikum) (10), Phytotherapie bei Magen-Darm-Leber-Erkrankungen (5), Ordnungstherapie (Atemverfahren, Ordnung des Körpers, Primärvertrag) (5), Ernährungstherapie (Schadstoffe, Toxikologie, Ernährungsphilosophien) (5), Licht-/Thalasso-/Balneotherapie (3), Symbioselenkung (3), Reiztherapie (1), Physikalische Therapie (1), Manuelle Diagnostik (2), Geschichte der Naturheilverfahren, Antike (1), Therapiepläne und Kolloquien (Grenzen und Möglichkeiten der Akupunktur, NHV bei AVK, Ortho-Bionomie) (4).
- *Kurs 2:*
  Massage (11), Elektrotherapie (6), Phytotherapie bei Erkältungskrankheiten, Atemwegs- und Herz/Kreislauferkrankungen (7), Ordnungstherapie (Anwendung, Entspannungsübungen, ärztliches Gespräch, Grundlagen) (3), Ernährungstherapie (Nahrungsmittelallergien) (2), Neuraltherapie (4), Geschichte der Naturheilverfahren, Mittelalter (1), Therapiepläne und Kolloquien (manuelle Therapie viszeraler Organe, Grundbegriffe der Homöopathie) (4).
- *Kurs 3:*
  Hydro-/Thermotherapie (Überwärmungsbad, Kryotherapie, hydroelektrische Bäder, 4 Stunden Praktikum) (10), Phytotherapie in der Geriatrie, bei Harnwegs- und Hauterkrankungen (7), Ordnungstherapie (Autogenes Training, Gesundheitsbildung, innere und äußere Ordnung) (5), Ernährungstherapie (Sonderdiäten bei Krebs, Diabetes, Heilfasten) (5), Licht-/Thalasso-/Balneotherapie (Chronobiologie, Balneotherapie in der Dermatologie (3), Bewegungstherapie (2), Reiztherapie (1), Physikalische Therapie (1), Ausleitende Verfahren (1), Geschichte der Naturheilverfahren, Mittelalter (1), Therapiepläne und Kolloquien (Schmerztherapie, supportive Tumortherapie, NHV bei CVI) (4).

- *Kurs 4:*
  Bewegungstherapie (Rückenschule, Sportphysiotherapie, isometrisch-/isotonische Techniken, 4 Stunden Praktikum) (10), Phytotherapie bei Störungen der inneren Sekretion, rheumatischen Erkrankungen, Schmerzen und in der Geriatrie (7), Ordnungstherapie (psychosomatisches Denken, Patientenführung, Gesundheitsbildung) (3), Ernährungstherapie (Grundlagen, Ernährungsphysiologie) (5), Neuraltherapie (4), Ausleitende Verfahren (schröpfende Verfahren, Blutegel, Aderlaß, Diaphorese) (5), Geschichte der Naturheilverfahren, Neuzeit (1), Manuelle Diagnostik (1), Therapiepläne und Kolloquien (biologische Krebstherapie) (4).

Preise

- Jeder Weiterbildungskurs: DM 640,- (bei zwei Kursen: DM 560,-; bei drei Kursen: DM 490,-; bei vier Kursen: DM 390,-; jeweils bei gleichzeitiger Buchung).

Kontakt

- *NIDM Naturheilverfahren in der Medizin*
  Keplerstraße 13
  93047 Regensburg
  Fax: 0941-565331

C13
Workshop Komplementäre Therapieverfahren in der Medizin

Allgemeines

- Kursort ist Costa de los Pinos/Mallorca.
- Die Gesamtkursdauer beträgt 5 Tage.
- Der Kurs wird einmal jährlich zur Sommerzeit angeboten.

Ausbildungsinhalte

- Akupunktur (Einführung).
- Akupunktur (Aufbau).
- Klassische Homöopathie.
- Neurologischer Untersuchungskurs.
- Phytotherapie.
- Hypnose/Autogenes Training.

Kosten

- Die Kursgebühr beträgt für Mitglieder im Berufsverband Deutscher Internisten: DM 400,- (Nichtmitglieder: DM 550,-).
- Bei Einzelbelegung kostet Akupunktur für Mitglieder DM 200,- (Nichtmitglieder: DM 300,-), Homöopathie DM 100,- (Nichtmitglieder: DM 150,-) und Phytotherapie DM 100,- (Nichtmitglieder: DM 150,-).

Kontakt

- *Referat Ärztliche Fortbildung*
  Frau Gabriele Matzkies
  Heuweg 25
  97616 Bad Neustadt/Saale
  Tel: 09771-8164
  Fax: 09771-97629

D Abkürzungen, Literatur, Sachregister

Abkürzungsverzeichnis

AiP/ÄiP	Arzt/Ärzte im Praktikum
AK	Applied Kinesiology
AVK	arterielle Verschlußkrankheit
BFD	Bioelektrische Funktionsdiagnostik
BRT	Bioresonanz-Therapie
CA	Carzinom
CCT	craniale Computertomographie
CVI	cerebro-vaskuläre Insuffizienz
DÄGFA	Deutsche Ärztegesellschaft für Akupunktur
DFM	Ganzkörper-Screening-Funktions-Diagnostik
DGfAN	Deutsche Gesellschaft für Akupunktur und Neuraltherapie
DZVhÄ	Deutscher Zentralverein homöopathischer Ärzte
EAP	Elektroakupunktur
EAV	Elektroakupunktur nach Voll
ECIWO	embryo containing the information of the whole organism
EHK	Erfahrungsheilkunde
ESA	Elektrostimulationsanalgesie
FNT	Funktionelle Neuraltherapie
FORM	Forschungsinitiative zur Revision der Materia Medica homeopathica
GFÄ	Gesellschaft für ärztliche Weiter- und Fortbildung
HK	Health-Kinesiologie
HOT	Hämatogene Oxydationstherapie
HP	Heilpraktiker
HWS	Halswirbelsäule
IFAT	Internationale Freiburger Akupunkturtage
IMSAT	Integrierende medizinische Systemanalyse und Therapie
KÄB	Kneipp-Ärztebund
KI	Kontraindikation
KKT	kombinierte Konstitutionstherapie
KSET	konstitutionelle Streßentlastungstherapie
KST	Kranio-Sakrale Therapie
LWS	Lendenwirbelsäule
MET	Manuelle Therapie und Muskelenergietechnik
MRT	Matrix-Regenerationstherapie (oder:) Mesenchym-Regenerationstest-Therapie
MT	Medikamententestung
NAP	Nervenaustrittspunkt
NHV	Naturheilverfahren
NIDM	Naturheilverfahren in der Medizin
NPSO	Neue punktuelle Schmerz- und Organtherapie
OSG	oberes Sprunggelenk
PJ	praktisches Jahr
PNF	propriozeptive neuromuskuläre Facilitation
PUTENS	punktförmige transkutane elektrische Nervenstimulation
RAC	réflexe auriculo-cardiaque

SEG	Segmentelektrographie
SET	Symbiose-Energie-Transformation
SIT	System-Informations-Therapie
SMS	Societas Medicinae Sinensis
STT	Stoffwechseltest und -therapie
TCM	Traditionelle Chinesische Medizin
TENS	transkutane elektrische Nervenstimulation
TFH	Touch for Health
TLA	therapeutische Lokalanästhesie
UVB	Ultraviolettbestrahlung des Blutes
VPT	Verband aller physiotherapeutischen Berufe
VRT	vegetativer Reflextest
YNSA	Yamamoto New Scalp Acupunture
ZÄN	Zentralverband der Ärzte für Naturheilverfahren
Z.n.	Zustand nach ...
ZVK	Zentralverband für Krankengymnasten
zzgl.	zuzüglich

Literatur

- Augustin, M., Schmiedel, V.: *Praxisleitfaden Naturheilkunde*; Jungjohann Verlag 1993.
- Psychrembel: *Klinisches Wörterbuch*, 255. Auflage; de Gruyter 1986.
- Psychrembel: *Wörterbuch Naturheilkunde*; de Gruyter 1995.
- *Roche-Lexikon Medizin*, 2. Auflage; Urban & Schwarzenberg 1987.
- Zetkin M., Schaldach H.: *Wörterbuch der Medizin*, 15. Auflage; Ullstein Mosby 1992.

Sach- und Namenregister

(Dieses Register ist als Ergänzung zu dem bereits alphabetisch geordneten Inhaltsverzeichnis anzusehen, dessen Begriffe nicht mehr zusätzlich aufgenommen wurden)

A

Aderlaß 5, 237, 242, 246
Akupressur 35
Allergie-Testung 76
Allergie-Therapie 77
Amalgam 246
Amalgambelastung 77
Antlitz-Diagnose 240
Atemmassage.............................243
Atemtherapie 4
Atemverfahren 242
Ausleitende Verfahren........237, 246
Autogenes Training 246
Ayurveda 241

B

Bahr,
  Schädelakupunktur nach 16
Baunscheidtieren 237, 246
Bindegewebsmassage....................4
Bioenergie nach Djuna...............243
Bischko,
  Körperakupunktur nach...........20
Blutegel.....................237, 242, 246
Blutegeltherapie 5

C

Cantharidenpflaster............237, 246
Chakra-Therapie............77, 83, 214
Chronobiologie 242

D-E

Dampfbäder..........................4, 242
Diaphorese 242
Eigenblutverfahren 246
Elektroakupunktur........................16
Entspannungsverfahren 242
Ernährungstherapie 49

F-G

Fasten 4
Geopathie 240
Geopathietestung.........................77
Gleditsch,
  Mundakupunktur nach............17
Güsse 4

H

Heilmeditation...........................239
Herdsanierung.............................77
Homöosinatrie...................154, 240
Humoralmedizin 239

I-J

Injektion nach Mink...................179

K

Klassische Massage.......................4
Kneipp-Güsse 242, 251
Kolon-Hydro-Therapie 243
Kolonbehandlung..........................4
Kolontherapie............................237
Konstitutionstherapie
  nach Aschner 237
Kräuterbäder..........................4, 242

L

Laser-Akupunktur...................16, 28
Lösungsverfahren 242
Luftbader 4, 242

M
Manaka, Alarmpunkte nach 17
Mann, periostale
Akupunktur nach 20
Manuelle Therapie......................154
Massage..............233-234, 242, 251
Meditation 239
Meridian-Therapie 77, 83
Mikrobiologische Therapie..........240
Moxibustion 16, 18
Mundakupunktur 17

N
Neuraltherapie............................154
Nogier,
Ohrkartographie nach 20, 23
Pulsreflex nach 28

P-Q
Periostbehandlung..........................4
Phytotherapie 16, 49
Psychopunktur............................239
Pulsdiagnostik 26
PUTENS 16
Qi Gong 16, 30, 49
Qigong.................................26, 244
Quaddeltechniken 179

R
Real-Therapie 244
Reflexzonenmassage 4
Regena-Therapie 240, 244
Regulationsthermographie..........244
Reiztherapie 242, 251
Resonanzhomöopathie...............239
Rohkost...4
Rückenschule 252

S
Sanierung.....................................77
Sauerstofftherapie......................244
Sauna............................4, 242, 251
Schädelakupunktur.................16, 40
Schrothkur 4, 242
Schröpfen.........5, 16, 237, 242, 246
Schröpfköpfe................................26
Segmentmassage 4
Shiatsu 241
Sonderdiäten..................................5
Störfeld........77, 157, 177, 179, 239
Störfeld-Diagnostik...............83, 244

T
TCM und TCM-Diagnostik 16
Teilbäder 4
TENS 16
Tui Na 16
Tuina..26

U-V-W
Überwärmungsbäder......................4
Ultraviolettbestrahlung
des Blutes.............................244
Unterwasser-Druckstrahl-
massage...................................4
Waschungen 4, 242
Weihesche Druckpunkte.............240
Wickel...............................242, 251
Wickel und Packungen 4

X-Y-Z
Yamamoto, Schädelakupunktur
nach............................16, 20, 40
Zungendiagnostik...................16, 26